くノ一忍法帖

山田風太郎ベストコレクション

山田風太郎

角川文庫
17602

目次

忍法「くノ一化粧」

一

元和《げんな》元年七月半ば、駿府《すんぷ》にかえった徳川家康《いえやす》の笑顔ほど満足しきったものはなかった。それも当然だ。これは、この五月、大坂城を攻めほろぼし、その残党を完全に掃蕩《そうとう》しきっての凱旋《がいせん》であったから。

しかも、将軍秀忠《ひでただ》は一足さきに江戸にかえったが、一足あとには、孫娘の千姫《せんひめ》が東海道を下ってくる。

「炎のなかを逃げてきたあげく、暑い旅をさせるのじゃ。いそぎ富士の氷室《ひむろ》に人をやって、あるかぎりの雪をとって参れ」

じぶんの旅装もとかないうちに、そんなことをせきたてる老人に、近臣たちは、大御所《おおごしょ》のこの有頂天《うちょうてん》ぶりは、ひょっとしたら豊臣家《とよとみけ》をほろぼしたことより、千姫さまをぶじにとりかえした一事にあるのかもしれぬ、と考えたほどであった。

しかし、家康のこの手ばなしの満悦《まんえつ》は、おそらく生涯ではじめてであったろうが、同時に最後のものでもあった。明日《あした》はいよいよ千姫がこの駿府に入ってくるという夕方、その前駆《ぜんく》のごとくかけこんできた騎馬の男が、いそぎ城に上って、ひそかに報告した内容が家康を震駭《しんがい》させたのである。

「なに、秀頼《ひでより》の子を身籠《みご》った女が、お千の侍女《じじょ》の中におると?」

「御意《ぎょい》」

男は、平伏した。伊賀者《いがもの》の頭領服部半蔵《とうりょうはっとりはんぞう》である。

伊賀の郷士《ごうし》から出て徳川家につかえ、伊賀甲賀《いがこうが》の忍者の総帥《そうすい》となった服部石見守《いわみのかみ》に三子があった。忍者という、いわば黄昏《たそがれ》に舞い出す蝙蝠《こうもり》のような人間どもをあつかう職能のせいか、服部家の家運はふしぎに悲劇的であった。

はじめ長子の源左衛門正就《げんざえもんまさなり》が家をついだが、性質にやや狂的なところがあって、十年前輩下の叛乱《はんらん》をひきおこし、おのれは逐電《ちくでん》して行方不明となった。そのあとを受けた次子の正重《まさしげ》はたまたまその妻が大久保長安《ながやす》の娘であったため、二年前大久保一族が逆謀のうたがいで家康から誅戮《ちゅうりく》をうけたさい、これも浪々《ろうろう》の身となった。いま、家康のまえにおどろくべき一事を告げにきたのは、第三子の半蔵正広《まさひろ》である。

そして、彼の報告のなかに、思いがけず登場したのは、長兄の源左衛門の名であった。十年もその姿をけしていた源左衛門は、このたびの大坂の役《えき》を以前の罪をあがなう絶好の機とし、ひそかに徳川家のためにはたらいていたというのだ。むろん、忍者として。——服部源左衛門が、落城前夜の大坂城に潜入するという余人の企ておよばぬ離れ業をしてのけたのは、忍者という特異な能力と、右のようなつきつめた動機があればこそであった。

二

五月六日の深夜である。

その日の戦闘で、後藤基次《もとつぐ》、木村重成《しげなり》、薄田隼人正《すすきだはやとのしょう》などの勇将を失い、敗色とみに濃くなった大坂城は、三十万の東軍の鉄環《てっかん》にしめつけられて、なおもえつづける町のなかに、瀕死《ひんし》の巨人のように暗天にそびえていた。

まひる、城外からの相つぐ悲報のたびに、城内は火の鞭《むち》でもあてられたような痙攣《けいれん》をしめした。怒号、悲鳴、発狂、失神——そんな渦のなかに、金をつかんで脱走をはかる者、上官を刺《さ》して日ごろの恨《うら》みに酬《むく》いるもの、惚《ほ》れていた女を人目もおそれず犯す者の光景をみて、源左衛門はこの城の運命もあと一両日と判断した。

すでに偵察の目的を達し、夕闇とともにふたたび城外へ去ろうとしていた彼をとめたのは、収拾のつかないほどの混乱におちいっていた城内が、そのときにいたってどういうわけか、まるで荒天の海にあぶらをしいたように鎮まってきたからである。

そのふしぎな理由を、源左衛門はやがて知った。

「真田《さなだ》どのだ」

「左衛門佐《さえもんのすけ》どのがかえってこられた」

はてな、と源左衛門はくびをかしげた。真田といえば、ひるまの戦闘でほとんど総くずれになろうとした西軍のなかにあって、屹然《きつぜん》として誉田《ほんだ》に布陣《ふじん》し、勢いにのって雪崩《なだ》れかかる伊達《だて》隊を迎撃してこれを潰乱《かいらん》させ、大坂方になお真田あり、と東軍に水をあびせた男で、この夜まで茶臼山《ちゃうすやま》にあって、東軍ににらみをきかせているはずだったからだ。

「その左衛門佐が帰城したというのは、すでに城に最後のときがきたと覚悟したのか、それとも、きゃつのことだ、また何やら天外の奇想でも授《さず》けにかえってきたのか？」

源左衛門は、篝火《かがりび》のかげをひろい、蝙蝠《こうもり》みたいに石垣《いしがき》や、壁をつたってうごいていった。

——そして、本丸桜門にちかい書院のなかに、その真田の姿を見出したのである。

土足のまま出入りできるようにつみあげた畳を背に、幸村《ゆきむら》は坐っていた。そのまえに五人の女が半円をえがいてならんでいた。まわりには、武具や、燭台《しょくだい》や、はなやかな寝具、かいどりのたぐいまでが散乱している。

「いよいよ、その時がきた」

と、幸村は錆《さび》をふくんだ声でいった。学者のように荘重な顔に、ひときわ森厳《しんげん》な眼のひかりである。

「明日にも城はおち、秀頼さまは御討死あそばすであろう。秀頼さまにも、御得心あらせられた。そなたらの胎内《たいない》におん胤《たね》をおのこしあそばすことを」

座の弾《たま》ふせぎの土俵のかげに這《は》っていた源左衛門は、眼をしばたたいた。そなたらの胎内に、胤をのこす？——のびあがってみたが、短檠《たんけい》のあかりに五人の女の背が、ことごとく若々しいとみえただけで、顔はわからない。

ただ、ひとりの女の声がきこえた。

「――千姫さまも御承知でございますか」

「御承知なされた」

と、幸村は無表情にうなずいて、

「みな存じておるように、お袋さまは千姫さまをお疑いであれど、千姫さまは秀頼さまとおなじ蓮《はちす》におのりなさるお覚悟にお迷いはない。それどころか、このいくさのなりゆきから、祖父の大御所の心のむごさ、冷たさを、秀頼さま以上におにくしみじゃ。ふっつり、御生害のお覚悟ではあるが、たとえ生きのこっておわそうと、もし千姫さまの御胎内に豊《ほう》家《け》のおん胤がのこっておれば、それを見のがす家康ではない。したがって、あくまで豊家のおん血をつたえようとすれば、そなたらの腹をかりるよりほかはないのじゃ」

そして、つぎにつぶやくようにいった幸村の言葉は、源左衛門を戦慄《せんりつ》させたのである。

「よいか、そなたら五人、ことごとく秀頼さまのお子を生んで、かならず徳川家にたたれよ」

五人の女はうなずいた。幸村の眼に、はじめてぶきみな笑いが漂った。

「ただ、秀頼さまは、この一両日、いたく御憔悴《ごしょうすい》の体におわす。それに五人でかかるのであれば、蛇《へび》まといの秘法でおん腰を巻きたてまつらねば相成らぬぞ。また、かならずおん胤をつかせねばならぬゆえ、吸壺《すいつぼ》の術を忘れるな」

幸村はたちあがった。

「さらば、ゆけ。秀頼さまはもはや山里丸糒蔵《やまざとまるほしいぐら》にお待ちなされておる」

――それからしばらくののち、源左衛門は、糒蔵のたかい軒の下に、黒とかげみたいに貼りついて、下を見おろしていた。

ひとり軽装の武者《むしゃ》をしたがえた幸村とともにあるいてきた五人の女は、武者のあけた扉のあいだから、糒蔵のなかに入っていった。庭の篝火《かがりび》に明滅する五人の女の顔は、いずれもばら色に上気して、この世のものとは思われないほど美しかった。武者は、扉をしめた。

城をとりまく雲霞《うんか》のような攻囲軍は、この時刻になお示威の声を、重々しい海嘯《つなみ》のようにあげている。城方は、それにこたえなかった。すべての城兵が、この最後の夜にいたって行われようとする奇怪な祭典を知っていたわけではあるまいが、しかし、たしかに無数の人々の熱ッぽい祈りの心がこの糒蔵にそそがれている感じがあった。源左衛門は耳をすました。蛇まといの秘法――吸壺の術とは何であろう？

そのとき、蔵の横の明り窓から――たしかに蔵の中から、女のさけび声がながれ出たような気がした。何事が起ったかはしらず、男の魂をかきむしるような女の声であった。その窓の方へ、音もなくうごきかけた源左衛門の耳に、ふたたび女の声がきこえた。ふるえた源左衛門の指から、眼にみえないほどな軒の塵《ごみ》がおちた。

「才蔵《さいぞう》」

幸村の声だ。はっとして見おろした源左衛門の眼が――おのれの姿はまったく闇にしずんでいるのに――あきらかにじぶんをはたと見あげている武者の眼と合った。

武者の腕があがると、赤い流星が旋回《せんかい》しつつ飛びきたって、彼の軒をつかんだ手の甲につき刺さった。それが篝火にかがやくマキビシだと知ったとき、源左衛門は間髪をいれず一方の手に忍者刀《にんじゃとう》をぬきはなって、縫いとめられた手の甲を、手くびから斬りはなしている。

「しまった」

はじめて、才蔵という武者の口からそのうめきがもれたとき、源左衛門は音もなく土蔵の尾根にのがれていた。

――服部源左衛門がともかくいっとき命をつないだのは、彼が忍者であったことと、大坂城そのものが、断末魔《だんまつま》のあがきのなかにあったという理由のほかに何もなかった。しかも、彼は城がおちるときまで、城の外へ脱出することは不可能であったのである。

その翌日、大坂城はおちた。真田も秀頼も死んだが、しかし千姫は炎のなかを救い出された。そして、それまで城の一隅にひそんでいた服部源左衛門もようやくのがれ出て、攻囲軍に加わっていた服部半蔵のまえに姿をあらわしたのである。

この不遇な兄が、弟に顔をみせたのは十年ぶりであった。切断した手くびからの出血のために、彼はすでに瀕死の状態にあった。そして彼は、城内でみたあの奇怪な事実を告げて、そのまま落命したのである。

三

……なぜ、これほど驚倒すべき事実をいままで告げなかったのか。

それは、服部源左衛門が日蔭《ひかげ》の忍者でしかないという遠慮のほかに、半蔵にも、とみには信じられないほどの奇怪事であったからだという。

家康も、半蔵を叱責《しっせき》することを忘れた。家康にしても、それだけの話ならば、半蔵の正気をうたがったに相違ない。それが彼にただならぬさけびをあげるほどの衝撃をあたえたのは、その話に、いっそうおどろくべき事実が尾をひいてきていることを伝えられたからであった。

「……秀頼の子を身籠《みごも》った女が、お千の侍女の中におると？」

「御意《ぎょい》」

ふたりは、もういちどその言葉をくりかえした。

「なにゆえ、それがわかったのじゃ」

「桑名《くわな》からの、千姫さまの御座船《ござぶね》に真田家《さなだけ》で見た女の顔のあるのに、不審の語をもらした本多《ほんだ》さまの御家来があるのです」

「本多の――お、そう申せば、本多は真田の縁つづきじゃの」

それは、こういうわけだ。いまの桑名の城主は、本多美濃守忠政《みののかみただまさ》だ。剛勇をうたわれた平八郎忠勝《ただかつ》はその父である。この忠政の姉が真田伊豆守信幸《いずのかみのぶゆき》に嫁《かた》づいていた。信幸は幸村の兄である。

むろん徳川家と真田家が、いまのような関係となる以前の縁むすびだが、とにかくそういうことから、本多家の家臣で近年まで真田家に出入りしている者があり、ひいては幸村が隠栖《いんせい》していた紀州の九度山《くどやま》にも、幸村が大坂方につかぬよう極力すすめに往来した者もあった。そのひとりが、こんど千姫が桑名から乗りこんだ船を護衛するためにちかづいて、はからずもその侍女の中に、かつて幸村の身辺にみた顔を発見したというのであった。

「その女が……いま申した大坂城で、秀頼の待つ糒蔵《ほしいぐら》に入っていった女じゃと申すか」

「それは、わかりませぬ」

「五人、みんなおったというか」

「それも、わかりませぬ」

糒蔵に入った女を目撃したのは、死んだ服部源左衛門ひとりなのだから、それは当然だが、家康はじぶんの迂闊《うかつ》な問いに苦笑するのもわすれていた。

「いずれにせよ、千姫さまのお身ちかく左衛門佐《さえもんのすけ》の匂いのする女がおるとは、容易ならぬことでござる」

「よし、その本多の家来を呼べ」

「その男は、死んだそうでござります」

「なに？」

「船が七里の渡しを渡りきるまえに狂い出して、みずから海へとびこんで失《う》せたと申すことでござります」

——その男は、船中でしだいにだまりこみ、はては坐りこんでしまったが、眼がぶきみに充血し、真夏の犬みたいにあえぎ出し、はじめ船酔いでもしたのかと見ていた同僚も、彼があきらかに慾情《よくじょう》にもだえる眼を千姫一行にそそいでいるのに、これは、とうろたえた。しかし、その男は、平生から剛直できこえた人間だった。「どうかしたのか」と、きくと、じぶんでも、「どうもおかしい」と苦悶《くもん》の眼を蒼空《あおぞら》にあげた。しばらくすると、そこに裸の女人《にょにん》が踊っている、といい出した。が、同僚の眼にみえたのは白い帆《ほ》と白い雲だけであった。小鼻をぴくぴくさせ、歯をくいしばっていたが、そのうち突然淫《みだ》らな言葉を口ばしって、千姫一行の方へはしり出そうとしたのに、同僚たちが狼狽《ろうばい》してとりおさえたが、ふいに蒼《あお》い海面をみて、「あ……海に数もしれぬ女がおよいでおる。女の波じゃ、女の海じゃ」とさけびながら、恐ろしい力でみなの腕をふりはらって、海の中へとびこんでしまったという。——

その話は、服部半蔵はあとできいた。千姫をぶじ宮《みや》へおくって、かえって船からおりてきた本多の家臣のうわさを、たまたま所用で京から桑名へきていた半蔵が耳にしたのである。うわさの中に、その奇怪な水死者が発狂するまえに、「はてな、千姫さまのお腰元《こしもと》に、真田のものがおるが」と首をひねってつぶやいていたという話をきくと、彼は愕然《がくぜん》とした。半信半疑ながら、この五月、兄からきいたあの話は、半蔵の胸にぶきみな凝塊《ぎょうかい》となってのこっていたのである。それで、もはやこれはひとりでおさえておくことがらでない、と判断して、そのまま馬をとばし、千姫一行をも追いこして、一足さきにこの駿府《すんぷ》へかけつけてきたというのであった。

家康はうなった。

「半蔵、その本多の家来の死にざまをどう思う」

「それでござる。拙者……案じまするに、そのものは呪法《じゅほう》をかけられたのではあるまいかと存じます」

「呪法？」

「おそらく、その真田に縁ある女——ひとりか、五人か、それはわかりませぬが、忍法を心得ておるとしか考えられませぬ」

「忍者か！」

と、家康はさけんだ。この鉄血の大御所のからだがふるえた。

「お千の身辺に真田の忍者がおる。しかも、それが秀頼の子を身籠っておると申すか？」

四

その翌日の夕方、千姫の一行は駿府に入ってきた。

千姫の乗物をかこむ三十人ちかい侍女たちのきらびやかさも海道《かいどう》の人々の眼をひいたが、

一方ではその前後にしたがう甲冑《かっちゅう》の荒武者《あらむしゃ》たちを指揮する男の、焼けただれた醜顔にも人々は袖《そで》をひきあった。千姫を落城の炎のなかから救い出し、このたびの道中守護を命じられた坂崎出羽守《でわのかみ》とその一党《とう》である。

家康は城の大手門《おおてもん》まで出迎えた。将軍秀忠を迎えるときにすらみせない態度である。眼も口もとろけそうな顔であった。

八つのとき大坂城に人質《ひとじち》同様におくった孫だ。そのあいだ、秀頼はしらず、その母の淀君《よどぎみ》がどんなにこの孫につらくあたったか、家康もきかないではない。とくにこのいくさで、どれほど苦労したであろう。ふびんなやつ、いじらしい孫——と思うと、事と次第ではその千姫を城もろとも焼くことを辞さなかったくせに、いや、それだけにいまとなっては、彼女のこれからの倖《しあわ》せのためには、たとえ日本中の宝の半ばをあたえても悔いはないとさえ思う祖父であった。

すでに江戸城竹橋門《たけばしもん》内には、吉田修理介《よしだしゅりのすけ》という家臣に命じて、彼女を迎える御殿もいそぎ建築中であるが、家康は、たとえ予定をたがえても、一日でもながくこの城に千姫の足をとどめておきたかった。

「お千、お千」

うわごとみたいにくりかえす家康の声は、涙ぐんできこえるばかりだ。

しかし、千姫は冷やかであった。このあどけなく、また妖《あや》しいまでに﨟《ろう》たけた十九歳の未亡人は、祖父の可笑《おか》しいほどのきげんとりに、まったくとり合わなかった。その態度がなんに由来するか、大心理学者たる家康にもわからない。いやうすうすわかってはいるのだが、じぶん自身に対しても、知らない顔をしようとしている。それより、眼ばかり大きくみえるほどやつれた千姫が、ちょっとでも大きな物音がすると、ぴくっとからだをふるわせたりするのを、長年の苦労やこんどのいくさの恐怖からの神経症だと判断した。

この可憐《かれん》な孫に、なおとり憑《つ》いてはなれようとせぬ豊臣の亡霊《ぼうれい》め！　じぶんのしたことは棚にあげて、家康がむらむらと腹をたてたのは、いうまでもなく姫に従ってきた侍女の中にいるという真田の忍者にであった。

その夜家康は、まったく不用意に、そのことを千姫に話したのである。

「お千……そなたの腰元のなかに、敵がまぎれこんでおることを知っておるか」

「——敵？」

「豊臣家の——くわしく申せば、真田の息のかかった女じゃ」

千姫は氷のような眼で祖父をみた。

「お祖父《じい》さま、豊臣家はわたしの敵ではございませぬ。わたしは豊臣家の女でございます」

家康はじっと孫をながめた。表情に毛ほどのうごきはない。

「ふびんや、お千がそう思うのもむりはない」

皺《しわ》のあいだに老獪《ろうかい》な微笑がよどんだ。

「そう思うならば、当分はそう思え。……したが喃《のう》、お千、その真田のまわし者が、秀頼の子を孕《はら》んでおるとしたら、いかがいたす？」

「御存じでございますか」

千姫の声はしずかであった。

「神も御照覧《ごしょうらん》、お千が生ませて、育てます。いのちのあらんかぎり、徳川家にたたるようにと。——」

「そなたも、承知のうえか！」

はじめて、愕然《がくぜん》として家康はさけんだ。顔色が変っていた。しだいに面がおちたように凄《すさま》じい形相《ぎょうそう》になり、せきこんで、

「お千、その真田の女はどれか申せ。このまま、見のがすわけには参らぬ」

「申せませぬ」

「いえぬ？　たわけたことを——ならば、よし、上方《かみがた》からついてきた女ども、ひとりのこさずこの城で誅戮《ちゅうりく》してくれる」

三十人あまりの侍女のうち、十人ほどは千姫が伏見城にいるあいだにこちらから新しくつけてやったものだが、あと二十人ばかりは、千姫がたすかったときいてあつまってきた大坂の城の女たちであった。落城前後ににげ出した女たちで、むろん千姫のゆるしを得てふたたび召しかかえられたものだ。そのなかに、例の女たちがいることは、千姫は承知のうえだったのだ。果然、服部源左衛門の話はいつわりではなかったのである。

千姫はいった。

「御勝手になさいませ。ただし、そのときはお千も生きてはいますまい」

家康は狼狽《ろうばい》と憤怒と苦悶のために両手をもみあわせた。

やがて、ひくく、ぞっとするようなしゃがれ声でいった。

「お千、そのわがままをゆるしては、おれの大仕事にひとみが入らぬ。豊臣家の血は、一滴たりともこの世にのこしてはならぬのだ。見ておれ、かならずその女ども、ひっとらえて成敗《せいばい》してくれるぞ」

千姫は凄艶《せいえん》な笑顔をみせた。

「お祖父さま、恐れながら、お千はお手むかいつかまつります。豊臣家はやぶれました。けれど、わたしはやぶれてはおりませぬ。これがお千のお祖父さまへの果《はた》し状《じょう》でございます」

少くとも、五日や七日は手もとに置いておきたい――という祖父のはじめの願いもむなしく、千姫一行は翌日駿府《すんぷ》を江戸へ去った。

城の本丸の白壁に「君臣豊楽《くんしんほうらく》、国家安康《こっかあんこう》」という文字がかきのこされていることに気がついたのは、そのあとである。

「君臣豊楽、国家安康」――それは、豊臣家を祝い、徳川家を呪うものとして、家康が大坂を滅ぼす口実につかった例の大仏の鐘銘の文字であった。人々は顔色をかえた。

しかも、それは墨でかいたのではなかった。暗褐色《あんかっしょく》に変色はしていたが、たしかに血でかいたものらしく思われた。家康は不快そうな表情でそれをみていたが、ただ「よいわ、消しておけ」と命じただけであった。この文字をかいたものがだれか、彼にもよくわかったのである。

ところが――その血文字はきえなかった！　水であらっても、湯をそそいでもきえず、はては手斧《ちょうな》でけずっても――おどろくべし、壁の中からはてしもなく「君臣豊楽、国家安康」の文字が浮かび出てくるのである。

「……？」

壁のまえにたちすくんで、家康はかっと眼をむき出したままであった。

五

家康は三日間沈思黙考《ちんしもっこう》していた。それから、服部半蔵を呼んで、何事かを命《めい》じた。

命に応じて西へはしった半蔵が、五人の男をつれて駿府へかえってきたのは、四日ののちであった。その五人の男が、伊賀の忍者だときいても、人々は駿府から伊賀までの往辺《おうへん》百五十里にもおよぶ道程をかんがえて、唖然《あぜん》としたにちがいない。

曾《かつ》て、家康は或《あ》ることから、やはりこの半蔵の推挙《すいきょ》によって、いまだ世に出ぬ伊賀甲賀の忍者をみる機会があって、その生理の可能性の範囲内にありながら、常識を絶した秘技に舌をまいたことがあった。家康は、突如もちあがったこのたびの難問題を解決するのに、彼らの力をかりるよりほかはないという思案に達したのである。

彼らが到着したのは、もはや夜に入ってからであったが、家康はいそぎ篝火《かがりび》を焚《た》かせて、彼らを庭前に召した。

「伊賀国鍔隠《つばがく》れの谷の郷士《ごうし》、鼓隼人《つづみはやと》、七斗捨兵衛《しちとすてべえ》、般若寺風伯《はんにゃじふうはく》、雨巻一天斎《あままきいってんさい》、薄墨友康《うすずみともやす》と申すものにござります」

と、半蔵が紹介した五人を、家康は見わたした。姿、容貌にそれぞれの相異のあることは当然だが、いずれも剽悍《ひょうかん》な山岳の気と、うすきみわるい妖気《ようき》のただよっている点では共通している。

「大儀じゃ」

と、家康は会釈して、

「事の次第は半蔵よりきいたと思うが、引受けてくれるか」

「御諚《ごじょう》により、五人召しつれましたなれど、五人のものいずれも、かかる用は一人にて足ると申しております」

と、半蔵はいった。

「何、一人で？――それはもとより、余《よ》もなるべくはひそやかに、隠密《おんみつ》のうちに事をはこびたいと切に念じておる。出来るならば、それにこしたことはない。少々難儀の仕事であるぞ。ただ、その五人の女を誅戮《ちゅうりく》すればよいというものではない」

と、家康は指をおった。

「まず第一に、姫の身辺より、その女どもを探し出さねば相ならぬ。いま五人と申したが、一人か、二人か、三人か、四人か、それもわからぬ」

「…………」

「第二に、その女どもを成敗するのに、こちらの手がおよんだと姫に知られてはならぬのじゃ。もしそうと知れれば、姫は余に面当《つらあて》に、どのようなふるまいに出るか、それを苦にやんでおる。その女どもは、あくまでおのれから狂って死ぬなり、胤《たね》をながすなり、そのようにみえねばならぬ」

「…………」

「第三に、この用を果たすに、時のかぎりがある。五月に身籠《みごも》ったとすれば、六月に閏《うるう》があったから、子の生まれるのは来年の一月という勘定となる。いま七月——あと五月《いつつき》ばかりのあいだに、事をすませてしまいたいのじゃ」

家康は、五人の男が、いずれも不敵なうすら笑いをうかべているのに気がついた。

「出来るか」

「それがしが」

と、右端のひとりが水面を漂うようにまえにすべり出した。

「それくらいの御用ならば、それがし一人で充分と存ずる」

たしか、薄墨友康という男であった。その名のごとく、色は煤《すす》をぬったようにうす黒く、頬骨《ほおぼね》とのどぼとけがとび出して、ややつりあがった眼だけ白くひかっている。髪は総髪《そうはつ》というより、腰のあたりまで背にたれている。

それが、功《こう》をあせる風《ふう》でもなく、平然といい出したのに、他の四人もにやりとしてそれを見ているのが、べつに臆《おく》して遠慮したわけでもないらしく、彼ら忍者の結束と自負を実に自然にあらわしていた。

家康は眼をしばたたきながら、

「そちに、いま余の申した条々《じょうじょう》、相まもれるとな？」

「御意《ぎょい》」

「――どういたす」

「恐れながら、女性《にょしょう》――最も貞操堅固と思わるる女性を借用つかまつりとうござる。御前《ごぜん》にて、拙者《せっしゃ》の技を御覧に入れる」

家康は相手の唐突さにちょっとまごついた風であったが、すぐにいまじぶんの命じた用件の性質を思い出したようだ。しばらくうち案じていたが、うなずいて、

「胡蝶《こちょう》を呼べ」

と、いった。

やがて、胡蝶という侍女が呼び出された。

白羽《しらは》二重《ぶたえ》の小袖《こそで》に檜垣《ひがき》綸子《りんず》の裲襠《うちかけ》をきて、白元結《しろもとゆい》をかけたおすべらかしがふさふさとゆれる。大御所の会っている男たちの素姓も知らぬらしく、両手をつかえ、ふしんげに小首をかたむけて見あげた顔は、たとえようもなく清純であった。

「大御所さま、何御用でございましょうか」

「用は、こちらでござる」

　庭先から声をかけられて、縁側に坐った白い顔が何気なくそちらへむけられた。そのとたんに、彼女は「あっ」とさけんで顔を覆った。

「な、何をいたす」

　と、うろたえる家康に、

「針を吹いたのでござるが――なに、大《たい》したことはござりませぬ。たんぽぽの毛ほどの針――傷ものこりませぬ。痛みももはやありますまい？」

　と、薄墨友康は恬然《てんぜん》とこたえて、音もなくたちあがり、庭さき十歩の位置まであゆんできた。

　胡蝶は、ひたいと頬に刺《さ》さった数本の針をはらいおとした。おちれば、ゆくえもしれぬ微小な針であった。しかし、そのおどろきのゆえであろうか、彼女はまっ黒な瞳《ひとみ》を茫《ぼう》とひらいて、庭の醜怪《しゅうかい》な忍者を見つめている。――そのまるい肩がしだいに波をうち、頬に紅《くれない》がみなぎってきた。胡蝶のからだに、別な異変が起ってきたことに、ようやく家康も気がついた。彼女の唇はかすかにひらかれ、愛くるしい舌がのぞいてみえた。眼は異様なひかりをたたえて、友康にくいいっていた。

「ござれ」

　と、薄墨友康はいった。

胡蝶はふらふらと立って、縁をおりた。吸いつけられるように、友康の方へあるいてゆく。薄墨友康はあらあらしく、無造作にこれを抱きとめると、胡蝶の襟《えり》をぐいとはだけ、薄紅《うすくれない》の花のようなその乳房をつかんだ。

「あ……これ、待て」

と、家康が浮き腰になるのを、

「いま、しばらく」

と、友康はおちつきはらっていった。そして、片腕に胡蝶を抱いたまま、片手で乳房にふれていたが、やがてその手は、女の裾《すそ》に下《さが》っていった。胡蝶の乳房は嵐のように波うち、まつげはふさととじられ、口はあえいでいる。ときどきひきつけるような発作がはしるたびに、裾のあいだから縫《ぬめ》みたいなふとももが露《あら》わになって、白い足袋《たび》のさきがぴんとそりかえる。

この侍女のこのような姿態は、家康にいままで想像もつかなかった。処女であることはいうまでもないが、なかでもこういう淫《みだ》らな行為にはもっとも程遠い娘と見たからこそ、家康は彼女を名ざしたのである。——さっきの吹針に、女をけだものにかえる毒か薬がぬってあったに相違ない、とようやく家康も気がついた。

眼をそむけずにはいられない光景が、篝火のあかりのなかにつづいていた。七十五歳の家康の顔も、あかくなったり、蒼くなったりした。もしこれが、おのれの命じた大事につながるものでなかったら、「もうよい、やめよ」と彼はさけび出したにちがいない。——

白いあごをあげ、黒髪を地に垂らし、弓なりにのけぞっていた胡蝶は、そのまま地上に横たえられた。

裾は大きくみだれ、かきひらかれたふくよかな象牙《ぞうげ》のような下肢《かし》のあいだに、薄墨友康の顔はきえていた。猫が、水をなめるような音がきこえた。胡蝶が大きなうめき声をあげ、四肢をぶるぶるとふるわせて、急にぐったりとうごかなくなった。

「薄墨」

「死んだのではござらぬ。——いや、法悦《ほうえつ》のために死んだも同然と申そうか。まもなく甦《よみが》えることはまちがいはありませぬが、あと一ト月は半病人でござろう」

と、笑いをふくんだ声とともに、薄墨友康は顔をあげた。

家康は、友康の顔がぬれひかっているのをみて、思わず眼をそむけようとしたが、ふっとその視線がうごかなくなった。相手の容貌《ようぼう》に、微妙な変化をみたような気がしたからだ。

——その顔は、醜怪《しゅうかい》さをけしていた。顔のみならず、からだにも、何ともいえないやさしい線がうかび出た。彼はまるで甘露のしたたりでも反芻《はんすう》するように、舌なめずりした。みるみるうちに、そのとび出した頬骨《ほおぼね》とのどぼとけがなめらかになって、顔全体がまるみをおびてきた。白味をおびた眼が黒い瞳に変り、青銅の皮膚が象牙《ぞうげ》色《いろ》になった。

「……あっ」

家康は、思わずさけんだ。そこに立っているのは、女——しかも、胡蝶そのままの女人の姿ではなかったか。

変形《へんぎょう》した薄墨友康はかがみこんだ。その腰のうごきはなまめかしかった。そして、するすると地上の胡蝶のきものを剝《は》いだ。それから、じぶんも衣服をぬぎすてた。さすがの家康が、名状しがたい恐怖に襲われて、もはや声も出なかった。――見よ、友康の胸に、むっちりとふたつの乳房がもりあがり、一瞬股間《こかん》にみえたものは、幽《かす》かにけぶるような女陰ではなかったか。

彼は、胡蝶の衣服をまとった。檜垣《ひがき》綸子《りんず》の裲襠《うちかけ》に、ばさとみだれたながい黒髪も凄艶《せいえん》に、何かのぬけがらみたいに白い裸身を横たえている胡蝶をよけて二、三歩出ると、つつましやかに両手をそろえてうずくまった。

「伊賀忍法――くノ一化粧にござります」

声は胡蝶のものであった。

あとの四人の鍔隠《つばがく》れの忍者は、しずかに笑って家康を見ていた。

薄墨友康が江戸へむかって去ったあと、家康は服部半蔵からきいた。女という字を分解すればくノ一となる。すなわち「くノ一」とは「女」をあらわす忍者の隠語であった。――しかし「化粧《けしょう》」という語を、これほど凄《すさま》じい適切さでなぞらった変化《へんげ》ぶりは、またとこの世にあるまい。薄墨友康があのようにあざやかに女人《にょにん》に変形《へんぎょう》したことは、もとより彼のほこる忍法の妙術にちがいないが、いまの言葉でいえば、女性ホルモンの作用ででもあろうか。

と、千姫を護衛してきた坂崎出羽守である。

六

――幸か不幸か、千姫の身辺に、真田《さなだ》の息のかかった女がほんとうにいるのではないか、という疑いをもったものが、ほかにもいた。伏見から江戸まで、千姫を護衛してきた坂崎出羽守である。

彼もまた、桑名からの渡船のなかでの、あの本多の家来の怪死と、その直前のつぶやきを見聞きしたのである。これをたんにききながすことのできなかったのは、ちょうど服部半蔵に、大坂城で兄の目撃した奇怪な事実の裏づけがあったのとおなじで、彼にも道中露骨にしめされた千姫の言動が、「もしや」という疑惑を起させた。

千姫を大坂城の炎の中から救い出す直前に、「姫をたすけてくれた者に、姫をやる」という家康の言葉をたしかにきいた。その約束にうごかされて猛火にとびこんでいったのではないが、面《おもて》をやいた炎と、背をやいた姫のからだの感覚が、出羽守を煩悩の虜《とりこ》にかえてしまった。それなのに、道中、千姫は終始さげすみとにくしみの眼で彼をながめ、

「わたしは豊臣家のおんな」

と、事あるごとに昂然《こうぜん》と口ばしるのが、出羽守に、余人《よじん》のように寛大にききながす余裕を失わせた。本多の家来のいった「真田の女」が、まさか秀頼の胤《たね》を身籠《みごも》っているとは知りようがないが、すくなくとも、豊家《ほうけ》をわすれぬ女がなお千姫にまつわりついているおそ

れは充分ある、とかんがえられたのである。

柳原《やなぎわら》にある坂崎の屋敷で、鬱々《うつうつ》と腕ぐみをしていた出羽守が、思い決したように近臣を呼びあつめたのは、江戸へかえって五日めのことであった。

帰府以来、主人の憂鬱の原因が、道中の千姫の態度と、駿府で家康が例の約束ごとをおくびにも出さないで、けろりとわすれたような顔をしていたことにあるのを見ぬいて、心中憤慨していた家来たちは、すわとばかり、そのまえにつめかけた。

「おれは、もういちど駿府にゆきたい」

と、出羽守はいい出した。

「御心中、お察し申す」

「殿《との》が大御所さまに、あの件についてなぜ申し出されなんだのか、拙者ども歯痒《はがゆ》うござった」

と、家来たちは口々にいった。

「あの際じゃ。いいそびれたのよ」

と、出羽守はやけただれた面体をひきつらせて、にがく笑った。

「姫がまだ御帰府もなさらぬに、左様な私事《わたくしごと》はもち出せなんだ。と思っておったが、この二、三日、いろいろ思案をしてみるに、日がたてば、かえって証文の出しおくれとなるような気がしてならぬ。そこでじゃ、大御所さまが例の御約束、やわか忘れ顔をなされぬうちに、釘《くぎ》をうっておきたい。ただ、それにしても、手ぶらで、それのみの用件ではおしかけにくい」

そして出羽守は、例の疑惑を口にしたのである。もし千姫の侍女のうちに、真田につながるものがあれば、それをひっくくって土産《みやげ》としたいというのであった。

「もし、それが事実ならば、まことに捨ておかれぬ一大事」

「まさか、姫がそのことを御存じではあるまいが――」

「それを知れば姫も真田の執念に水をあびたような思いをなされ、大御所さまも、こりゃ千姫の身は坂崎にまかすにかぎると決心あそばすは必定《ひつじょう》でござろう」

一大事とはいったが、むしろ彼らは軽躁《けいそう》に評定《ひょうじょう》したのである。その結果、成瀬十郎左衛門《なるせじゅうろうざえもん》、戸田伴内《ばんない》、大友彦九郎という三人の家来が、じきじき千姫の屋敷をおとずれて、その実否《じっぴ》をただすことにきまった。

江戸城竹橋門内に建てられた千姫の屋敷は、まだ壁も生乾《なまかわ》きのありさまであった。これでも、あたらしく家老を命じられた吉田修理介《しゅりのすけ》が五月以来、昼夜兼行で工事を督励してきたものである。ひるまはまだ何百人という大工や左官が槌音《つちおと》をひびかせ、泥まみれになってはたらいている。父の将軍秀忠が、しばらく城内に住むようにすすめたにもかかわらず、すねたように、いちはやくここに入った千姫であった。もっとも江戸城そのものが未完成で――いや江戸ぜんたいが、まだいたるところを切りくずし、埋めたて、覇府《はふ》草創《そうそう》の土けむりの中にある時期でもあった。

その千姫屋敷に、夕刻ちかく、坂崎から三人の使者がおとずれて、いそぎ吉田修理介に面会を申しこんだ。修理介はおりあしく不在であったが、「千姫さまお付きのものの身分について、内密に御意《ぎょい》を得たいことがある」という使者の用件を千姫がふときいて、みずから会ってやろうといい出した。

成瀬十郎左衛門と戸田伴内と大友彦九郎は、肩ひじはって奥へとおった。もともと坂崎家は徳川譜代《ふだい》の臣ではない。曾ては家康らとともに豊臣家五大老の一人であり、関ヶ原では西軍の総帥ともいってしかるべき宇喜多秀家《うきたひでいえ》は、出羽守の従兄《いとこ》にあたり、出羽守はこの秀家と不仲となって家康の麾下《きか》にはしったもので、家柄といい、関ヶ原以来の武功といい、たとえこんどのことがなかろうと、後家の千姫をもらうのにさほど随喜《ずいき》の涙をこぼすまでのことはない、という彼らの鼻息であった。

夏ではあったが、雨催《あまもよ》いの日で暗い夕暮であった。すでに短檠《たんけい》をつらねた書院に、千姫はひそと坐っていた。左右には五人の侍女が影のごとく従っているばかりで、男気はない。

このとき彼らは、すでに名状しがたい妖気がぞくぞくと背を這《は》っているのを感じていた。「壁がぬれているからではないか」と思う。「女ばかり——男の影がひとりもみえないせいではないか」とも思う、——いずれにせよ、妙にしめっぽい、蒼《あお》い靄《もや》のようなものが屋敷全体にながれているのであった。

使者のあいさつに、千姫はわずかにうなずいた。道中のときとおなじように、冷やかで傲然《ごうぜん》としている。ただ暑い旅上《りょじょう》とちがって、この世のものとは思われないほど幽暗《ゆうあん》な美しさがあった。なんとなく勝手のちがった畏怖《いふ》から、それに反撥《はんぱつ》するように成瀬がずばりと例の件についてきり出した。

それに対して千姫のこたえはこうであった。

「存じておる」

それっきりだ。三人は唖然《あぜん》とした。すぐに戸田伴内がかみつくように、

「御存じあそばすとは……それでは姫には真田の女を――」

「わたしの召使うものの素姓に、そなたらの指図はうけぬ。……用は、それだけか？」

大友彦九郎がさけんだ。

「恐れながら、姫のおつかいあそばすものについて、われら、他家のこととして拱手傍観《きようしゆぼうかん》は相成りませぬ」

「なぜ？」

「姫君には、やがて拙者どものあるじ坂崎出羽守へ御輿《おこし》入れのはずでござれば」

「なぜ？」

三人は満面を朱にそめた。

「大御所さまの御誓言《ごせいげん》でござる！」

「お祖父さまはしらぬ。わたしは誓言せぬ」

そして千姫は、何ともいえない冷たい笑いをうかべた。

「お祖父さまは、太閤《たいこう》さま御臨終のさい、秀頼さまに御奉公の儀は太閤さま御同前、表裏別心、毛頭《もうとう》存ずまじきことと起請文《きしようもん》をかかれたお方じゃ。それは天下のひとみな知るとお

り。それを承知でお祖父さまといっしょに大坂城を攻めほろぼしながら、笑止や、おのれのこととなれば、お祖父さまの御誓言を信じたのか？」

三人は、こんどは蒼白《そうはく》になって、千姫をにらみつけていたが、すぐにきっと顔を見あわせて、

「ただいまの仰せ、たしかに承わった。そのむね、ただちに主人出羽守へ申しつたえるでござろう」

と、跫音《あしおと》あらくたちあがった。そのとき、千姫でない声がした。

「かえることはならぬ」

三人はふりかえった。千姫のすぐ右にいるひとりの侍女と眼があった。

むしろ稚《おさ》ない、まる顔の少女だとみえたのは一瞬である。三人は、異常に大きく、まっ黒なその瞳に吸いつけられた。視線をはなそうとしたが、はなれなかった。三人の眼は――魂そのものは、瞳の深淵《しんえん》にひきずりこまれた。黒い沼から、ぼうと黒い霧がたった。それはあたりにぼやけ、ひろがり、書院はみるみる異様に暗くなった。短檠《たんけい》の燈心《とうしん》もいっせいにめらめらと黒い油煙をあげはじめたようであった。

そのなかに、白日の牡丹《ぼたん》のようにゆれうごくものがある。たちすくみ、あごをつき出し、じっと見いる三人の眼に、それが裸身の女人とみえてきて、

「――や？」

と、息をのむ、牡丹はひとつからふたつにふえた。みるみる五つから七つにふえた。

愕然《がくぜん》として見まわすと、周囲の唐紙《からかみ》にも、天井の木目にも、幾十人ともしれぬ全裸の女が、くねくねと白蛇《はくじゃ》のようにもつれうごいている。

「――変化じゃ！」

だれがさけんだのかわからない。それはへんに遠い声であった。無数の女が暗くけぶる空中を漂ってきて、彼らにふれた。彼らは背におしつけられる乳房の脈搏《みゃくはく》と、口すれすれに、あえぐ匂やかな唇と、ちかぢかとのぞきこむうるんだような眼を、まざまざと感じた。

もはやものもいわない。三人の武士の腕は宙《ちゅう》をなでまわし、金魚みたいに口をぱくぱくさせた。――腕は空《くう》をつかむだけであった。しかも彼らは、じぶんのももをくすぐり、下腹をもてあそぶ柔かい指のうごめきすら感覚するのだ。三人は息のつまったようなうめきをあげた。

幻《まぼろし》の女の雲は、なまめかしく、しずかに移動しはじめた。三人は、そのなかをおしながされてゆく。肩を波うたせ、牡犬《おすいぬ》のような息をはいて、彼らは書院から廊下へ、廊下から庭へおよいでゆく。

井戸があった。三人はその井戸のふちに手をかけて底をのぞきこんだ。三方からのぞきこむおたがいの姿はみえず、水にうつるほそい三日月もみえず――彼らは、何を追うのか、ひとりずつ、高速度撮影のようにゆっくりとその井戸の底におちていった。

――三日月の下で、声があった。

「お眉《まゆ》。……あの三人は、どうしてかけ出したのじゃ。そなたはたもとから、たくさんの小さな普賢菩薩《ふげんぼさつ》をとり出して、まえにならべおったが」

「姫さまの御覧あそばしたのは普賢菩薩でございます。けれど、あの人には、ちがう菩薩さまがみえたのです」

と、若々しい声がこたえた。

「真田家につたえられた信濃《しなの》忍法《にんぽう》――幻菩薩の術とはこれでございます」

翌朝、千姫屋敷の、先日掘られたばかりの井戸は厚い板をうちつけてふさがれていた。千姫さまがこの方位に井戸のあることをおきらいあそばしたからという理由であったが、大工たちがくびをかしげたのは、井戸はそのままにして、その上に小さな持仏堂《じぶつどう》をいそぎ建立《こんりゅう》するように命じられたことであった。

七

まだ木の香《か》も匂う持仏堂の縁の下に、虫が鳴いていた。夕ぐれ、美しいふたりの女がその持仏堂に入った。やがてあかあかと燈明《みあかし》がともる。

「南無《なむ》……竜淵寺天真源性《りゅうえんじてんしんげんしょう》……」

その祈りの声が、ふいに「あっ」というひくいさけびに断ちきられた。

「何とする、お志津《しず》。――」

「お奈美《なみ》さま、竜淵寺天真何とやらは、秀頼さまの御法名《ごほうみょう》でございますね？」

燈明《とうみょう》は、そのまえにふきけされていた。闇にとざされた持仏堂のなかで、お奈美という侍女は、頬に刺さった毛のようなものが針と知って、

「おまえは！」

と、もういちどさけんだが、そのからだをぐいと抱きしめられた。持仏堂につれて入ったのは、たしかに婢《はしため》のお志津だ。声もお志津にまぎれもない。しかし、抱きしめた力は、たしかに男のそれであった。

「お志津、おまえは——」

「お志津は、きのうから、この下の井戸に浮いております。坂崎の家来、またこの持仏堂をつくった大工たちの屍《むくろ》ともつれて——わたしはそれを知っております。それからあなたさまが真田左衛門佐《さえもんのすけ》から下知をうけた五人の女忍者のひとりであることも——ただ、おまえさまとわたしと、ふたりだけになれるときを、いままで待っていたのです」

と、お志津の声は笑いをふくんで言った。闇の中で、ただあえぐ声がきこえた。

「そうれ、息がかわってきた。血はあつくなり、乳くびはうずく。女がこうなってきたからには、おれも男にかえらずばなるまい」

声がのぶとい男のものに変った。

「お、おまえはだれじゃ」

「おれは、駿府から来た伊賀の忍者、薄墨友康」

そう名のられても、女はもはや悲鳴もあげず、のがれようともしない。いや、いちど必

死に抵抗するように両手をさしのばしたが、腰をかかえられてからだは弓なりになり、腕はむなしく空《くう》をかいた。ふとものあいだを這《は》う男の指から、電流のようなものが全身にうねりつたわり、肌はあつくうるおい、彼女は眼をなかばとざして、ついにうめき声をたてた。

「どうじゃ、伊賀の忍法――まけて悔いはないであろ？　女をよろこび死《じに》させるのが、薄墨友康の忍法じゃ、おお、この繻子《しゅす》のような腰、腹――この腹のなかに、秀頼の子がおるのか？」

お奈美はくびをふった。しかし、言葉としての声は出なかった。ただ、腕を友康にまきつけ、その腰と腹を吸いつかせて、身もだえした。

「なに、そんなに焦《じ》らすなというか――まてまて、いましばらく待て、おれにそなたという女の香を心ゆくまでしゃぶりつくさせてくれい」

そして闇の中で、猫が水をなめるような音がひびきはじめた。ときどき、ごくりごくりとのどを鳴らす音もきこえた。女はひきつるような声をあげた。

「おお、死ね、死ね」

もはやまったくおのれの術中に入ったとみて、薄墨友康はあざわらった。

「お奈美、こうしておれ恋しさにもだえてくれるそなたを死なすは、友康、腸《はらわた》がさけるようじゃ。しかし、そなたは死んでくれねばならぬ。つぎの女忍者、お瑤《よう》、お喬《きょう》、お由比《ゆい》、お眉《まゆ》らにちかづくために喃《のう》。おれがお瑤にちかづいて殺しても、千姫さまは、お奈美が殺《あや》めたとおかんがえあそばすであろう。つぎにお番にちかづいて殺しても、みなお瑤のしわざと思うであろう。おれのいうことがわかるか、お奈美」

友康は立って、燈明をつけた。燈の環《わ》のなかに、床に白い雌蘂《めしべ》をひろげたようなお奈美の姿がうかび出した。が、その四肢は投げ出され、眼はうすくひらかれたまま、虚脱したように身うごきもしない。

友康はその顔のうえに、顔をかぶせた。

「みよ――おれは、女の精《せい》を吸って、その女に変るのじゃ」

なかば死んだようなお奈美の顔と相対して、生気にみちたお奈美の顔があった。

「伊賀忍法――くノ一化粧――」

と、ささやくようにいって、友康がお奈美の乳房の下に懐剣《かいけん》をつきたてたとき、女の唇がかすかにうごいた。

「信濃忍法――月ノ輪――」

「なに？」

しかし、真田の女忍者は、そのままがっくりとこときれた。

――しばらくして、また燈明がきえた。ひそやかに何かを洗うような水音がきこえ、つぎに床板をのける音がして、深い地底で重い物がおちたような水音がひびいた。

すでに暮れつくした晩夏の庭を、お奈美の優雅な姿が、精霊《しょうりょう》のようにかえっていった。

「お奈美」

呼ばれて、彼女は顔をあげた。

むこうの廊下を千姫さまが歩をはこんできた。うしろに侍女のお喬とお眉がしたがっている。お眉は雪洞《ぼんぼり》をささげている。

「どこへいっていやった？」

「御持仏堂へ、燈明《みあかし》をあげに参っておりました」

「それは、大儀。――」

といいかけて、千姫の眼がふとひろがった。何かいい出そうとするまえに、お喬がしずかに声をかけた。

「お奈美さま、お顔のあたりに妙なものがついておるようでございます。お待ちなされませ」

といって、すぐひきかえしてゆく。

お奈美の顔にかすかに狼狽《ろうばい》がはしり、手が頰にあてられたが、そのまま千姫がじっと見つめているので、身うごきはできなかった。

千姫がつぶやくようにいった。

「お奈美、そなたが秀頼さまのお胤《たね》はつかなんだと申したのはまことらしいな」

「は？」

小ばしりに、お喬がもどってきた。両手に小さなたらいをささげている。縁側において、

「まず、お洗いなされませ」

お奈美は、そのたらいの上に顔をもっていった。お眉の雪洞《ぼんぼり》がさしよせられた。

両手を水にひたそうとして、お奈美のからだがぴたと静止した。――水にうつる自分の顔――その口からあごにかけて染まった鮮血の色。

ここへくるまえ、彼女は持仏堂の閼伽桶《あかおけ》の水で、いくどもていねいに洗い、うがいしたはずなのに。

水珠《みずたま》をちらして、たらいに手をさし入れた。

「とれぬ、とれぬ、その血はきえぬ」

と、雪洞をもったお眉がしずかにいった。

「それはお奈美の忍法月ノ輪の血じゃもの。――」

同時に、そのひたいから真一文字に斬りさげられたお奈美は、たらいのふちに両手をかけて、数秒間じっとじぶんの顔を――みるみる薄墨友康にかえってゆく顔をのぞきこんでいた。

「駿府からきた化物《ばけもの》か！」

真田の女忍者お喬の第二の刃《やいば》が下るまえに薄墨友康は、たらいの水が真紅《しんく》にそまるのをみた。それはおのれの血であった！ 次の瞬間、その青銅色の顔はしぶきをあげて、真っ赤な血だらいのなかへがくと沈みこんでしまった。

忍法「天女貝」

一

　江戸城竹橋門《たけばしもん》内にある千姫屋敷にのりこんでいった三人の家臣がそれっきりかえらないので、坂崎家では「はてな?」と動揺した。半月ばかりたって、家来のひとり、筵田忠兵衛《むしろだちゅうべ》衛《え》というものが、主人のところへいってみると、出羽守《でわのかみ》は、重だった家臣にかこまれて、腕をくんでかんがえこんでいたが、筵田の姿に顔をあげて、

「忠兵衛、どうであった」

　と、きいた。

「はっ、あれ以来手をまわして門番などからきき出しましたところ、当夜千姫さま御屋敷では、べつに何の騒動もなかったそうでござる」

　筵田忠兵衛は主人の出羽守に命じられて、千姫屋敷を探っていたのである。それによると、ひるまは大工や職人がたくさん入りこむけれど、夜になると家老の吉田修理介《しゅりのすけ》とその家来、門番、庭働きの中間《ちゅうげん》など、それも老人ばかり十数人をのこして、あとは女だけになってしまう。あの夜もそのとおりで、何の異常もなかったというのであった。

「それに、奇怪なことをききました。これは門番の口からではなく、このごろ御作事《おさくじ》まったく終って出入りをやめた職人どもの噂でござるが、その中の十幾人かが、神かくしにあったように千姫さまお屋敷から消え失せてしまったとか。——」

「なに？」

「どうやら、持仏堂とやらの建立《こんりゅう》に従っておった連中の由《よし》でござる」

みんな、だまって忠兵衛の顔を見まもっていた。何とも判断しようがなかったのである。

「——いったい、そやつら、どうしたのか？」

と、家臣のひとり、黒沢主膳《くろさわしゅぜん》がつぶやくと、そばの関主殿助《せきとのものすけ》という家来も、

「いや、その大工風情《ふぜい》はしらず、成瀬、戸田、大友ほどの男どもが、なんの手むかいもいたさず、やすやすと消えるはずがない。毒酒でものまされたのではないかという疑いもあるが、あのお屋敷に真田の息のかかった女がいるのを承知で出かけた人間が、やわか、左様な子供だましの策略にかかろうとも思われぬ」

「相手は女ばかりというのに——よもや、大工どもとともに、女護島《にょごがしま》の虜《とりこ》となって、夢うつつにくらしておるのではあるまいな」

と黒沢主膳がつぶやいたのに、みな笑いかけたが、すぐにしんとした。そんなふしだらな男たちでないということは、だれにもわかっていたからだ。相手は女ばかり——そのことが、ここにいる千軍万馬の侍たちに、かえってぬらりと冷たい妖気《ようき》をおぼえさせた。

「相手は女と申しても、真田に飼われておった女じゃ。十郎左たちが、どんな罠《わな》にかけら

れたかもしれたものではない」

　と、出羽守はうめいた。

「左様ならば、もはや一刻の猶予《ゆうよ》はなりますまい。いそぎ殿《との》おんみずから駿府《すんぷ》にお上《のぼ》りあって、大御所さまに御注進なされた方が――」

　と、いい出したのは、老臣の落合閑心《おちあいかんしん》であった。出羽守はいちどうなずいたが、なおうごかなかった。

「さればよ。しかし……千姫さまには、はたして御承知であろうか？」

「ささ、それをたしかめに十郎左どもが参ったのでござるが――」

「千姫さまが、まさか御存じであろうとはおれには信じられぬ。いや信じとうないのだ。それゆえ、得べくんばおれの手で、おれの手のみで千姫さまに憑《つ》いた女狐《めぎつね》どもを退治したいのじゃ」

　出羽守の声には、思いつめた調子とともに、どこやら照れくさい感じがあった。大御所さまへの忠義立てよりも千姫さまへ御自分というものの存在を強めようとしておられるのだ、とみなすぐ直感した。その一同の眼に、出羽守はやけただれた顔をいっそうあからめて、

「だいいち、成瀬、戸田、大友らがたしかにこの世にないともまだ断じがたい。いずれにせよ、家来をやってかえらぬから、と泣面《なきづら》かいて駿府へかけつけたと、それが徳川家にかかわるほどの大事であるかないかは別として、あの大御所のおんあなどりを受けるは必定《ひつじょう》、

いや大御所さまどころか、ほかのだれにきかれても坂崎の面目まるつぶれだと思わぬか」

いわれてみれば、そのとおりであった。また、中年すぎた出羽守が、その醜顔《しゅうがん》をあからめていい出したことに、主人の千姫へのなみなみならぬ執心をみてとって、家来たちは、ふだん粗暴なこの主人へむしろ可憐《かれん》の感すらもよおした。

すぐに、三人の第二の使者がたてられることになった。筵田忠兵衛と黒沢主膳と関主殿《とのもの》助《すけ》である。いってかえらぬ第一の使者の先例があるだけに、これは使者というより、はじめから万一の覚悟を要する斥候乃至刺客《せっこうないしかく》の役目であった。

さらに数日を経て、すべての後始末をすませ、きょうの身仕度をととのえて、関主殿助は、坂崎邸の長屋を出た。出ると同時に、はっとした。

そこにひとりの美少年がたっていた。

「主殿助さま」

「初音《はつね》どのではないか」

初音は成瀬十郎左衛門の妹で、ことし十八になる。背もたかく、豊満なからだであるが、きびしい十郎左衛門が父代りにしつけただけあって、武芸も達者だし、りんとした美少年の感じがあった。しかし、現在その初音が、前髪立ちになり、男同様に袴裃《はかまかみしも》をつけて立っているのをみると、主殿助は眼をまるくせずにはいられなかった。

「千姫さまのお屋敷へ参られますか」

「きかれたか」

「なにゆえ、わたくしにも一言きかせて下さいませぬ」

「いや、これはただの使者ではない――万一、事と次第では、命にもかかわるほどの使いゆえ――」

と、狼狽《ろうばい》してこたえて、主殿助はじぶんの言葉にいよいよ狼狽した。それだからなぜだまってゆくのかと責める初音の、張りのある瞳《ひとみ》であった。彼女は彼のいいなずけだったのである。

それにしても、初音のこの異装は――と、すでになかば推察しつつ、おさえつけるように、

「それはともかく、その姿はどうなされたか」

「あなたさま方にお供するつもりでございます」

むしろ、しずかな口調でいったが、眼には一歩もあとにひかぬ決死のひかりが宿っていた。

「そ、それはならぬ、女のそなたを」

「女としれぬように、この姿でございます。また知れたとて、どうというわけもございますまい。あちらさまも、女性《にょしょう》ばかりと申すことではございませぬか」

「……初音どの」

と、主殿助は眼をすえていった。

「おれは大言するようだが、胆《きも》ぶとさに於《おい》ては、さほどひとにおくれはとらぬ男のつもりでおる。大坂の陣ではじめて敵というものと向いあったとき、べつに武者ぶるいもいたさなんだ。ところが——このたびの役目、なぜかしれぬが、無性に気味がわるいのだ。まるで蛇の穴へ入ってゆくような気持なのだ。その役目に、そなたを——」

「それは可笑《おか》しゅうございます。相手は女ばかりと申しますのに」

と、初音はもういちどくりかえして、ほんとうに可笑しそうに笑った。

「それほど恐ろしいお屋敷なら、是非ともわたしもいってみとうございます。兄の安否をさぐらねばなりませぬ。もしあなたが兄とおなじように、ふたたびおかえりあそばさぬなら」

「美少年」の眼に、主殿助を無抵抗にさせる涙がうかんだ。

「わたくしひとり、この世に生き残っても無用でございます」

二

水中の花がひらくように、千姫は笑った。

「それでは、坂崎の家来三人がわたしのところへきたまま、かえらぬと申すのか」

「されば……」

「いかにも、三人のものはきた。が、口上を申したてて、すぐひきとったぞ。ひきとって、どこへいったか、わたしは知らぬ。せっかく出羽守に土産物をつかわしたに――」

「土産物？」

「玉手箱をの」

千姫の美しい眼は、嘲《あざけ》りにかがやいていた。

「主人も何やらものほしげな男ゆえ、家来にも主人の性《さが》がうつったのであろう。かえる途中であけてみて、中からぱっとたちのぼった白煙に老人となり、面目なさにかえるにかえれず、どこぞへ逐電《ちくでん》したものに相違ない」

はぐらかす気配はない。目下のものに対して、はぐらかすような育ちも気性も享《う》けていない千姫であった。これは公然たる挑戦である。挑戦の眼が、冷やかにうごいていって、最後の美少年のひたいにとまった。女にも見まほしい美しさに、ちらと憐《あわ》れみと惑いの翳《かげ》がさしたようである。

しかし、坂崎の四人は、それが徳川家そのものに対する深刻痛烈な挑戦であることまで見とどけかねた。ただ、主人出羽守に対する手ひどいいやがらせととって、恐怖よりも怒りに身をふるわせた。

「恐れながら」

と、筵田忠兵衛が歯ぎしりしていい出した。

「下手人《げしゅにん》をおひきわたし下されい」

「下手人？」

「ただいまの仰せで、三人のものどもがここで落命いたしたことは分明《ぶんみょう》に相成りました。これがなみの場合ならば、上様の姫君さまの御屋敷でいかような御成敗をうけましょうとも、ただただ恐れ入ってござるが、このたびのことにかぎり、下手人の詮議《せんぎ》立《だ》てをいたさねば相成ならぬ」

「なぜ？」

「彼らほどのものが、やわか通常の婦女子に討たれるはずもなし――姫、よもや、御存じではございますまいな――と申しあげたきところながら、ただいま承わったおん口ぶりでは、恐ろしや、すべて、御承知の上とみるよりほかはございませぬが、まさに天魔に魅入られあそばしたか、おそばちかく真田左衛門佐《さえもんのすけ》の息のかかった女がひそんでおるはず、彼らを討ったものは、その女とより考えられませぬ」

千姫は微笑した。

「よう見ぬいたの」

そして、ふりむいて、

「天魔、出やれ」

うしろに侍《はべ》っていた四人の女のうち、三人がしずかに立って、坂崎の使者たちのまえに坐った。

「うぬらは……うぬらは……」

筵田忠兵衛と黒沢主膳は、千姫と、眼前の女たちのあまりの不敵さに絶句した。

彼らはもとより真田の女がいく人いるか、人数までは知らなかった。それが三人もいることにあきれはてたのだが、ましてやそれが秀頼の胤《たね》を身ごもった忍者であると知ったなら、のけぞりかえって気死したかもしれぬ。それくらいだから——千姫のうしろに、ただひとりのこったもうひとりの侍女が、このときたもとから、手の中に入るような普賢菩薩《ふげんぼさつ》の像をあとからあとからとり出して、まえにならべはじめたのに気がつかなかった。

「真田の女か！」

と、ようやく絶叫したのは関主殿助だ。

「御免」

猛然と立ちあがると同時に、そのこぶしに何やらきらめいた。もとより大小は次の間においてきたが、ふところにかくしもっていた短刀だ。

しかし、彼は懐剣をふりかぶったまま、このときうしろによろめいた。同時に、黒沢主膳と筵田忠兵衛も、おなじく短刀をつかんだ姿勢をおよぎ出させている。まるで盲目になったように、三人の女のあいだをよろめいて抜けて、一方の手で腰のあたりをなでさすった。

初音には、何が起ったのかわからなかった。三人の男の眼には、このときまるで座敷が夜霧につつまれたようにくらくなり、そのなかに無数の白い女の肌がもつれあってみえはじめていたが、初音には何もみえなかった。みえないだけに、恐怖につきあげられてこれまたたちあがったものの、ぼうとして眼を見はるばかりだ。

三人の男は短刀をとりおとして、身体をくねらせた。眼が急激な酔いを発したように血ばしってひかりはじめ、あらい息をはき、口からよだれがながれ出した。何が何やらわからぬままに、それは初音にとってはじめてみる、犬のようにあさましい男の姿にみえた。これは、どうしたのだ、あの主殿助《とのものすけ》さままでが。——

千姫のうしろで、ひとり普賢菩薩の像を将棋《しょうぎ》のようにあやつる女——お眉の忍法「幻菩薩《まぼろしぼさつ》」であった。三人の男は、まぼろしの女のあえぎをかぎ、まぼろしの女の舌をすい、まぼろしの女の乳房をおしつけられ、まぼろしの女の繊手《せんしゅ》にもてあそばれた。

「お瑤《よう》」

と、千姫がよんだ。

「はい」

と、うす笑いして侍女のひとりがたちあがる。雪のような頰とあごの肉に、椿《つばき》の花弁にまごう唇がぬれて、息をのむほど肉感的な大柄な美女であった。

「出羽め、うるさい奴じゃ、この四人を成敗いたせば、またぞろ血迷うて、いよいよのぼせあがって、新手《あらて》をよこしてくるは必定《ひつじょう》、なんぞこれきりあきらめさせる手だてはあるまいか?」

「持仏堂へおよこし下されませ。わたくしはさきにいって待っております」

「何をしやる」

「ひとりだけ、男の魂をぬいて、追いかえしてやりましょう」

と、彼女は笑顔で会釈して、さきにはしり出ていった。

そのあとを追うように、虚空をかきむしりながら庭へよろめいてゆく三人の男を、

「あっ、待って！」

と、はじめて悪夢からさめたように初音はよんだ。その声と身ぶりに、愕然《がくぜん》とお眉が顔をあげた。

「あれは。――」

と、初音を指さして、

「女ですっ」

それは初音の美貌よりも、その「美少年」が幻菩薩の妖術にかからなかったことに気がついた刹那《せつな》の忍者の直感であった。

裳裾《もすそ》をふんだふたりの侍女は初音におそいかかっている。縁のはしで、初音はふりかえって、二条の懐剣の閃光《せんこう》をみるや否や、反射的にそのたもとから鎖をほとばしらせていた。玉鎖《たまぐさり》という、鎖のさきに分銅《ぶんどう》をつけた武器だ。初音が関主殿助についてきたのは、それだけの覚悟があった。

「あっ」

むしろ、女だと知ったのが、追撃者に不運であった。さすがの、女忍者も、この思いがけぬ反撃と武器に、狼狽しつつ懐剣でふりはらったが、分銅は懐剣をはねて、なおその姿勢で、くるくるっとひとりの女忍者を巻いて、はっしとその腹部を打った。彼女はうめい

て、縁に伏した。

初音は縁を蹴《け》った。その陰に、もうひとりの女忍者の手から流星がすじをひいて、袴《はかま》にとまった。庭にとびおりた初音は、走ろうとしてどうとふしまろんでいる。宙にひるがえった袴の裾《すそ》を懐剣で縫われたのである。

もがくところをとりおさえられた。地をつかむ手の甲に、袴からぬきとった懐剣がまっすぐに突きたてられて、縫いとめられた。

「うっ」

華麗な蝶《ちょう》みたいにのたうつ初音のふところに、女忍者の手がさしこまれている。

「お喬《きょう》——女か？」

と、縁まで出ていた千姫がこちらに顔をむけた。玉鎖にうたれてつっ伏したままの女忍者を抱きあげていた。

「女でございます」

千姫はこちらの返事にはこたえず、「お由比《ゆい》、お由比、しっかりしや」と、胸の女忍者をゆすぶっていた。女忍者は眼をあけて、ゆがんだ微笑をみせた。

「不覚……お恥ずかしゅうございます」

「腹をこの分銅がうったらしいが……やや、はぶじであろうか。わたしよりも、だいじなからだじゃ。すぐに医者をよんで手当をしてつかわすほどに、しばらくあちらで休んでいや。……にくい奴が、あの女はきっとわたしが成敗《せいばい》してやろう」

苦痛に、這《は》うようにしてお由比が去ると、千姫は庭におりてきて、初音を見おろした。

「女。……女の身をもって、坂崎の使者に加わったのはなにゆえじゃ」

「兄を、どうなされました」

と、初音も掌の痛みに歯をきしらせながらいった。

「兄？」

「先日、お屋敷へ参上した三人のうちのひとり――」

さすがに、やや鼻白《はなじろ》んで、千姫は沈黙した。手を縫いつけられたまま、初音はその方へわななく顔をねじむけて、

「もし、兄をいかがあそばしたか。それから……いまの三人、あれはどこへ参ったのでございます。あのなかには、わたくしのやがて祝言《しゅうげん》する男もおります。どうぞ、あの男のそばへ、わたくしをやって下さりませ。死ぬなら、いっしょに死にたいのでございます」

「娘」

と、千姫はひくくつぶやくように、

「思えば、このたびのことは、女の心というものをしらぬ男への恨みからわたしも肩を入れたことゆえ……女であるそなたを敵にまわすは本意でないが、このことにかかわりあった以上、ふびんながら二度と坂崎へかえせぬ。千姫はすでに人間の心をすてて、みずから地獄に堕《お》ちておる。ましてや、あのお由比のだいじなややをいためた女――もしあれでさしたることもなく生まれたならば、よほど徳川家にとって悪運つよいややが生まれるであ

ろう――いずれにせよ、そなたは豊家《ほうけ》の子に無礼をしかけた罰はうけねばならぬ」

千姫のひとりごとの意味は、初音にはわからなかった。「女の心というものをしらぬ男」が、姫の祖父大御所をさし、「お由比のだいじなやや」が秀頼の子をさすものだとは、まさか思いおよばない。千姫の高貴な顔に、しかし仰いで眼をとじずにはいられないほど凄絶《せいぜつ》なうす笑いがうかんできた。

「せめて、兄と未来の夫のそばにいって死ね」

そして、お喬をふりかえった。

「お喬、この女をくって、持仏堂へつれてきやい」

三

秋のひかりが寂然《じゃくねん》としずもっている持仏堂のまえに、ひとりの男があらわれた。はじめ、それがだれやら、初音にもわからないほどであった。

顔色は蒼《あお》いというより透きとおって、そのくせ皺《しわ》だらけなのだ。皺のあいだから骨が透けてみえるほど、おとろえはてていた。眼はくぼみ、頬はげっそりこけて、持仏堂のひらいた扉から出てきたときは、まるで幽霊が這《は》い出してきたかと思われた。

「……筵田さま!」

じぶんが縛りあげられているのもわすれて、初音はさけんだ。

しかし筵田忠兵衛は、すぐ眼のまえをあるいてゆくのに、初音たちの姿もみえず、その絶叫もきこえぬ風で、糸にあやつられる人形みたいに、門の方へよろよろと去っていった。骨が、カタカタ鳴る音がたしかにきこえた。

つづいて、扉のまえに、お瑤《よう》があらわれた。白い日光が、そのまわりだけしぶきとなって渦まき、きらきらとしたたりおちてみえたほど豪奢《ごうしゃ》な、傲然《ごうぜん》とした姿であった。

「お瑤」

と、千姫は叫んだ。

「いまの男を、どうしやった？」

「いまの男は、もはや男ではありませぬ。男の精はおろか、血もほとんどからっぽでございます。信濃《しなの》忍法筒涸《つつか》らし――あれは、男の精と血を吸いとられたかわり、わたしが吹きこんでやった言葉どおり、坂崎へかえって復命したら、あとは精根つきて死ぬばかりでございましょう」

「あとのふたりは？」

「これは手ごころを加えませなんだゆえ、一滴のこらず吸いとりました。蟬《せみ》のぬけがらになったからだは、井戸の中へ――」

「左様か。……大儀《たいぎ》でありました」

千姫はなぜともなく、ふかい息をついた。それから、初音の縄をとったお香に、ふたりの顔から眼をそらしていった。

「その女を井戸へ……罰は罰として、なるべく女は殺しとうはない。わたしはすこし思いなおした。お由比のややがながれなんだら――そして明年一月、みなのややがぶじに生まれたら、いのちばかりは助けてこの屋敷から追い出してやりたいのじゃ」

江戸城から神田の柳原《やなぎわら》へ――それだけの距離を、筵田忠兵衛が坂崎の屋敷へかえってきたのは、もう夜半であった。忠兵衛がかえってきたときいて、寝もやらず待っていた出羽守と家臣たちはかけ出した。

「忠兵衛？」

みんな、たちすくみ、色を失った。このひからびはてた老人が、あの強壮な筵田忠兵衛であろうか？

その男はまるで枯葉がくずれるような音をたてて坐った。

「――殿。……」

糸みたいにぼそぼそしているが、まさしく筵田忠兵衛の声だ。

「――千姫さまに、かまわれるな。……」

「な、なにを申す。筵田っ、その姿はどうしたのだ。主膳と主殿助はいかがいたしたかっ」

「――千姫さまにかまわれると、坂崎家が滅び申す。……」

その言葉にかっとしたのではなく、忠兵衛の洞穴《ほらあな》みたいな眼窩《がんか》のおくに白くむき出された眼とひょいと眼があった刹那、出羽守は忠兵衛が妖怪にでも変ったような恐怖にうたれ、夢中で抜討ちに斬りつけていた。

「こやつ、魔魅《まみ》にでも魅入られたか！」

筵田忠兵衛は、音もなくまえへたおれた。肩から胸へ、袈裟《けさ》がけに斬りさげられて、しかし、ほとばしる血は一滴もなかった。

四

つきとばされるように持仏堂に入り、うしろ手に扉をしめられると、中は黒闇々《こくあんあん》であった。が、すぐ足もとで、ぎいと厚い板をおこす音がすると、そこから、ぼうと妖《あや》しい蒼いひかりがさした。

「それ、その中に、そなたの兄も夫もおる。念仏《ねんぶつ》となえて神妙に暮しておれば、そのうち姫の御慈悲がありましょうぞ。食物だけは投げいれてやるほどに――」

そうお喬の声がすると同時に、初音はどんとその蒼い穴へつきおとされた。両腕こめて胸をいくえにもしばりあげられた初音は、くるくると回転しながら、十メートル以上もおちていった。落ちると同時に、まるで独楽《こま》のひもをふりきったように縄がからだから失《う》せていた。

蒼いひかりに、その縄はするするとひきあげられていった。そして、たかい頭上で、どんと板がおちて穴に蓋《ふた》をするのがみえた。初音はその板から周囲に、散大した眼をうつし、だんだんと下げていった。まわりは、苔《こけ》にぬるぬるしたせまい石の壁であった。そして彼女は、じぶんの半身もまたぬるぬるした泥にひたされていることにはじめて気がつき、眼をおとして、名状すべからざる悲鳴をあげていた。

持仏堂の中央に、井戸の口のひろさだけきりひらかれていた穴をもとどおりにふさぐと、まわりはふたたび黒闇々にぬりつぶされた。

つかつかと扉の方へあゆみかけて、お喬はふと顔に霧のようなものがふりかかってきたのを感じた。ふと立ちどまる。持仏堂には異様な栗の花みたいなかおりが、むせぶほどに満ちている。彼女はちょっと肩で息をした。それが、なんの匂いか、彼女は知っている。しかし、たったいまここでくりひろげられたお瑤の忍法「筒涸らし」の秘図をまぶたにえがくと、お喬はころころとのどのおくでふくみ笑いの音をたてて、そのまま持仏堂を出ていった。

しんと日のひかりの満ちた庭に、葉鶏頭《はげいとう》が咲いている。きれながの眼、唇のしまったお喬のいわゆる小股《こまた》のきれあがった姿態は、その秋の日のひかりよりも清麗であった。

初音は半身を汚物にまみれさせて立ちあがった。これは死びとの沼であった。ふくらはぎまでめりこんだ足もとには、関主殿助と黒沢主膳《しゅぜん》の死体があった。いずれもからだが半透明になって、ひからびはてて、ほんのさっきまでみた顔かたちとは別人のようだ。しかし、それをみて初音が、最初の悲鳴のほかに、つぎに声も息ももらさなかったのは、それがだれかわからなかったせいではなく、あまりにも凄惨《せいさん》をきわめる周囲の光景に、のどもあたまも麻痺《まひ》してしまったからであった。

そのふたりをのぞいては、下に折りかさなった死体はだいぶふるい。紫藍色《しらんしょく》にかわった四肢、まんまるくふくれあがった腹、眼球がながれおちてふたつの孔《あな》となり、ところどころ肉をねばりつかせた歯をむき出した顔、ぬけた髪はとろろ昆布《こんぶ》のように這《は》いまわり、うごくものとてはないのに、間歇的《かんけってき》に音ともいえない音がひそやかにひびくのは、したたりおちる膿汁《のうじゅう》に腐爛屍《ふらんし》がぬめり、ぷつぷつと泡をたてているからであった。そのなかに浮かんでいるきものからみると、どうやらこれは大工、左官を職とする男たちだったらしい。

それにしても、この地獄そのもののような地底の穴に、ふしぎに蒼《あお》いひかりが明滅しているのは何であろう。ときどき蛍みたいにぼうとあかるくなっては、またくらくなる。——それは、屍体から発する燐光《りんこう》であった。

もえあがる鬼火のなかに、初音は彼女自身死びとと化したように凝然《ぎょうぜん》と立っている。そのふくらはぎからうちももへ、ぞろぞろと這いのぼってくる白い蛆《うじ》にも気がつかず。——

頭上に音をきいたのは、そのときだ。井戸の穴がひらいていた。そこから、するすると ひとすじの縄がなげおとされた。初音がそれにすがりつきもしなかったのは、じぶんを助けにきてくれる者のあるはずがないという自覚よりも、すでに脱出の気力も意志も喪失していたからであった。

縄をつたって、ひとりの男がおりてきた。浅黄色《あさぎいろ》の忍者頭巾《ずきん》をすっぽりかぶって、眼ばかりのぞかせ、同色の筒袖《つつそで》にたっつけ袴《ばかま》、鍔《つば》の大きな忍者刀《にんじゃとう》を一本たばさんでいる。足が屍体の沼にとどこうとした位置で、彼は初音を見おろした。

「これ」

「…………」

「おまえはなんだ」

「…………」

片腕でひょいと縄をつかんだまま、もう一方の手で気死したような初音のあごに手をかけて、ぐいとあおのかせたが、明滅する鬼火にその美しい顔の曲線をながめ入って、

「――や？」とふしんげな声をもらして、いきなり腰の一刀をひらめかした。胸もとから袴にかけて、髪ひとすじの手練《しゅれん》で衣服だけをきり裂かれて初音の乳房から腹部がむき出しになった。

「あっ」

このときはじめて初音はわれにかえったようであった。あわてて裂かれたきものをかきよせたが、すでに頭巾《ずきん》の男はかすかな鍔鳴《つばな》りの音をたてて一刀《いっとう》を鞘《さや》におさめている。

「やはり、女か？」

精悍《せいかん》な眼が笑っている。

「おれはいままで上の持仏堂の天井におった。この穴に生きた人間がなげこまれたのをふしんとみて、入ってきたのだが、おまえは何者だ」

彼の眼はすでに井戸の底の無数の屍体をみているはずだが、そのひとみに動揺の翳《かげ》はさざなみほどもゆれなかった。

初音はかすれた声をあげた。

「こ、殺して――」

「望みなら、殺してもやろうが、そのまえにおれのきくことに返事しろ。おまえは、どうしてこんなところに投げこまれたのだ。さっき持仏堂でぬけがらとされて殺された男どもの同類か」

「殺して――」

「そうだ、あの女め、男のひとりに、千姫さまに手を出すなと、かえって主人の出羽守に告げよといっておったな、出羽とは、あの坂崎のことか？」

「あなたは、だれですか」

「おれは駿河の大御所さまに、このごろ飼われた伊賀者よ。雨巻一天斎《あままきいってんさい》というのが、おれの名だ。さあ、おまえも素姓を名のれ」

「あっ、では、駿河の――」

女だ、あさはかに初音は狂喜した。助かったとは思わなかったが、何よりこれで兄や主殿助がむざんな死をとげた理由が、大御所さまのお耳に入るとかんがえた。真田の女が、千姫さまにとり憑《つ》いていると知ったら、大御所さまもすておかれまいし、兄や主殿助の死もこころからのあわれみをうけるであろう。――彼女は、じぶんの知っていることをみんなしゃべった。

「左様か。坂崎では、どうしてそれを知ったかの」

雨巻一天斎は、初音の話をきいても平然としていた。

「それで、その真田の女が、秀頼の子をはらんでおることも存じておるか」

「えっ、あれが……」

「ははあ、そこまでは知らぬか。それは、そうであろう。……」

一天斎はどこかうわのそらでつぶやいた。頭巾のあいだから、妙に黄金《きん》いろにひかる眼が初音の顔から胸もとに這《は》いさがり、また這いあがる。

「女、たすかりたいか？」

「はい……いいえ」

「兄も夫になる男も死んだゆえ、じぶんも死にたいと申したの。どちらでも、望みどおりにしてやるが」

初音の背をぞっと冷たい風が襲った。相手の忍者の眼が、なんの同情もない残忍そのもののような炎をあげてきたことに気がついたのだ。

あわれむべし、初音は、いかに勇敢な娘であったにせよ、みずからとびこんだのが大御所さまですら苦悩するほどの徳川家の秘密の淵《ふち》で、転瞬《てんしゅん》のまにまきこまれた忍者同士の死闘の渦が、どれほど非情なものであるか知らなかった。

「生きようと、死のうと、まずおれのいうことをきくのがさきじゃ」

と、猿臂《えんぴ》をのばして、初音の肩をつかんだ。きり裂かれていたきものは、やすやすとはぎとられて、初音は白い裸身をおよがせた。

「鮎《あゆ》のようなからだで、死びとの池にもぐりこむ気か」

と、雨巻一天斎はその腕をつかんで笑った。たちまち初音はひきずりよせられた。

このとき一天斎は縄から片手をはなして、屍《かばね》のうえに立っている。もともとすこしは水もたまっていたらしい古井戸の底に、腐爛《ふらん》した屍体がおりかさなって、まるでどろどろの沼のようなのに、奇怪にも彼はくるぶしもうずめず、悠然とそのうえに立っていた。片手で頭巾をとった。口が裂けたように大きく、歯も耳もとがって、狼に似た恐ろしい顔があらわれた。初音の胸をつりあげるようにして、上からのしかかって、嗄《か》れた声でいう。

「先刻な、おれは持仏堂の天井で、妙なものを見物した。女が、三人の男を犯すのよ。三人の男が、女を犯すのではないぞ。おお、そのなかにはおまえの夫になる男もいたと申したな、はて、どやつであったか？　いや、どやつもおなじざまであった。女におさえつけられて、総身しぼり出すような法悦《ほうえつ》のうめきをもらしておったぞ。娘、だから、死んだ男に操立《みさおだ》てするのは愚かだ」

彼は顔をちかづけて、初音の唇をするどい歯でかんだ。恐怖のためにふたたび麻痺《まひ》したようになっていた初音のからだに、そのときどんな反応を感じたのか、一天斎の手が音もなくいなずまのようにはしると、初音の白いあごが、がくりとさがって、口をひらいた。

「舌をかもうとしたな。そうはならぬ」

初音のあごがはずされていた。一天斎は何事もなかったようにしゃべりつづける。

「そうだ、総身しぼり出すような声——まさに、三人の男どもは、あの女にひとしずくものこさず男の精を吸いとられたのだ。はじめは、得べくんばこちらも御相伴《ごしょうばん》にあずかりたいと、天井からよだれをたらしていたおれだがな。そのうち男どもがつぎつぎに、まるで蟬のぬけがらのようになって、ついには息の根もとめられてしまうのをみて、おぞ毛をふるった。あぶないところであったよ。あれは、ただの女ではない、あれこそ徳川家に仇《あだ》なす真田の忍者だ。……天井から一太刀で斬り伏せるはたやすい。しかし、おれが大御所さまから殺すことを命じられた女忍者はまだほかにおる。のこらずそれを討ち果たす見込がつかぬうえは、かるがるしく一人のみに手は出せぬのだ」

ひとりごとのようにしゃべりながら、一天斎は初音の片腕に縄をまきつけている。

「おれは忍者だ。しかも、女を相手に絶妙の技をもっておる。伊賀忍法『恋しぐれ』と『穴ひらき』……『穴ひらき』というのはな、おれとひとたび交わった女は、おれを恋うて、さかりのついた牝犬《めすいぬ》のようになって、もういちどと望んで、狂気のようになる。ところが、二度めに交わったとき……女は、死ぬのだ！」

一天斎は、もう一方の初音の腕に縄をまきつけた。

「じゃが、その『穴ひらき』が、あの女にはきかぬ。交わって、蟬のぬけがらとされるのでは万事休すだ。それがわかっただけでも命びろいであった。そこでおれは、もうひとつの忍法『恋しぐれ』をふらした。おれの精をあびせてやったのよ。それは、女の肌にしみいり、おれに犯されたと同様の効めを発する。女はもだえはじめ、心みだれ、やがておれの恋しぐれをあびた場所を牝犬《めすいぬ》のようにかぎさがして、三日も経《た》ぬうちにこの持仏堂にもどってくる。……」

初音は両腕をたかくひきのばされて、のけぞるような姿態になっていた。弓なりにそった胸にみごとに盛りあがった乳房が、明滅する燐光《りんこう》に映えて、青びかりして喘《あえ》いでいる。

「もどってくるはずではあるが、しかしおれもこの技はひさしぶりにつかうのだ。めったに女を殺すこともならんでの。それがかんじんの女を相手に、万一やりそこねると一大事、そこで、おまえでいまいちどためしてみようと思う。ただ、この井戸の、このしとねでは、寝るもならぬ、うごきもままならぬ。それで——」

一天斎は狂暴に歯をかみ鳴らした。すでに彼は、最初おのれの名を名のった時から、この娘は所詮《しょせん》生かしてはおけぬと考えている。ただ、それは、真田の女忍者をすべて斃《たお》してからのことだ。

その女どもを成敗するのに、こちらの手がおよんだと千姫に知られてはならぬ——というのが駿河の大御所のつけた条件であった。実は、千姫はすでにその手がおよんできたことを承知で、まなじりを決して防戦を開始しているのだが、一天斎はまだそのことは知らなかった。条件がむずかしければむずかしいほど、それを克服して命令を遂行する点に忍者の誇りがある。彼は、坂崎出羽守一党も千姫の身辺に真田の女がいることをさぐりあてたと知った。ならば、その真田の女をつぎつぎにたおしてゆく手は坂崎のものであったと千姫に思わせよう。それは簡単だ。すべて終ったのち、この娘をこの井戸から出して、刃でももたせて屋敷のなかをうろつかせればよい。二度と交わってやらなければ、そのころはこの娘はおそらく狂乱しているであろう。おそらく千姫は、ひと思いにこの娘を殺さなかったことを歯がみしてくやしがるであろうが、それはあとの祭りだ。

そのための傀儡《かいらい》ではあった。またいまみずから忍法の実験だといった。しかし、ほんとうのところは、さっき持仏堂の秘戯の死曼陀羅《しまんだら》を俯瞰《ふかん》して、やがてやってくるに相違ない真田の女忍者がまちきれぬ一天斎の獣の血の狂奔《きょうほん》であった。

「すぐにいま、おれをおまえは恋う。おまえはおれを恋う。死んでもういちど交わりたいと、泣き声あげて身もだえするようになるぞ！」

毛だらけの一天斎の腕が、そりかえった初音のまっしろな胴に巻きつき、くびれこんでいった。

五

——三日のちだ。

持仏堂に、よろよろとひとりの女が入ってきた。髪をみだし、襟《えり》をかきひろげ、帯をひきずって狂女さながらのこの姿を、だれがあのきりりとしまったお喬《きょう》だと思うであろう。眼は酔ったようなひかりをおび、口は大きくひらかれて、はっ、はっ、とみじかい息をきざんでいる。

「切ない……切ない……からだのなかに火がもえているようだ。死ぬ、わたしを抱いてくれる男がいなければ、わたしは……」

闇のなかにつまずいて膝《ひざ》を折ると、そのまま四つん這《ば》いになって、彼女は牝犬みたいに這いまわった。

「ここ……ここ……ここだ。わたしを呼ぶ声がきこえるのはここだ。……」

闇のなかでだれにもみえないはずであったが、ただひとりそのあさましい姿を見おろして、うす笑いしている眼があった。堂の隅に、朦朧《もうろう》と立っている影だ。

「ここだ」

と、彼はしゃがれた声でいった。

お喬の両腕がその足にからみついた。皮膚に爪をたてるようにして、ふるえながら次第に這いのぼってゆく。

「おれだ。おまえの血のなかで、おまえを呼んでやったのはおれだ」

ささやく醜怪な口に、かぶりつくようにお喬の唇が吸いついていた。手も足も膠《にかわ》のように巻きついて、渇《かっ》えるもののごとく身もだえする。

「うれしいか？」

雨巻一天斎は、すでに半裸のお喬のきものをはぎとった。床に横たえられただけで、お喬はもう腰をくねらせあえぎはじめた。それは情慾《じょうよく》だけの一匹の美しい獣のようであった。このとき一天斎は、女が敵であることさえもわすれた。彼は、折れるばかりに女を抱きしめ、のしかかった。が、女の唇と舌をむさぼり、波うつ乳房《ちぶさ》にふれ、四肢《しし》をからみあわせてころがりまわり――狂熱の一瞬、お喬のたかい忘我《ぼうが》のひと声が尾をひいた刹那《せつな》――一天斎はふいとわれにかえって、その恍惚《こうこつ》の顔をのぞきこみ、はじめて勝利の言葉を吐いたのである。

「真田の女。……おれの勝ちだ」

「……？」

「おれは、駿河から送られた伊賀者、雨巻一天斎。かような縁をむすんですぐに別れるのはかなしいが、おまえはゆかねばならぬ。あの世へ」

お喬のきれながの眼が、かっと見ひらかれて、一天斎の顔をみた。そののどからふいに苦痛の声がもれ、四肢がぶるぶると痙攣《けいれん》した。闇の中ながら、一天斎の忍者の眼には、女の顔色がすうと鉛いろにかわってきたのを見た。

一度交わり、二度交わると、女が死ぬ。――これを現代の医学で強いて説明すれば、アナフィラキシー現象であろうか。抗原性をもつ物質で動物を感作《かんさ》すると、一定の潜伏期を経てから、感作に用いた物質に対して、はじめと変った過敏な反応をおこし、甚だしきはショック症状において、窒息死《ちっそくし》をとげることがある。

お喬の唇がわなないた。

「信濃忍法――天女貝。――」

はっとして、四肢をはなそうとした。お喬の手足は膠着《こうちゃく》して、はなれない。一天斎の手がうごいた。がくり、というような音をたてて、女の手が一天斎の背からはなれた。つづいて、女の腰のあたりに手がはしると、またぶきみな音がひびいて一天斎の腰から女の足がおちた。――しかも――ふたりのからだはまだはなれないのだ！

雨巻一天斎は突如たまぎるような苦鳴をあげていた。恐ろしい緊縛《きんばく》を彼は感覚した。それは一点に於《お》いて、まるで魔の貝のふたをとじたように、彼をしめつけてきた。

「うっ」

激痛の衝撃が、焼火箸《ひばし》のように全身をつらぬいた。一天斎の満面はむらさき色になり、手足はねじくれた。

「こ、こやつ――」

のたうちつつ、お喬のくびをしめつけた。頸椎《けいつい》の折れる音がした。しかし、それ以前にお喬はすでに絶命している。夢のように甘美な死微笑を浮かべて。

――しかも、一天斎は彼女からはなれることができない！

苦悶のあぶら汗をしたたらす一天斎の耳に、そのとき庭の方でよぶ声がきこえた。

「お喬どの――お喬どの――姫君さまのお呼びです」

一天斎は狼狽《ろうばい》した。死力をふるって這いずり出した。からだの下にお喬のからだをつけたまま、奇怪なやどかりのように。

例の井戸のふたのうえで、刀をひろったが、斬りはなすことはできなかった。それはおのれ自身をきることになる。

「お喬どの——、お喬どの——」

声はちかづいてくる。

一天斎はふたをあけた。ふたの内側には、鉤《かぎ》をうちつけた縄がたれさがっている。それにぶらさがり、ふたをとじるまでに、雨巻一天斎の髪の毛根からは一本のこらず血漿《けっしょう》がふき出すかと思われた。いちどぬきはなった刀身は、もがきぬくからだと蓋《ふた》のすきまから、井戸の底へおちてしまった。

縄にぶらさがった一天斎は、下から呼ぶ声をきいた。

「一天斎さま……一天斎さま……はやく、初音のところへ——」

屍骸《しがい》の沼の底から、髪ふりみだしてあおいでいる初音であった。いまは一天斎恋しさに狂乱し、ついに一天斎を井戸からにげ出させたほど、いどみぬく女に変っていたが、その声がふとやんだ。

「それは……あなたといっしょにいる女は」

お喬は一天斎のからだから、嫋々《じょうじょう》と垂れさがっている。くび、かた、腰と、すべての関節をはずされて、それは白い花環《はなわ》か瓔珞《ようらく》のようであった。完全に死んで、しかも一天斎を捕虜としている。背骨をぬきとられるような重みと痛みに一天斎は獣みたいにうめきながら、この死んだ女をたとえずたずたに斬り裂こうと、彼をとらえた貝の肉がくされおちるまではは なれないであろうことを知って、われしらず、忍者らしくない恐怖のさけびをあげていた。

「まあ、よその女と——にくい、くやしい、一天斎さま！」

怒りに顔を紅潮させて、初音は身をうねらせた。手に、さっきおちてきた刀をにぎりしめ、ふりかざしていた。

雨巻一天斎はなお数分間宙《ちゅう》に浮いていた。そのからだにはだかの天女のような美女を吊ったまま。——その怪奇な蜘蛛《くも》と蝶《ちょう》を、鬼火の脚光が蒼《あお》くてらし出した。が、ついに力つきて、この伊賀の忍者は、死せる真田の忍者とからみあったまま、狂女の哄笑《こうしょう》にゆれる一本の刀の上に一直線におちていった。

忍法「やどかり」

一

元和《げんな》元年九月二十九日、家康は駿府《すんぷ》を発して江戸にむかった。これに供奉《ぐぶ》するものは、家康の第十子左近衛権中将《さこんえごんのちゅうじょう》頼宣《よりのぶ》をはじめとして、本多上野介《こうずけのすけ》、秋山但馬守《たじまのかみ》、板倉内膳正《ないぜんのしょう》、南光坊天海《なんこうぼうてんかい》らの重臣である。将軍秀忠よりの使いとして、箱根まで安藤対馬守《つしまのかみ》が出迎え、小田原まで酒井雅楽頭《うたのかみ》が出迎え、十月十日、行装も重々しく、大御所は江戸城に入った。

五月に大坂を攻めほろぼしてから、はじめて家康が江戸入りをしたのには、さまざまな目的があった。表むきは、大坂の役のため中止していた江戸城本丸の本格的拡張工事の地《じ》鎮祭《ちんさい》に列するためと、あと武蔵野《むさしの》の放鷹《ほうよう》のためであるが、まことは孫の千姫の様子をうかがいにきたというのが、それにおとらぬ大事な目的であった。

千姫の身辺に、秀頼の胤《たね》をはらんだ女がいる。それを刺すべく駿府から送ったふたりの伊賀の忍者はついにかえらぬ。想像もできないことであるが、おそらく彼らは何かのつまずきで斃《たお》されたものにちがいないが、それにしてもめざす女はどうしたのか、五人の女のうち、何人しとめたのか。それともまったく失敗したのか、かいもく不明で、しかも千姫の屋敷が古沼のごとくしずまりかえっているらしいのが、さすがの家康にも、いてもたってもいられぬほどうすきみわるさをおぼえさせたのであった。

すでに大御所が出府するとあって、道中につぎつぎと閣老級《かくろうきゅう》の重臣を出迎えさせるほどの心をつかっている秀忠だ。家康が西城《せいじょう》に入る前後のさわぎもひととおりでなかったが、家康はふきげんであった。出迎えのひとびとのなかに、かんじんの孫の千姫の顔がみえないのである。

「お千はいかがいたしたか」

と、彼はきいた。秀忠は恐縮《きょうしゅく》してこたえた。

「お千は病気の由《よし》にてお迎えできませぬが、お祖父《じい》さまには何とぞ御健勝にてごゆるりと御在府あらせられますよう、なお日ごろよりたびたび御見舞の御使者かたじけのうございます、との口上《こうじょう》で――」

家康は爪をかんだ。――関ケ原のいくさが逆賭《ぎゃくと》しがたい形勢にあったときも、彼は爪をかんでいた。心に容易ならぬ鬱屈《うっくつ》したもののあるときの家康のくせである。

――二十五年前、家康が秀吉に移封を命じられて、はじめて江戸にきたときは、みわたすかぎり茫々《ぼうぼう》の草土で、城といっても、かたちばかりのものといってもよかった。爾来《じらい》、城は持続的に修理と拡張をかさねてきたが、秀吉の眼のくろいうち、また大坂に秀頼があって豊家《ほうけ》恩顧《おんこ》の諸大名が疑惑の眼をむけていたころと、いまとは事情がまったく一変する。これは名実ともに、未来永劫《えいごう》にわたり覇府《はふ》の象徴として、もはやだれはばかるところもない巨城たるべき運命の地であった。

城に入った翌日には、家康はもう矍鑠《かくしゃく》たる顔色で、西の丸と吹上をへだつ局沢《つぼねさわ》から、谷のおくにある紅葉山《もみじやま》へむかってあるいていた。一帯は、まさにその名のごとく紅葉《もみじ》にいろどられて、まるで深山のごとく秋の小鳥が鳴きしきっている。うろこ雲がひかりつつながれていた。この谷、この山、その一石一木も、家康の壮大堅実な築城眼には意味のあるものであった。彼はいちいち杖《つえ》をあげて、それを説いた。うしろには秀忠夫妻をはじめ、十数人の重臣や侍女《じじょ》がしたがっている。

家康はその途中から、それらのなかに、ただならぬ眼つきをしたひとりの男に気がついていた。すきあらば、じぶんのところへかけよって来そうな気配をかんじて、わざとそしらぬ顔をしていた。——満面やけただれた坂崎出羽守だ。

家康はれいの約束をわすれてはいないが、それを果たすことはまったく不可能だとかんがえている。約束をしたときは本気であったが、あの面体《めんてい》になっては、いかになんでも千姫を嫁にやるのはむごすぎると思う。その醜顔《しゅうがん》になったのもあの約束のためと思えば、出羽守にもちとわるい気がするけれど、何にしても、だいいち千姫がうけつけそうにない。

そもそも現在ただいま、相手が坂崎であろうとだれであろうと、再婚どころか、豊臣家《とよとみけ》にのぼせあがって、この祖父《じい》にすら途方もない挑戦の矢をむけている千姫なのだ。

「大御所さま」

ついに、やってきた。あの猛火のなかへとびこむほどの男だから、知らぬ顔の半兵衛《はんべえ》をきめこんだくらいでひきさがるやつではあるまいと案じていたが、とうとうたまりかねたらしく、出羽守は血相かえてやってきた。

「出羽か」

出羽守はまえにひざまずいた。家康のしぶい表情にも無神経に、思いつめた眼をあげて、

「恐れながら、内々言上《ないないごんじょう》つかまつりたき儀がござる」

家康のまわりに人けのすくない機会をえらんだものであろうが、それでもすぐそばに三人の護衛の武士がいたし、ややはなれて、秀忠夫妻、嫡孫竹千代《ちゃくそんたけちよ》、その乳母阿福《うばおふく》、南光坊天海らがたたずんでいた。

「出羽――いりくんだ話ならばあとにいたせ」

「あいや、出羽、思い決して申しあげることにござります。千姫さまのおんことにつき――」

「あの話か、あれは、しばらく待て。お千はまだ心も傷だらけ、どうやらからだささえ病んでいる様子――」

「いや、お心はしらず、おからだはたしか御無事のはず。大御所さま、姫君には実に恐ろしき人間をお飼いでござりまするぞ。はじめ拙者は、姫君も御存じではあるまいと推量《すいりょう》いたしておりましたが、このごろつらつらかんがえてみるに――」

と、家康はいった。その顔に驚愕《きょうがく》のいろがはしったのを出羽守はみた。

「これは徳川家の一大事にて――」

秀忠たちが、はっとしたようにこちらをみた。家康はいよいよ狼狽《ろうばい》して、

「出羽、千姫のことはもう申すな。おまえにかかわるところではない。要《い》らざるくちばしをいれるな。しかと申しつけたぞ、さがりおれ」

と、叱咤《しった》して、ひとりさきに、背をみせた。

なお追いすがろうとした出羽守のまえに、うっそりと三人の護衛の武士が立った。――その男たちと眼があって、出羽守は思わずたじろいだ。熱した彼を、まるで氷とかえるような異様な眼光をした男たちであった。戦場往来の出羽守も曾《かつ》てみたことはない――人間ではないものの眼だ。

すぐ彼らは、家康のあとを追った。茫然《ぼうぜん》として見おくって、しかも出羽守はさっきの家康の驚愕した表情を思い出した。むろん家康のおどろきが、出羽守もまたあの秘密を知っていることにあったとは想像もつかない。いまはじめてそのことを耳にして愕然《がくぜん》としたと思っている。それにもかかわらず、家康はじぶんの口を封じてしまった。なぜか？――それはじぶんと千姫とかかわりあうことを一切拒否したいためだ、と出羽守はかんがえた。

「出羽、もうよい」

彼はのどのおくでうめいた。

（よし、もはや言うまい。が、大御所が左様なおきもちならば、おれはあくまで千姫さま

にかかわるぞ。男の意地にかけて、千姫さまが徳川家に何を企《たく》らんでおらるるか、おれの手でつきとめずにはおかぬ）
うごき出そうとして、ふいに出羽守はまえにふしまろんだ。両足の指が地上に膠着《こうちゃく》していたのだ。草履のふちが、いつのまにやら二個のマキビシで地面に縫いつけられていることを知ったのは、そのあとであった。

二

にがにがしげにあるいていた家康は、ふとたちどまって「捨兵衛《すてべえ》」とよんだ。あとを追ってきた三人の従者のうち、ひときわ大兵肥満の男がおじぎをした。

「坂崎がの」

と、家康は爪をかんで、

「例の件、どこまで知っておるか、どこまで首をつっこんでおるか、探ってまいれ」

捨兵衛とよばれた男はおじぎをした。とみるまに、その巨大なからだが、まるで空をただよう風船のようにむこうの樹立《こだち》のなかへきえてしまった。下に灌木《かんぼく》が密生しているのに、その葉が微風に吹かれたほどにもうごかないのである。

あわててあとについてきたものの、なおためらっていた秀忠をめぐる一群のなかから、やがて意を決した風で、ひとり阿福《おふく》がちかづいてきた。

「いかがあそばしましたか、大御所さま」

秀忠たちもやってきた。阿福は息をひそめて、

「ただいま出羽守が千姫さまのおんことにつき何やらききずてならぬ言葉を吐き、また徳川家の一大事とやら申しあげたようでございますが」

家康は困惑した眼でしばらく一同を見まわしていたが、ややあってかたわらの石に腰をおろした。

「きいたか」

と、つぶやいて、

「よいわ、おまえたちだけには申しておこう。将軍家、御台《みだい》、僧正《そうじょう》、阿福、そなたらのみ寄れ、あとのものは、あちらにひかえておれ」

と、いった。秀忠夫妻と南光坊天海と阿福だけが、家康のまえにあつまった。

いや、それ以外にも、家康のそばからはなれないものがある。ついいましがた一人がどこかへかけ去ったが、あとにのこっている二人の護衛の武士である。駿府からしたがってきた両人だが、むろん譜代《ふだい》のものではない。ひとりは白皙長身《はくせきちょうしん》の若者、ひとりはまっしろな総髪《そうはつ》を肩にたれた老人だが、ほかの家来たちとは大いに異色がある。野性剽悍《ひょうかん》の気が全身にただよい、江戸城内にあって、ゆきこう重臣貴女に目礼もするどころか、どこかひとを小馬鹿にしたようなうす笑いすらうかべている。とくに侍女たちにむける眼には不遜《ふそん》な興味があった。最初から阿福は、彼らの素姓《すじょう》をふしんに思い、また不愉快に感じていた。

「大御所さま」

「そのものどもは、いかような男たちでございますか」

「なんだ」

と彼女は思いあまってきいた。

阿福が春日局《かすがのつぼね》の称《しょう》をうけたのはずっと後年のことで、このとき彼女はまだ三十七歳、色白でふとり肉の姿態《じし》にはまだ色香が匂っていたが、それをほとんど相手に意識させない才気と威厳がみちていた。たんに嫡孫《ちゃくそん》竹千代の乳母という資格のみではない。むしろ次男の国千代の方を愛して、ひそかに継嗣《けいし》を決していた秀忠夫妻に抗《こう》して、竹千代を未来の三代将軍の座におくべく、大御所の断を下させたのは阿福のはたらきによるものである。それ以来、大奥には御台所《みだいどころ》よりもむしろ阿福の力の方がつよいくらいであった。いや、その大奥の厳粛《げんしゅく》な制度そのものをつくりあげつつあるのも、この阿福なのである。いま家康がいままで将軍にすら秘していた千姫のれいの一件をうちあける気になったのも、阿福に一目も二目もおいていたからだ。というより、政治好きなこの才女にかぎつけられた以上、なおかくしとおそうとしても所詮《しょせん》は不可能であるとあきらめ、かえってさきざきおもしろくないことがおこると判断したからであった。

「このものどもか。——仔細《しさい》ない」

と、家康はかるく手をふった。ふたりの男は、れいの小馬鹿にしたような不遜な眼で、阿福を見あげ、見おろして、へいきな顔である。

家康は、千姫が大坂からつれかえった五人の女のことをしゃべり出した。秀忠夫妻、阿福はもとより、古沼のごとき怪僧天海ですら顔色をかえていた。

「その真田の息のかかった女どもが、みな秀頼の子を身ごもっておると仰せでございますか。——それはまことに徳川の一大事」

と、秀忠はこぶしをふるわせてうめいた。

「それを承知で徳川にはむかうとは、いかにいちどは豊臣にやったわが娘とは申せ、なんたる大それたやつ、もはや一刻も猶予《ゆうよ》はなりませぬ。即刻討手《そっこくうって》をむけてそやつらを誅戮《ちゅうりく》いたさねば——事と次第では、お千もろとも成敗を加えることに相なろうと、是非はござるまい」

「……それがやすやすとできるならば、わしがこれほど苦労するかよ」

と家康はにがく笑って、

「お千は、殺してはならぬ。あれは、わしにとって、いまのところ竹千代、国千代よりもかわゆい。——」

と、つぶやいた。千姫の若い人生を犠牲にしたという罪の意識は、秀忠夫妻にもあるだけに、これには声もなくさしうつむいただけである。家康はうろこ雲をあおいで、

「もとより、お千の心は病んでおる。病んでおるゆえ、こちらの出よう次第では、何をやり出すかわからぬ。……つらあてに、死ぬかもしれぬ。わしにはそれがいちばんこわいのじゃ。されば、いままでお千のもとにおくりこんだ忍びの者にも、その真田の女を成敗す

るのに、こちらの手がおよんだと姫に知られては相ならぬとかたく命じておいた。それが、二人やったが、二人ともかえってこぬ。どうやらきゃつらがしくじったらしいのは、左様なくつわをはめたゆえであったか。それともあの坂崎までがかぎつけた様子ゆえ、出羽《でわ》めが要らざるちょっかいを出して、みすみすお千に網を張らせたか。——」

要するに、その女どもは絶対殺さなくてはならぬ。しかし、千姫は絶対殺してはならぬ。したがって、その女たちがみずから死をえらんだようにみせなくてはならぬというのが家康の希望であった。そのこころはよくわかるが、実に至難な希望だといわなければならない。秀忠はきいた。

「それで、どうあそばすおつもりでございます」

「さればよ、それで苦にやんで、よい智慧《ちえ》でもあらばと、こうしてうちあけておる」

およそ目的のためには魔王のごとき智略をめぐらす家康が、ほとほと進退両難におちいっているのは、いうまでもなく千姫への愛という泣きどころがあるからであった。

「ここにおるのは、その伊賀の忍びの者の生き残りじゃ。当人どもは地だんだふんでいさみたってはおるが、なにせ、すでにやった二人がかえって来ぬがいぶかしく、しばらくわしがひきとめておる」

と、家康は、ふたりの伊賀者をあごでさした。若い方が鼓隼人《つづみはやと》で、老いた方が般若寺《はんにゃじ》風伯《ふうはく》であった。

「その女たちは五人と申されましたな」

と、阿福が顔をあげた。

「五人。ただし、さきにつかわした二人の忍者が手ぶらでむなしく討たれたはずはない、と、こやつらは申す。されば、いま何人のこっておるやら仔細はしれぬ」

「その顔もわからないのでございますね」

阿福は、いらいらしたように両手をにぎりしめて、思案していたが、

「まず、その女どもを千姫さまのお屋敷からひき出さねばなりませぬ」

「ひき出す手だてはあるか」

「大御所さま、しばらく御不快にならせられませ」

「なに、わしに病気になれと申すか。そりゃまたなにゆえじゃ」

と、家康は阿福の唐突《とうとつ》さにややあきれた表情である。阿福の眼はかがやき出していた。

「十日のちに、お城直《なお》しの地祭《じまつり》がございます」

「ふむ」

「これは徳川家千年の礎《いしずえ》となる行事ゆえ、徳川の血につながるものは一人のこらずまかり出でよと仰せられ、大御所さまもおん病をおして輿《こし》にのって出られませ。それでは千姫さまもおいであそばさぬわけには参りますまい」

「ふむ」

「一方で、この地祭の巫女《みこ》を、徳川御一門につかえる処女《おとめ》らのうちからえらび出すゆえ、それまでにどの御一門におかせられても、すべての侍女をお城にさし出されたいとお触れ

下さりますよう」

「ふむ」

「それが何千人あろうと、まことにめざすは千姫さまの侍女のうち――調べるに、骨はおれませぬ。五月に身籠《みごも》った女とすれば、六月に閏《うるう》がありましたゆえ、いまはかれこれ六か月、いかにたくみに衣裳《いしょう》で覆おうと、ふくらんだ腹をかくしおえるものではありませぬ。また念のため、それがまことの処女かどうか――ということに口をかりて、阿福がはだかにして調べてもよろしゅうございます。そのなかに身籠っておるものがあれば――」

といって、阿福は微笑した。恐ろしい微笑であった。

「待て」

と、家康はとめた。

「お千が、その女どもをさし出すか」

「若し、姫君のさし出された侍女のうちに身籠った女が見あたらなければ、お屋敷におかくしなされている何よりの証拠でございます。そのときは――地祭当日、姫君がお城に入られましたあと、お屋敷にふみこんでその女どもをとらえましょう。いいえ、大御所さま、それをお知りなされたとき千姫さまがどのようなおんふるまいをあそばすか、それが気がかりじゃとの仰せはよくわかっておりますが、そのときはこの阿福、いのちにかえて姫君をおいさめつかまつります。女どうしならば、またお心のほぐしようもあるというものでございます。それは大御所さま、阿福をお信じ下されまし。姫が左様に恐ろしい御謀叛《ごむほん》におん肩をおいれあそばすというのは、ひとえにそばに女狐《めぎつね》が憑《つ》いておるからのこと、それをひきはなせば、あとはこちらのものでございます」

「それで——もし首尾《しゅび》ようとらえるか、または姫のさし出した侍女のうちその女狐めらを見つけ出したとき、どういたす」

「そしらぬ顔で、処女《おとめ》のあつかいをいたします」

「なに」

「そして、他のまことの処女を五、六人、または七、八人をえらび、あわせて十人、お城の人柱として生きながら地中に埋めてやりましょう」

「人柱として——」

「もしその女狐らのみを成敗《せいばい》いたせば、姫君もおさわぎでございましょうが、他の処女《おとめ》とまぜておごそかに人柱といたせば、姫君はあっとお胆《きも》をつぶされ、お胸をみだされ、とっさには、とりかえしのつかぬおんふるまいに及ばれる御気力は萎《な》えはてられるものと阿福は推量いたします」

なんという破天荒な思いつきか。たしかに人間の心理としてそんなこともあり得るかもしれぬ、とようやく家康もうなずきかけていた。

「したが、阿福、その——罪なき他の処女《おとめ》たちはいずれより求める?」

「わたしの使いまする女どものうちから」

と阿福は平然としてこたえた。

「わたしの使いまする女どもは、これは神かけてまことの処女ばかりでございますが、人柱――これこそお城のみならず、お家御安泰《ごあんたい》のための人柱に、うれし涙をこぼして立つことでございしょう」

たっぷりとした白い笑顔に、眼ばかり秋の霜《しも》のように冷たいのをみて、さすがの家康も、背すじがすうとさむくなるのをおぼえた。

そのとき、すぐちかくで梟《ふくろう》みたいな声をたてて笑うものがあった。

三

阿福はきっとなってふりかえった。伊賀の忍者のうち、老人の方がそっぽをむいて笑っている。

「風伯《ふうはく》、なにが可笑《おか》しい？」

と、家康がとがめた。般若寺風伯はふいにまじめな顔つきになって、

「いや、こちらのことでござる」

「何をお笑いなされたか、わたしの申したことに可笑《おか》しいことでもあったといいやるか」

と、阿福はするどい声で、その老忍者につめよった。風伯はじろっと阿福をみて、またにやりとした。

「ならば、申そうか。可笑しかったのは、お手前さまの使われる女どもが、神かけてまこ

との処女《おとめ》ばかりといわれたことじゃ」

「え、それが、なぜ可笑しい？　わたしの使う女たちのなかに処女でないものがあるとでも――」

「仰《おお》せのとおり。しかも、身籠っており申す」

と、般若寺風伯はそらうそぶいた。

「何をいいやる。それはだれじゃ」

「名は知り申さぬ。しかし、指さすことはできる」

「さしてみや」

「あの女でござる」

と、風伯は、遠く一団となってこちらをながめている家臣や侍女の方へ、骨ばった指をあげた。

「あの大銀杏《おおいちょう》の下にむらがっておる女人のうち、いちばん左はしの――それ、いまかがみこんで銀杏《いちょう》の葉をひろった女でござるわ」

阿福は息をのんだ。それはその娘がもっとも若く、もっとも利発で、阿福がだれより眼をかけている御使番《おつかいばん》の娘であった。――それを指さしてながめているこちらの姿に、侍女たちはいっせいに白い顔をむけた。

「桔梗《ききょう》、参れ。――」

地にかがんでいたその侍女は、呼ばれてあわててたちあがって、きょろきょろと見まわしたが、朋輩《ほうばい》におしえられて、いそいではしってきた。笑顔の歯が白く、新鮮であった。

「何か御用でございますか」

と、息はずませて、草の上にひざをつく。

阿福はその姿を見おろして、しばらくだまっていた。この娘が身籠《みごも》っておると？――どうみても、そんなことは信じられない。そんなふしだらなことをする女ではないし、だいいちからだつきからして、すんなりとういういしい。このえたいのしれぬ伊賀の老忍者のでまかせを、とっさのこととはいえ、よくも本気になってきいたものだ。――しかし、すでに呼びよせた以上、あとへはひけなかった。

「この仁《じん》がの」

と、苦笑して、

「そなたが身籠っておるといわれるが」

といい出したとき、桔梗の頰から血の気がひいた。それをみたとたん、阿福の顔も蠟面《ろうめん》みたいにかたくなっていた。それでは、老忍者のいったことはまことなのか。まことならば――

阿福はかっとなった。あざむかれたという怒りより、大御所のまえで、とんでもない失態をみせたという恐怖と狼狽《ろうばい》のために逆上したのである。彼女を信頼して、大奥の総監督たることをゆるしている大御所のまえであった。

「桔梗、まさか、左様なことはあるまいの」

「……はい」

と、桔梗は草に顔をふせてうなずいた。般若寺風伯は笑った。

「まず、おれは四月めとみる」

「まだあんなことを——もし、そなたの申すことが謬《あやま》りであったら、どうしやる？」

「さればさ、ふ、ふ、じぶんでこのしわ首きりおとして、首なしで大手門まであるいてごらんに入れよう。ところで、この娘のいうことがうそであったら、いかがなさる？」

「成敗する」

「成敗？　この娘を殺したとて、おれは何にもならぬ」

突然、この老忍者は阿福の耳に口をちかづけて、実に途方もないことをささやいたのである。

「おまえさまのからだを抱かして下されい」

阿福はあっけにとられて、風伯の顔をみた。このやせこけた老忍者は、ひげのなかから歯のない口で、きゅっと笑っていた。

「十年ぶりで出した色気じゃが、おまえさまのつんと気位《きぐらい》のたかい女ぶりをみておったら、ふいに妙な慾《よく》が出てござる」

阿福は怒りにふるえながら、ものもいわず大御所の方へひきかえそうとした。般若寺風伯はふいに大声で呼びとめた。

「もし、ほんとうにこの女を成敗なさるのか」

「万一、大奥の掟《おきて》をやぶった罪とわたしにいつわりを申した罪があきらかとなれば。——ただし、そなたの指図《さしず》はうけぬ」

「お待ちなされ。まことにその気ならば、ただいまおれが白状させてごらんにいれる」

阿福がふりかえったとき、風伯の口から秋のひかりに、たんぽぽの毛のようなものが桔梗の顔に吹きつけていったのをみて、はっとした。

家康は、それが曾《かつ》て駿府城内で薄墨友康が胡蝶という侍女に吹きつけた針——催淫液《さいいんえき》をぬった吹針だとすぐに見ぬいて、思わず声をあげようとして、あやうく制した。この老忍者のさいぜんよりの言葉のふしぎさへの好奇心がすべてをおさえたのである。

桔梗はあっとさけんで、しばらく顔を覆っていたが、やがてその手をとったとき、満面はうすくれないに染まっていた。眼もうるおい、唇もぬれて大きくひらき、肩が波をうちはじめた。それから、くねくねとからだをくねらせて——曾て阿福がみたこともないなまめかしい姿態で、般若寺風伯の方へいざりよっていった。そして、寒巌《かんがん》のような老人の腕のなかへ身をすりつけて、白い歯並をかすかにのぞかせた美しい唇を半びらきにして風伯へむけたのである。

恥じる風もなく、般若寺風伯はその口をじぶんの髯《ひげ》で覆った。さけび出そうとしたのは阿福ばかりではなかったが、このときそれを見ていたものは、同時に、風伯に、風伯の腹のあたりからのどぼとけへむかって、瘤《こぶ》みたいなのが波うってきえたのも見とめて、ぎょっと眼を見はったのである。

いつのまにか、般若寺風伯はしぼりあげるように桔梗をたたせていた。老忍者とうら若い侍女は、数分間、からみあったまま立っていた。

ふいに、風伯はすうと桔梗からはなれた。桔梗の腕はなお宙に輪をつくって何者かを抱いているのに、老人はけむりのごとくそれをぬけて五、六歩あとへさがったのである。

「伊賀忍法――日影月影《ひかげつきかげ》」

と、彼はひくくつぶやいた。

人々は息をのんだ、それにかぶせるように、野ぶといしゃがれ声をきいたからである。

「さて、おれはこれからどうするのだ」

その声が桔梗の唇からもれていることは、彼女を凝視している場合でなかったら、だれにも信じられなかったろう。それはまさしく般若寺風伯の声であった。

「……ふ、風伯……」

と、家康はわれしらずうめいて、杖《つえ》をにぎりしめた。

「これはいったいどうしたのじゃ」

「もうひとりの風伯を、この女の体内へ吹き入れたのでござる。月が日に照らされるごとく、あの女はわしの魂の照り返しをうけておる。このわしが日影ならば、あの女は月影のようなもので――」

と、老人はぼそぼそとつぶやいた。そして、月影というにはあまりにも物すさまじい――裾《すそ》をふみはだけて仁王《におう》立《だ》ちになっている桔梗をじっと見つめていたが、やがてじぶんの

腰の山刀をぬきとって、ぽんとなげた。桔梗はそれを片腕でうけとめた。ぶきみなふとい声で、

「おれはこれからどうするのだ」

と、もういちどいった。風伯はうす笑いしてこたえた。

「腹の胎児《やや》にはこまったの」

「さればよ、男のおれがはらんでおる」

と、桔梗もにがにがしげに笑う。風伯がいう。

「男には、出す穴がないでな。それ以上育つといよいよ始末にこまるぞよ。いっそ、いまのうちに――胎児《やや》を出した方があとくされがなかろう」

桔梗はうなずいた。山刀を口にもっていって鯉口《こいぐち》をぷつりときると、スラリとぬきはなった。とみるや、刃《やいば》を袖《そで》でつつんで逆手《さかて》ににぎり、なんの造作もなく、下腹から胸へすうと撫《な》であげたのである。

きものがたてにさけた。腹の皮もたてにさけた。きらびやかな衣服とまっしろな肌がもつれあってみえたのも一瞬、樽《たる》から醤油《しょうゆ》のあふれるように、血しぶきが草に奔騰《ほんとう》していた。

みな、何をさけんだのかわからない。しかし、だれしも足は大地に膠着《こうちゃく》したきりであった。そのまえで、桔梗はさもうれしげににやりと笑い、一方の手を血まみれの腹におしこんで、それからえたいのしれないものをつかみ出したのである。

まるで、それをひきずり出したおのれの手の力にひきたおされたように、桔梗はまえに

四つン這《ば》いになった。四肢がぶるぶると痙攣《けいれん》した。が、その痙攣する指のあいだにしかとにぎりしめているものに気がついて、さすが気丈な阿福も、眼のさきがすうと昏《くら》くなるのをおぼえたのである。

「まず、ききたい」

と、家康がようやくきいたのは、西の丸にひきあげてからである。ふたりの忍者のほかには、天海と阿福のみが同席していた。

「風伯、そもそもなんじはいかにしてあの女が懐胎しておると見ぬいたのか」

「さればでござります。あそこには三十二人の人間があつまっておりました。しかし、心《しん》ノ臓《ぞう》の音は三十三きこえたのでござります。それで、心ノ臓の音をふたつ出している人間はどやつかと耳をすませたところ、その音の出どころはあの女でござった」

と般若寺風伯はこともなげにこたえた。

「なに、心ノ臓の音がふたつ？」

「成人《せいじん》とことなり、トッツ、トッツ、トッツ——と、音の強さはみなおなじ、澄んで早うて——ひとつはあの胎児《やや》の出す音だったのでござります」

まひるの江戸城内に、物音はなかった。家康にも天海にも阿福にも、澄明《ちょうめい》な秋の大気が氷の底みたいに感じられ、だまっていると凍ってうごけなくなってゆきそうなおびえにとらえられた。

ややあって、家康はふいに大声をたてた。

「それで、例の件を片づける手だてが出来た」

と手をうって、

「阿福、千姫の侍女どもをことごとく調べるにはあたるまい。一同を呼び出してこの風伯に心ノ臓の音をきかせてやれ」

阿福は蒼《あお》い顔でうなずいた。この才女にはめずらしくだまりがちである。

「それから、その女に――この風伯から、日影月影の忍者をかけさせたらよかろう。その女めは、みずから腹の胎児《やや》をひきずり出して死ぬ」

「おれが要《い》らざる殺生《せっしょう》をごらんにいれたのは」

と、風伯はおちついていった。

「左様に存じたからでござります」

四

「陰謀」は、阿福《おふく》の案のごとくに実行された。三日めから、徳川一門の諸家につかえる女たちが続々と江戸城にあつめられ、阿福の指図のもとにそれぞれ何人かの巫女《みこ》の候補者がえらび出されて、あとはかえされた。何日かたって、さらにそのうちの大半はもっともらしい理由をつけて、雨だれのようにつぎつぎに下城をゆるされた。のこったのは、各家一両人ずつの若い侍女ばかり――直接大奥につかえる女たちのなかからより出された九人とあわせて、二十人ほどである。むろん真の目的は、その九人とあとの「一人」――実は、その「一人」にあった。

その一人は、千姫のさし出した侍女のうちからえらばれた。般若寺風伯の見つけ出した――いや、きき出した「心ノ臓の音を二つもつ女」が一人だけだったからである。阿福の輩下から九人の女中がえらび出されたのはそのためであった。

――千姫のもとに、めざす秀頼の胤《たね》をはらんだ女が何人いるか分明《ぶんみょう》しなかったから、さしあたっては、それ以上、どうすることもできなかったのである。

事実は、千姫屋敷に該当者は三人いたのだが、そのうちの一人だけさし出し、あとの二人をかくしたのは、千姫方でもこのもっともらしい触れに一抹の疑惑をいだいたからで、千姫自身は三人ともかくそうとしたのだが、一人がみずから望んだために、彼女のみを城へやったのである。結果はそれがよかったのだ。

二十人余の女たちは、神官から地祭の儀式の次第を教えられ、権《かり》の巫女《みこ》の講習をうけたが、さらに数日後にいたって、その人数はきれいにふたつにわけられた。一方の十人が、阿福の口から厳粛に、地鎮《じちん》の人柱たるべき運命を宣告されたのは、当日の前夜のことで、すでにこのとき彼女らの入れられた西の丸大奥の座敷はものものしい雰囲気につつまれ、さらに、見えない闇の外界は、服部半蔵の指揮する伊賀甲賀者が鉄環《てつかん》のごとくとりまいて、彼女らの脱走を不可能としていたのである。

大奥は、本丸にも西の丸にもある。西の丸は隠居もしくは世子《せいし》のいるところで、ふだんは竹千代が住んでいるが、いまは大御所もここに滞在していた。むろん、本丸ともども後世のように厖大《ぼうだい》なものではなく、まして――隠居してなお数十人の愛妾《あいしょう》をもっていた後代の将軍の時代とちがって、いま十二歳の世子竹千代の居住しているばかりの西の丸は、女中の数も六、七十人にすぎなかったが、それでも大奥と表の別は厳として、主人以外の男性が大奥に一歩も入ることはゆるされなかった。そういうことには異常なばかりにきびしい阿福のつくり出した戒律である。

「隼人《はやと》」

――その大奥と表をへだてる御錠口《おじょうぐち》の杉戸の外にある伊賀者詰所《つめしょ》で、般若寺《はんにゃじ》風伯が鼓隼《つづみ》人に話しかけた。ふだんここにいる伊賀者はすべて七つ口そのほかの警戒にあてられて、そのとき詰所にいたのは、ふたり以外はおなじ鍔隠《つばがく》れの谷からやってきた七斗《しちと》捨兵衛《すてべえ》だけであった。

「あしたはいよいよ人柱さわぎだが」

「うむ」

「ばかな話だ。おれはじぶんの見つけ出した女の顔もみぬ」

「おぬしが遠方で心ノ臓の音をききわける術をみせたからだ」

「大広間にあつめた女のうち、その女のいどころを唐紙《からかみ》の外から探させられただけじゃ。それというのも、あの阿福《おふく》という女、立身出世の慾の権化《ごんげ》だな。おのれの手柄をこちらにとられはすまいかと、そればかり気にかけておる。——いまいましいが、あの女、ちょっぴりおれは惚《ほ》れたぞよ」

「うふふ、風伯老がいったいどうしたのだ。あのようにいばりくさった姥《うば》ざくら」

「おぬしは若いから笑うが、おれはその姥ざくらのいばりくさったところに惚れたのじゃ。このあいだ、あの局沢《つぼねさわ》でちょいとちょっかいを出したので、いっそうあの女め、おれを遠ざけようとしておるらしい。——ま、それはよいがな」

「うむ」

「おれの気にかかるのは、千姫屋敷へいった薄墨友康と一天斎のことよ」

「それはおなじことだ。あれらがあのまま消息を絶ったのは、何とも判断がつかぬ」

「その消息をただすのに、せっかくめざす女をとらえながら、この杉戸の奥にとじこめられて、あしたはそのまま地中に埋められてしまうとは、まったくもったいないことではないか」

「おれもそう思うが、いまの場合、どうしようもない」

「いや、そこでさっきからかんがえていたのじゃが、おれはちょいとこの奥へ入ってこようと思う。そして、心《しん》ノ臓《ぞう》の音の二つきこえる女にききただすのだ」

「ほ、いかに風伯老でも、この厚い杉戸はどうにもなるまい。この杉戸のむこうには、御《お》錠口衆《じょうぐちしゅう》の女がひかえてもおる。ほかの出入口には、伊賀者の眼がひかっておるぞ」

「なに、日影のおれは、ここにすわっておるわさ。——そうれ、月影がやってきた」

と、風伯は笑って、のっそりと詰所から出ていった。

廊下を、雪洞《ぼんぼり》をささげた小姓をつれて、阿福がしずしずとやってきた。

「お通りあそばす」

と、小姓が声をかける。

三人の忍者は神妙に平伏したが、まず般若寺風伯が身をおこしたとき、風もないのに、手の雪洞《ぼんぼり》がふっときえた。雪洞のみならず詰所《つめしょ》をあかるくしていたいくつかの提灯《ちょうちん》も、いっせいにきえたのである。

「や、どうしたのだ」

と、小姓は狼狽《ろうばい》して、

「灯《あかり》を──火打石《ひうちいし》を」

と、さけんだ。闇のなかを詰所へもどる跫音《あしおと》がして、なかで、「さて、火打石はどこにあるか。新参《しんざん》にはとんとわからぬわ」とうろたえる隼人の声がきこえた。小姓はあせって、じぶんもその方へかけていった。

灯は三、四分でついた。阿福は杉戸のまえに厳然とたち、その足もとに般若寺風伯は平《ひら》蜘蛛《ぐも》のごとく伏している。

杉戸があけられ、阿福は男子禁制の奥へひとり入った。小姓はひきかえそうとして、ふと雪洞《ぼんぼり》にキラリとひかるものを廊下の上にみつけた。思わず立ちどまって、

「針か」

と、のぞきこんだが、女ばかりの大奥は杉戸一枚の向うだ。阿福さまか、ほかの年寄でもおとしていったものであろうとすぐ考えて、

「あぶない、ひろっておけ」

と、平伏している老人にあごをしゃくって、表の方へかえっていった。そのあとも見おくらず、老人は杉戸に直面して、うすきみのわるい笑顔をつくった。

五

眼にみえる格子こそなかったが、眼の格子があった。白衣をきせられ、一室にとじこめられた十人の若い娘たちは、廁《かわや》へたつのにも単独ではゆるされず、おたがいの対話さえも禁じられた。彼女たちはいたるところに蜘蛛《くも》の網みたいな監視の眼を意識したが、そのなかのただひとりだけは、ほかの九人とちがって、それ以上に、みえない眼を感じとった。遠い樹立《こだち》の中、屋根の上、あらゆる出入口にひかる無数の伊賀者の眼だ。

九人の娘は、じぶんたちがただひとりの女を埋めるための土にすぎないことはしらされず、こんどのお城直しの人柱《ひとばしら》を命じられたと信じていたが、それをほんとうに名誉にかんがえているものはひとりもなかったであろう。阿福の思いがけない宣告にひたすらおどろきかなしむばかりであったが、やがてこの時代の女らしく、もはやのがれるすべはないと観念してからは、みな哀れにしずかであった。ひとりの女は、もとより江戸城の人柱にな

るということはまったくなく、脱走の意志を抱《いだ》きつづけていたが、しだいにその自信を失ってきた。せめて、じぶんはたとえ殺されるにせよ、なんとかして腹の胎児《やや》だけは生かしたい！　彼女はもだえた。まわりが女ばかりなのが、かえって彼女の能力を空気のようなものにしていたのである。ひとりでも、そばに男がちかづいてこないものか？

——その男が入ってきた、と感じて、彼女はふりかえって、眼を大きくみひらいた。座敷に入ってきたのは男ではなく、阿福であった。

女たちのなかで、思わず悲鳴をあげたものがあった。この阿福が実に恐ろしいひとであることは、こんどのことで思いしらされているが、それにしてもいま入ってきた阿福は、ひとめ見ただけで悲鳴をあげたくなるほどぶきみな姿であった。だまって仁王《におう》立《だ》ちになり、じろりと女たちを見まわした眼は、獣みたいに赤くひかっているのだ。

つかつかと、ただひとりの女のまえにあるいてきた。

「真田《さなだ》の女狐《めぎつね》」

と、呼ぶ。

「薄墨友康《うすずみともやす》、雨巻一天斎《あままきいってんさい》をどうしたか？」

女は顔をあげ、阿福を凝視したままだまっていた。

心中、彼女は愕然《がくぜん》としていた。こんどの人柱が、ほんとうに地鎮《じちん》のためのものか、まさか自分を殺すためだけに、罪もない九人の娘をいけにえにするとは、常識でかんがえられないので、九分まではそう信じていたが、しかしあとの一分は、或《あるい》は、とも覚悟をしていた。だから「真田の女狐」とよばれてもいまさらおどろきはしないが、彼女を驚愕というよりえたいのしれない混乱におとしたのは、阿福の声が女とは思われない野ぶとくしゃがれていることで——そして彼女がさっき入ってきたとき、「男だ」と思ったじぶんのふしぎな感覚であった。

「あの駿府からきたふたりの忍者」

と、つぶやきながら、彼女はたもとから小さなものをつかみ出して、まえにならべた。いくつかの普賢菩薩《ふげんぼさつ》の像である。

「死にました」

「なに、死んだ？」

そうこたえたとき、阿福のからだに異様な変化が起った。ふっと宙に眼をすえたきり、うごかなくなったのである。ややあって、唇が何かを吸うようなかたちになり、両手で臍《へそ》のあたりをなでさすり、大きな呼吸《いき》をつきはじめた。

男の眼だけに女体の雲のみえる忍法「幻菩薩《まぼろしぼさつ》」——女は、お眉《まゆ》であった。

阿福はふいに、およぐようにあるき出した。お眉がそのあとを追う。追いながら、忍法をかけたお眉がなんとも判断のつかない奇怪さにおそわれている。この阿福は、女なのか、男なのか？

「はい、どこへでもお供をいたします。何でもおきき下さいまし」

座敷を出て、廊下をあるきながら、お眉はくりかえした。要所要所にたっていた監視の女たちは、阿福がお眉の手をひいて、どこかへいそぐ姿を見、またその言葉をきいて、たがいに顔を見あわせたままで見おくった。

暗い無人《ぶにん》の座敷におびきこんだとき、お眉は阿福にしがみついた。阿福は狂気のごとくお眉の唇を吸い、抱きしめ、身もだえした。

「女か……これが女か？」

声は、獣のようなうめき声だ。

お眉の手が阿福のもすそをかきわけて、脂肪にぬめるうちももを這って——ふいにとまった。

「女か……これは女だ！」

それは、茫然《ぼうぜん》たるお眉のつぶやきであった。

言葉としてきこえたのは、ただそれだけである。やがて漆黒《しっこく》の闇の底に、甘美のあえぎとも苦痛のうめきともつかぬ声がもつれあい、断続しはじめた。……しばらく、死んだように絶えたかと思うと、また波のようにたかまり、泣声となり、消えてゆく。——いったいふたりの女は何をしていたのか。

あとでわかったことだが、その座敷のたたみには、実におびただしい血しおのあとがのこっていたのである。それにもかかわらず、死んだものも、怪我したものも、ひとりとしていなかったことも、あとであきらかになったことであった。

「阿福さま、お使い番として、御広敷《おひろしき》へ参ります」

そういって、御錠口衆《おじようぐちしゆう》に内側から杉戸をあけさせた女があった。黒紫に銀糸で花鳥を染め出したかいどりに、ながいおすべらかしの髪をたれ、葵《あおい》の紋のついた文筥《ふばこ》をささげた女は、あけられた杉戸から表へ出た。

「風伯」

と、外の伊賀者詰所にいた鼓隼人と七斗捨兵衛は狼狽して、廊下の壁にもたれかかっていた般若寺《はんにやじ》風伯《ふうはく》をゆりおこした。夜もふけていたが、風伯はそんなところで居ねむりをしていたのである。

「あ。……」

と、顔をあげて、そこに幻のように立っている奥女中の姿をみると、あわててべたと平伏した。かいどりからみても、相当身分のたかい御女中であることはたしかであった。

「御役目、大儀」

と、奥女中は三人に会釈して、しずかに表の方へ去っていた。――風伯は、またぼんやりとして坐っている。

「おい、どうしたのだ、風伯老。まさかねむっておるとは知らなんだ」

「おかしい。……おれはねむっていたのか。なにか、気絶でもしていたような気がする」

「なんだと――気絶？――御錠口《おじようぐち》をあずかっておって、たよりないな。いまの御女中以外にだれも通行したものがなかったからまだよいが、まだ寝ぼけ顔をしているではないか」

「いや、醒《さ》めた。いまの御女中の心《しん》ノ臓《ぞう》の音が一つであることもはっきりきいておったよ。はははは」

と、風伯はやっと笑ってたちあがり、詰所の方へあるき出そうとして、うっと下腹をおさえた。

「どうも、妙ないたみがするぞ。まるで……」

「まるで、なんだ」

「むりむたいにふとい棒でもつきこまれて……されば、強姦《ごうかん》でもされたような」

と、顔を大袈裟《おおげさ》にしかめたのに、ふたりの伊賀者はげらげら笑い出した。白髪《しらが》だらけの老人が強姦されたようなという形容を吐いたのに、失笑を禁じ得なかったのである。風伯は笑いもせず、

「いや、妙な夢をみたわ。はじめ、蛇桶《へびおけ》のように女のもつれあう地獄へおとされてな。もがきまわっているうちに、それが、どうじゃ、えたいのしれぬ血塊《けっかい》やら胎児《たいじ》やらに変って、あっと思ったときから、何もかもわからなくなってしまったわ」

「――風伯、このあいだの桔梗とやらいう女を非業《ひごう》に殺したからではないか？」

「あれか。――」

と、風伯はつぶやいて、ふいにぎょっとしたように顔をあげた。

「あれよりも、おれのさっきかけた月影――あの阿福さまが気にかかるて」

その阿福が御錠口《おじょうぐち》にあらわれたのは、それから半刻《はんとき》ばかりののちであった。どうしたこ

とか白衣姿《はくいすがた》に変って、しかもそれが狂人としかみえない兇暴《きようぼう》な眼いろで、ふとい声で、杉戸をあけるように命じたのに、御錠口衆《おじようぐちしゆう》はあっけにとられたが、しかし大奥で権勢第一の阿福にまぎれもないので、あわてて杉戸をあけた。

三人の忍者が平伏したまえを、阿福は、これは会釈もせず、幽界《ゆうかい》をよろめくような足どりで通りすぎた。手に何やら紙を一枚にぎりしめている。

「風伯。……まだ術がかかっておるぞ。いまのうち呼びとめて、奥できいたことをきき出さねば、なんのために月影にしたかわからぬではないか」

と、捨兵衛が早口にささやいた。が、風伯はまだ茫《ぼう》として阿福の姿を見おくっている。

「何をしておる。呼びとめろ、さなくば忍法をとけ」

「はてな」

「あの姿を大御所にでもみられたら、先例があるだけに、おぬしの仕業《しわざ》とわかる。――お、そういっているうちに、向うに伊賀衆《いがしゆう》らしい影がみえる。はやく、解け」

もはや、月影の阿福からきき出すいとまがなかった。風伯は口を大きくあけた。何かを吸いもどすように――のどから下腹へ、異様な瘤《こぶ》みたいなものがうごいていった。

むこうの阿福がたちどまった。その全身を鎧《よろ》っていた猛々《たけだけ》しい輪廓《りんかく》がすうとうすれて、みるみる女らしい線に変った。女らしいというより大病人のように憔悴《しようすい》したうしろ姿だ。

その手から、紙片がおちた。

「あ……何かをおとして、気がつかないでいってしまう！」

と、隼人が腰をあげ、はしり出そうとしたとき、般若寺風伯がふいにしぼり出すように、

「しまった」

と、うめいた。

「どうした、風伯」

「おれがいままで膝をつねっていたのは——阿福さまの心《しん》ノ臓《ぞう》の音がふたつきこえたからだ。こ、こ、こりゃいったい」

阿福の姿は、もう御廊下のむこうにきえていた。しばらく風伯の顔をじっとみつめていた七斗捨兵衛と鼓《つづみ》隼人が、

「まさか……さっきの御使い番の女が——」

「ばかめ、腹の中の胎児《やや》がよその女にひっ越すなど——」

と、眼をむいてあえいで、ふいに猛然とはしり出した。半刻まえに逃げた女をいま追っても無益の沙汰《さた》であったが、それよりも、阿福のおとしていった紙片の赤いものが眼を射て、おどりこえようとしたふたりの足をはたととどめた。

紙には血でかかれた文字が、「信濃忍法、やどかり」とあった。

忍法「筒涸《つつか》らし」

一

竹千代の乳母阿福《おふく》は、じぶんの身の上に何が起ったのか知らなかった。おぼえているのは、大奥へかえろうとして、御錠口《おじょうぐち》の杉戸のまえにたたずんでいたとき、ふいに灯《ひ》がきえたということばかりであった。気がつくと、依然として御錠口の外の御廊下を、夢遊病者のごとくふらふらとあるいていたのである。ただ、嘔気《はきけ》がし、腹が張り、全身にひどい疲労感があり、頭痛がし、そして肌は悪夢からさめたような汗にぬれていた。

阿福は、しかしこのからだの異常について、みずからたしかめる余裕をもたなかった。西の丸は、そのとき、まるで地鳴りのような狼狽《ろうばい》と混乱におちていたからだ。

——逃げた！

——人柱の処女《おとめ》のひとりがみえぬぞ！

——逃げたのは、千姫さまおさし出しの女じゃ！

叫喚《きょうかん》のなかに、愕然《がくぜん》としてたちすくみ、じぶんの耳をうたがったのもしばし、すぐに阿福はわれにかえった。怒りに、彼女はかっとした。阿福は瞬時にして、本来の明敏な阿福にもどっていた。

その千姫家さし出しの侍女の姿が、大奥はもとより西の丸のどこにも見あたらぬことがたしかめられ、その女が御錠口からお使い番に化《ば》けて悠々《ゆうゆう》と脱出してしまったらしいことが判明したとき、阿福は怒りに冷たくなった息をしずめてきいた。

「御錠口をかためていた伊賀者《いがもの》はだれじゃ」

そういった刹那《せつな》、阿福のあたまをふいにえたいのしれないおびえが這《は》いすぎた。それまで、きえた女の捜索に狂奔《きょうほん》していた伊賀者のひとりがひざまずいてこたえた。

「は、詰所におったのは服部《はっとり》の手のものでござらぬ。大御所さまお手飼《てが》いの鍔隠《つばがく》れ衆で――」

そのとたんに阿福は、いまじぶんを襲った恐怖のゆえんを知った。そうだ、先刻、じぶんが大奥に入ろうとしたとき、杉戸の番人をしていたのはあの不愉快な忍びの者であった。……同時に、あのとき、ふいに灯《ひ》がきえ、闇のなかで何者かに抱きしめられ、声をあげようとした口をふさふさとした髯《ひげ》で覆われたことを思い出した。しかし、それっきり、あとの記憶はない。あれから何が起ったのか、たしかじぶんは大奥へかえろうとしていたはずだが、大奥に入ったおぼえはなく、そのあいだまるで中有《ちゅうう》の闇に沈んでいたとしか思われないのが、悪寒《おかん》をもよおすように不安である。

「あの男どもが詰めておったと？」

「されば、にげた女は、あなたさまのお使い番と申したてて、表へまかり通ったそうでござります」

「それはきいた。しかし、わたしの使い――左様な使いをやったおぼえはない。うつけ者どもが――」

と、阿福は蒼白《あおじろ》い唇をかみしめてつぶやいた。それから、伊賀者をじっと見つめて、

「そのうつけ者どもに、この失態の罪をあがなわせねば相ならぬ」

「は――？」

「腹をきるように伝えてくりゃれ」

伊賀者はためらった。

「あいや、仰せごもっともでござりますが、あの鍔隠《つばがく》れの衆は大御所さまおんみずから駿府より召しつれられたものにて――」

「大御所さまには、わたしよりそのように申しあげておくでありましょう。あの女をのがしたことで、大御所さまの御苦心がことごとく水の泡となった。阿福の申しつけた仕置《しおき》をほめられることがあろうと、おとがめのあるはずはない。おのれから腹を切らねば、討ちはたして仔細《しさい》はありませぬ。しかと、申しつけましたぞ」

と、阿福はいいすてると、伊賀者の返事も待たず、つかつかと背をみせてあゆみ出した。

阿福がふいにあの忍者たちの成敗をいいつけたのは、たしかにいまじぶんのいったような理由からに相違はなく、虜《とりこ》としていた女が千姫のもとへ逃げかえった以上、これからのやりようをきわめてむつかしいものにしてしまったという失態の責任はのがるべからざる

ものがあったが、それを大御所の意向にもはからず、独断で命じたのは、この失態とじぶんの記憶の空白に何か関係があって、それをあの忍者たちが知っているのではないか、という漠然《ばくぜん》たる、しかし恐ろしい想像がはたらいたからであった。さすがは聡明《そうめい》な阿福である。この想像は的中した。

じぶんへの不安の根源をつきとめるより、まずそれを知るものを抹殺《まっさつ》したいというのは、彼女らしい自我であり、虚栄心だ。さすがにそこにかすかな良心の痛みがあって、阿福は一室ににげこんで、遠い悲鳴の声を焦《じ》れて待った。

深夜である。座敷に灯はなかったが、入るときにあけたままの唐紙《からかみ》のあいだから、御廊下の壁につらなる蠟燭《ろうそく》が、真鍮《しんちゅう》の網ごしに、たたみに灯の帯をしている――よろめくように坐って、ふとそのたたみに眼をやって、彼女は眼を見ひらいた。

血のあとがあった。滴々《てきてき》と三つ、廊下から彼女の坐っている位置までに。――はじめて気がついたことである。しかし彼女は、じぶんの月のものはまだはじまる時期でないことを知っていた。

「……？」

しかし、そういえば下腹部に異様な感覚がある。あきらかにじぶんの落した血である。しばらくじっとその血をながめていた阿福は、ふと立つと、唐紙をしめた。座敷は闇となった。そのなかで阿福は裲襠《うちかけ》をひらき、裾《すそ》をまくりあげ、片手をさしこんでみた。阿福ならずとも、余人のだれにもみせてはならぬ女の姿であった。

「そこまで、そこまで」

ふいに声がきこえた。

「忍者は闇でもまざまざとみえるのでな」

ちがう声が、こんどはうしろからいった。――阿福は、恥ずかしい姿勢のまま、硬直してしまった。声はたかい天井からふってくる。阿福がこの座敷に入って以来、だれもそのあとを追って入った影はない。はじめからそこにいたことはあきらかで、一瞬、闇の中にきっと姿をただすと、

「何奴《なにやつ》じゃ」

と、阿福はさけんだ。すると、またはなれた天井の一隅《いちぐう》から、

「いま、おまえさまが、腹切るように申された当人どもじゃが」

と、こたえたふくみ笑いがまぎれもなく般若寺風伯のものなのに、阿福はふたたび全身金しばりになってしまった。

「左様な途方もない下知《げち》をくだして、おまえさまがあるき出された一足めの方角、足どりの顔いろから、おそらくこの座敷あたりにお入りであろうと見込みをつけて、さきに待っておりました」

「曲者《くせもの》、だれか――」

「大御所お召し出しのおれたちを曲者とはおどろいた。だれか――と呼んだところで、俗人づきあいに技のなまった服部《はっとり》一党の黒鍬者《くろくわもの》らの手にかかるおれたちかよ」

と、風伯はあざ笑った。

「それに、阿福さま、余人を呼ばれぬ方がお身のためであろう。他にきかれてはとりかえしのつかぬ内密の話がござる」

声が高い空中に浮いているところ——ようやく闇になれた視覚に朦朧《もうろう》とうつる影から、阿福は三人の忍者が、それぞれ天井の三つの隅から蝙蝠《こうもり》のように逆さにぶらさがっていることに気がついた。

「情《つれ》なくもわれらに成敗を申しつけたおまえさまの心はにくいが、御錠口を見張っておって、まんまと眼をだまされたおれたちの罪はたしかにある。それにおれは、少々おまえさまに惚《ほ》れてもおる。じゃによって——」

「要らざる口をきくより内密の話とやらをはやく申しゃい」

と、阿福はふるえる声でいった。怒りに息ははずんでいたが、先刻のじぶんの不安を思い出し、彼のいわくありげな口吻《こうふん》に、反撥《はんぱつ》しつつも耳をとられたのである。

「阿福さま、おまえさまの月水《げっすい》はいつごろでござります？」

「わたしの——」

阿福は、そのぶれいをきわめ、意表外に出た問いに絶句した。

「その時期がきて、おまえさまの月のものがなければ一大事」

「風伯、それはどういうわけじゃ」

「おまえさまの腹中から、もうひとつ心《しん》ノ臓《ぞう》の音がきこえます。——ということは、つまりおまえさまが身籠《みご》もっていなさる胎児《やや》の心ノ臓の音。――」

「たわけ、わたしが身籠もっておるなど、ぶ、ぶ、ぶれいな――」

「阿福さま、腹をなでてごらんなされ。妙にふくらんでおりはしませぬか。そのあたりの様子に変りはござらぬか。――そのたたみの血は、経血《けいけつ》ではない。忍法やどかりの荒修法《あらずほう》をうけた名残りの血」

「忍法やどかり。――」

「されば、阿福さま、めざす女は忍者であったことをおわすれではござるまい。先刻おれは、まんまと眼をだまされたといったが、正しく申せばあざむかれたのはおれの耳で、御錠口を出たあの女の心ノ臓の音はただ一つであったゆえ、うかと見のがしたのじゃ。そのかわり、おまえさまから、いま心ノ臓の音が二つきこえる。つまり、あの女は、おまえさまの腹の宿に、胎児《やや》を捨子してにげ去ったものでござるわ」

阿福は白痴みたいになっていた。あたまから四肢は空洞《くうどう》になっていた。血も肉も、すべてが腹部だけに恐ろしい凝塊《ぎょうかい》となってあつまったようである。そこからピクリ、ピクリとつたわってくるものが、まさしく胎動《たいどう》でなくて何であろう。

般若寺風伯の声が苦笑した。

「未来の三代将軍のお乳の人《ちひと》、徳川家随一の忠義者と評判たかいおまえさまの腹にござるのは、豊臣秀頼のおとし胤《だね》じゃ」

ものもいわず、阿福は懐剣《かいけん》をぬいて腹につきたてようとした。そのとたん、ふわと空中から風がおもてをうつと、その手がつかまれた。

「日影月影の忍法もかけぬに、桔梗《ききょう》同様に腹切ることはござるまい」

「風伯、はなしゃ。このようなからだになって、生きておられようか。秀頼のおとし胤を
このまま刺し殺してくれる」

「待ちなされ。はやまってはならぬ。いや、人を呪《のろ》わば穴二つ、とはこのことじゃて。人にかるがるしゅう腹を切らせいと申しつけたむくいで、おのれが腹を切らねばならぬ破目となる。——と笑いたいが、おれは笑わぬ。それ、さっきいったように、ちょいとおまえさまに惚れておる弱味でな。阿福さま、秀頼の胤《たね》をはらんだからとて、御自分も殺すことはござるまい。入る穴があれば、出る穴もある。胎児はながせばすむことじゃ」

なまぐさい息が、阿福の顔にかかった。

「闇から闇へ——それでおまえさまは何くわぬ顔をして、栄達の座にすわってゆける。——ただの、胎児はすでに六か月、もはや爪も生《は》え、髪も生えておる。おまえさまが手前勝手に妙な小細工《こざいく》をなされると、おまえさまのいのちもながすことになるは必定《ひつじょう》でござるぞ。また、まさかお城でめったな療治をして、もし人の眼、人の口にかかるようなことがあれば、何もかもぶちこわしじゃ。風伯がながして進ぜる。風伯を信心なされ」

手ははなされたが、阿福は凝然《ぎょうぜん》とうごかなかった。風伯はささやいた。

「何はともあれ、ここでは何もできぬ。おれたちが宿としておる服部半蔵どのの屋敷においでなされ。今夜とはいわぬが、善と子堕《こおろ》しはいそぐに越したことはないと申しておく」

二

秋の灯のなかに、三人の女が坐っていた。しずかにただよう香煙のむこうに、仏壇がうすびかっている。千姫屋敷の持仏堂《じぶつどう》である。

女は、お瑤《よう》とお眉《まゆ》とお由比《ゆい》である。お瑤の肉感的な華麗さ、お眉のういういしい可憐《かれん》さ、お由比の霞《かすみ》のごとき幻想的な美しさ――だれがこの女たちを恐るべき破天荒の秘法を身につけた忍者とみるであろう。しかし、いま灯をうけた三人の半面には、憂いと焦燥の翳《かげ》がゆれていた。

「わたしの考えがいたらなんだ」

と両手をねじりあわせて、お眉がつぶやいた。ほかのふたりは、だまっている。その言葉を肯定するがごとくである。沈黙にたえきれないもののように、お眉はまたつぶやく。

「わたしは大奥からのがれられようとは思わなかった。ただ、じぶんは死んでも、腹のなかの胎児《やや》だけを残したいとかんがえたのです。それが、思いがけないことで、あの阿福《おふく》のからだにやどかりの忍法をつかうことができて、あとはたとえ、西の丸を出るまでにじぶんが討たれようと、胎児だけは生きてゆけるとかんがえたうれしさから、つい、忍法やどかりといたずらな落し文をのこしていったは、おっしゃるようにわたしの軽はずみ。――わたしとしては、もしじぶんがぶじにのがれることができたなら、阿福がからだの異変に気がつくまでに、何とかしてまた胎児をとりもどすつもりだったけれど、あれを秀頼さまの落し胤《だね》と知っては、なるほどあの女は死ぬか、流すか、むしろ胎児にとってはむざんな運命《さだめ》がくるは必定《ひつじょう》。——ああ、わたしはどうすればよいのか」

お眉は、もだえた。あれから、七日たつ。そのあいだ彼女は、いくどふたたび大奥にもどって、阿福の腹中にのこした胎児をとりかえそうと悩んだことかしれない。しかし、お眉の顔はもはや大奥に知られている。ふたたび入ることは、虎口に入るにひとしかった。

ただ、いままでのところ、阿福の様子に変ったことはないらしい。あの翌日、お城直しの地祭《じまつり》はとどこおりなく行われた。九人の処女《おとめ》は予定のごとく人柱となって地中に埋められたが、その恐ろしい儀式に、蒼ざめた顔色ながら阿福は列して冷然と見まもっていたということでもあるし、それ以来、医者にかかったという話もなければ、病臥《びょうが》したという噂もない。それは千姫がそれとなく、何もしらぬ大奥の女を介してさぐり出したことである。ふしぎなことに——いや、それが当然のことかもしれないが、その地祭に千姫が出なかったことについても、巫女《みこ》としてさし出した侍女のひとりが姿をくらましたことについても、城から千姫家へ、なんの詰問もなかった。とにかく、いまのところは胎児が安泰であることはたしからしい。しかし——

「千姫さまは、しばらく待てと仰せなさるけれど」

「胎児はいまや六月《むつき》、七月《ななつき》めに入れば、もはや生きながらとりもどすことはむつかしい」

と、お瑤《よう》とお由比も懊悩《おうのう》の吐息《といき》をもらした。

そのとき、持仏堂の扉がひらいて、千姫が入ってきた。ただならぬ顔色である。

「ぬかったわ」

と、さけんで、唇をふるわせた。

三人の女はふりむいた。

「姫さま、いかがなされました」

「阿福めが城から出たそうな」

「えっ、阿福が、どこへ？」

「それが、わからぬ」

と、千姫はくやしげに、

「きょうのひるすぎ、御中﨟《おちゅうろう》滝山《たきやま》の名を以て、半蔵門を出た乗物があったそうなが、それがいま探ってまいったものの話では、どうやら阿福らしいのじゃ。どこへゆこうと、だれにはばかるもののないはずの阿福が、他人の名をかりて外出《そとで》したことこそいぶかしい。しかも、なおいぶかしいことは――半蔵門を出てから、江戸のどの方角へいったのやら、そのゆくえがまったく知れないのじゃ」

三人の女は、茫然《ぼうぜん》として千姫をあおいだきりである。

阿福が、いまにいたるも腹の異常に気がつかないということはあり得ない。その阿福が名をかえてひそかに城を出たという以上、かならずそれに関係したことに相違ないが、いったい彼女はどこへいったのか。

見合わせた四人の女の眼は、焦燥の焦点を灼《や》いた。そのとき、持仏堂の扉のそとに、たん、と何かがつき刺さったような音がした。

「あ。……」

さけんで、すぐに千姫が出ようとする。それを制して、まずはしりより、扉をあけたのはお眉であった。

外は夕ぐれだ。蒼茫《そうぼう》たる空に風がある。ざわめく雑木林の上を、無数の銀杏《いちょう》の葉が、小さな銀扇《ぎんせん》みたいな妖光《ようこう》をきらめかしてとんでいた。——お眉はすぐに扉をしめた。

「お眉、何事じゃ」

「これが、扉の外に」

と、お眉は手につかんだものをさし出した。紙につつんだマキビシだ。八方に釘《くぎ》を出した忍者特有の鉄金具《てつかなぐ》で、その釘のひとつが扉につき刺さったのである。が、三人の女忍者がはっとした様子でのぞきこんだのはそのマキビシでなく、それをつつんだ紙片であった。

それはしわくちゃになり、釘の数だけ穴があいていたが、墨くろぐろと二行の文字がみえた。

「泊横爍鐄俅躒熿僙僄潢艶軈鑄
垉潢艶婧柏鰾塛舶僄熛鉑梀色」

千姫にはなんのことかわからなかった。読むことさえできなかった。

お由比が読んだ。

「こよひそおんたねみつとなる
はつとりやしきてみさふらへ」

千姫にはまだわからない。

「それは、なんの呪文《じゅもん》じゃ」

「今宵《こよい》ぞおん胤《たね》水となる。服部屋敷で見候《みそうら》え――とかいてあるのでございます」

三人の女の顔色に粛然《しゅくぜん》たるものがある。千姫もはじめていまそのマキビシが胸に刺さったようなおももちであった。

「では、阿福は」

「左様でござります。これで阿福のゆくえがしれました。半蔵門を出てから、江戸のどこへいったかわからなかったわけでございます。阿福は半蔵門のすぐそばにいたのですから――」

と、お瑤がいった。千姫はもういちどその紙片の怪しい文字に見いって、

「これは投げたものはだれじゃ――」

「忍者でございます。この木火土金水《もっかどごんすい》の五行《ぎょう》に人身をつけ、青、黄、赤、白、黒、紫に色をくわえて、いろは四十九文字を組みかえたものこそは、忍者仲間にのみ通じる隠し文字。――お眉が御錠口をのがれ出たとき、それにおった三人の男がただの伊賀者とはみえなんだと申しておりましたが、おそらくあれが駿府からきた忍者でございましょう。この投げ文《ぶみ》も彼らからのものに相違ございませぬ」

「阿福が服部屋敷に入ったというのじゃな。そして腹の胎児《やや》を今宵《こよい》ながすというのじゃな。そ、それにしても、彼らはなぜそれをこちらに」

「むろん、この忍者文字をつかった以上、投げ文の相手はわたしたちでございます。わたしたちを忍者と知って、それにたたかいを挑んできたものでございましょう。来ぬか、見に来ぬか、今宵、秀頼さまのおん胤を水にするが、それをだまって見のがす気か、と」

ふいにお眉がたちあがった。

「わたしがまいります」

蒼白な顔に、眼が黒い炎のようにもえていた。彼女がおのれの蒔《ま》いた種をおのれでかりいれる決意をしたことはあきらかであった。しかし、それは、むき出しに挑戦してきた敵の忍者の罠《わな》へ、われと身をなげこむことではなかったか。そうでなくとも、めざすは伊賀者の棟梁《とうりょう》服部半蔵の屋敷である。

千姫がのどをひきつらせてさけんだ。

「お眉は敵に顔を知られておる」

「それでも、みすみす秀頼さまのおん胤《たね》を水にするわけにはまいりませぬ」

「胎児は、まだお由比、お瑤の腹の中にもおる」

「いいえ、伊賀の忍者の果し状をにげたとあっては、真田の忍者の名折れでございます」

だまってお眉を見あげていたお瑤がいった。

「なりませぬ」

「え、なぜ？　わたしのいのちはどうなってもいいのです」

「おまえさまのいのちのことではない。かんじんの胎児《やや》さまのおんいのち」

「…………」

「おまえさまは、もういちど阿福と抱きあわねばならぬ。阿福はお眉を知っておる。それで、ぶじに胎児をとりもどすことができるとおかんがえか」

「…………」

「わたくしがゆきましょう」

お眉はお瑤を見おろして、眼を大きくひろげた。

「お瑤の腹はふさがっておる。どうしてもうひとりの胎児をいれることができるのじゃ。腹のあいているのはわたしばかり」

お瑤はにっとしてつぶやいた。

「だから、いま、わたしの胎児を、おまえさまにわたしましょう」

万一にそなえてお由比が持仏堂の外に見張りにたち、千姫がお瑤とお眉のかいぞえをした。もしこれが千姫の悲願とする豊家《ほうけ》伝灯《でんとう》の「儀式」でなかったら、彼女の瞳《ひとみ》はくらみ、喪神《そうしん》したであろう。その夕《ゆうべ》、秀頼の霊をまつる持仏堂の灯明の下でくりひろげられた「やどかり」の秘技ほど、この世のものならぬ凄惨妖艶《せいさんようえん》の光景はなかった。

ふたりの女忍者は、身にまとうものをすべてかなぐりすてた。四本の腕と四本の足は八匹の白い蛇のようにからみあい、そしてお瑤のふくらんだ腹は、お眉のくびれた腰にぴったりとおしつけられた。それは抱きあったふたりの女というより、怪奇な万華鏡《まんげきょう》の花のような姿であった。やがて、お瑤の腰が、律動を開始した。それは波濤《はとう》のように去り、しだいに狂瀾《きょうらん》の相を呈した。よほどのことがあっても悲鳴をあげぬ女忍者の口から、おさえきれぬうめきがもれ、密着した四つの乳房はしだいにたかく波うち、そのあいだから白い汗がしたたりおち、そして戦慄《せんりつ》し、痙攣《けいれん》する四つの下肢《かし》のすきまから、血と羊水《ようすい》がながれおちはじめた。

どれほどのときがたったか――魔酔《ますい》のごとき時がすぎて――見ているか、水晶のように凝然《ぎょうぜん》と見はられた千姫の眼は見ているか、いいや、それは、ただ夢をみていると同様であった。なんたる幻怪、上の女の腹部の白い隆起は、徐々にさがってきえてゆき、下の女の腹部が、しだいにむっちりとふくらんでゆく。……

三

服部半蔵の亡父、服部石見守《いわみのかみ》が三千石の禄《ろく》とともに江戸城のすぐそばに家屋敷を賜《たまわ》ったのは、家康の入府とほとんど時を同じゅうしていた。それ以来、その附近を半蔵町といい、それに面する城の門をすら半蔵門と呼ぶようになったのも、いかにも草創期のこの時代らしい。

半蔵は、いまもいわゆる黒鍬者《くろくわもの》の棟梁《とうりょう》であった。黒鍬者とは表面は作事奉行《さくじぶぎょう》の支配に属し、城の構築《こうちく》、道路の開鑿《かいさく》、戦時屍体《したい》の収容などにあたるものだが、一方では、敵陣の焼打ち、破壊、斥候《せっこう》、流言、暗殺などの特殊任務をあたえられ、これこそ忍者の独壇場《どくだんじょう》であって、服部家はその「影の黒鍬者」の宗家《そうけ》ともいうべき家であった。後年この黒鍬者からさらにえらび出されたお庭番が、いわゆる隠密の役をつとめることになる。――この一劃《いっかく》は、その服部家を中心に、ことごとく伊賀出身の忍者の住む黒鍬者の組屋敷であった。

しんかんとした晩秋のまひる。このうすきみわるい忍者町に、一挺《ちょう》の乗物が入っていった。青漆塗《あおうるしぬり》のあきらかに奥向きの女乗物がこの町に入ってくるのもめずらしいが、とがめるものはだれもない。それも道理、西の丸を出たときから、これをかつぎ、これに従っている数人の男は、いずれも黒鍬者ばかりであった。

服部家についた乗物が玄関にとまると、なかからうなだれて、ひとりの女が式台に立った。お高祖頭巾《こそずきん》をかぶっているが、わずかにのぞいた眼はたしかに阿福のものである。

案内もこわないのに、主《あるじ》の服部半蔵が手をつかえた。

「鍔隠《つばがく》れ衆は」

と、ひくい声で阿福はきいた。

「奥に」

と、半蔵がこたえたのは、輩下の黒鍬者に乗物をはこび出させたくらいだから、すでに事態を承知してのことだ。それにしても、大奥第一の権勢者《けんせいしゃ》を呼んだ当人たちが出迎えもしないのは、いかにも礼をしらぬ彼らしい。

半蔵にみちびかれて奥へあゆみながら、阿福はなお不安らしく、

「服部どの、このことは大御所さまには何分内密に」

「もとよりでござる。はからざる御災難、心からおきのどくに存じております」

「そのお言葉を阿福は信じてようありましょうね」

「忍法者の口は、おのれが思い決したうえは楔《くさび》でござる」

と、服部半蔵は厳粛にこたえた。

――が、この事件ののちしばらく、この半蔵正広《まさひろ》が乱心というかどで、家名断絶の憂目《うきめ》をみたのは偶然であろうか。これで彼は、ふたりの兄についで浪々の身となり、服部は漂《ひょう》泊《はく》の一族となったが、しかし彼は生涯、阿福の秘密について口外しなかった。

じぶんのきめた大奥の法度《はっと》のひとつ、門限までには帰城しなくては、と御中﨟《おちゅうろう》滝山《たきやま》の名で出てきただけに、心にあせりながら、阿福は服部屋敷の奥に、ひとり捨てておかれた。

彼女を呼んだ鍔隠れの忍者たちは、どこにいるのか、姿をみせない。そのぶれいさを怒るよりも、彼らのあらわれるのが一刻でもおそく、と矛盾した祈りもあったのは、彼らがじぶんのからだに行おうとすることだけに、さすがの阿福にも当然な心理であった。

七日まえ、城で般若寺《はんにゃじ》風伯《ふうはく》におぼえのない妊娠をつげられても、あとになればまさかと思い、きょうまでとつおいつかんがえて、ついに予定の月経のはじまらないのに望みを断って、風伯のすすめにしたがう気になったのだが、心の重いのは是非もない。

思えば悪運の星の下に生まれてきたわたしであった、と阿福は彼女らしくもない呪《のろ》いの吐息《といき》をつく。彼女の父は、明智《あけち》第一の重臣で光秀の屍《かばね》とともに粟田口《あわだぐち》で磔《はりつけ》にかけられた斎藤内蔵助《くらのすけ》であった。彼女の叔母《おば》は、長曾我部《ちょうそかべ》元親《もとちか》の妻で、大坂の役に豊臣方に加わり、ついこのあいだ三条磧《さんじょうがわら》で斬られた幽夢入道盛親《ゆうむにゅうどうもりちか》の母であった。本来ならば逆臣《ぎゃくしん》一族の女《むすめ》として、落魄《らくはく》の風にふきちらされるはずの阿福だ。それをいま徳川家大奥の総監督ともいうべき地位におしあがったのは、彼女自身の必死の努力以外の何もののせいでもない。それだけに、ひとたびつかんだこの権力を失うまいとする彼女の慾望《よくぼう》は、妄執《もうしゅう》といえるまでに強烈であった。

逆境の前半生、また近年の徳川家継嗣《けいし》をめぐる政治的暗闘、それを天賦《てんぷ》の辣腕《らつわん》と気丈《きじょう》さでみごとにきりぬけてきた阿福も、こんど知らぬまにおのれの腹中に入った胎児だけには完全にうちのめされた。――ただ、じぶんの権威をまもるためには、どんな目にあおうともこれを闇中に始末せねば、という理性だけは冷たくもえている。

どんな目にあおうと？――「ちょいとおまえさまに惚れておる弱味でな」「おまえさまのからだを抱かして下されい」――いとわしい風伯の声はまだ耳たぶにのこっているのに、敢《あえ》て彼女はここにやってきた。恐ろしい堕胎《だたい》の報酬として、般若寺《はんにゃじ》風伯《ふうはく》がいかなることを望もうともかくごのまえだ。

曾て栄達《えいたつ》のために貧しい夫をすてて以来、女盛りの肉体を冷たい大理石とかえて余念なかった阿福は、いまおなじく栄達のために、ぶきみな老忍者にその冷たい肉体をあたえることも辞さぬつもりでいる。——ひとり、寂然《じゃくねん》と座敷に坐っている阿福の蠟面《ろうめん》のような顔を、しだいに夕闇がつつんできた。

もとより服部半蔵以外、半蔵町の伊賀者は今宵服部屋敷で何が行われるかは知らされていない。ただ、阿福を西の丸からはこび出すことを命じられ、それ以後、あやしい者が半蔵町に入ってくるのをみたならば、ただちに報告するように、ときと場合によっては即座に討ちはたしてさしつかえないと命令をうけたのみだ。

一見するならば、町のどこに、何者が立っているともみえない。警戒すらも隠密裡《おんみつり》にはこぶため、人数は十人内外であったが、樹陰《こかげ》、石陰、土塀のかげと、町の要所要所に立ったねずみ色の頭巾《ずきん》は、夕方から曇りはじめた大気に溶けて、常人の眼にこそうつらなかったが、しかしこれは蟻《あり》一匹もとおらぬ先代服部石見守《いわみのかみ》独創の「内縛陣《ないばくじん》」の配置であった。

風が出てきた。半蔵町の空にも、飄々《ひょうひょう》と枯葉がとんでいる。

一本の榎《えのき》の大木の樹上にいたそのひとりが、空の枯葉をふとあおいで——その雲のなかに、ふと妙なものをみた。女だ。雲の濁流《だくりゅう》をはだかの女がおよいでいる。——はっとして吸いつけられた眼が、ふいに霧のようなものに覆われた。霧に香りがあった。体温があった。次の瞬間、その伊賀者は枝にまたがったじぶんとひたと胸をあわせて、やはり枝にまたがっているひとりのはだかの女を感じた。

胸に乳房が息づいた。口はやわらかな唇でふたをされた。装束《しょうぞく》も頭巾《ずきん》の布《ぬの》も透明《とうめい》になったようななまなましい感覚であった。さすがの忍者が、一瞬、その快美に恍惚として、声帯も全身もしびれるのをおぼえたが、口中をうごめく貝の肉のような舌を吸いながら、音もなく一刀をぬきはなったのは、やはり今宵とくに半蔵から警戒を命じられたものほどのことはある。

「変化《へんげ》め！」

うめくと同時に、その刀身をうしろからまわして、抱きついた女の背につきたてた。

悲鳴は彼の口からあがった。一刀は女の胸を霧のようにつきぬけて、彼自身の胸を刺したのである。そのまま忍者の顚落《てんらく》したあとの樹上には、依然としてただからからと枯葉が吹きつけているばかり。――裸身の女のかげもなかった。

数分後、しかし、草むらのなかから、ふたたびすうとねずみ色の頭巾《ずきん》が立ちあがった。何事もなかったかのように、かるがるとまた樹上にのぼる。まえとおなじように枝にまたがり、暮れ沈んでゆく半蔵町を見わたして、さてふところからとり出したのは、いくつかの小さな普賢菩薩《ふげんぼさつ》の木像であった。彼は「内縛陣」の忍者の配置とみくらべつつ、それをふとい枝のうえにならべはじめたのである。――彼は、いや、装束はさっき顚落した伊賀者のものであったが、頭巾からのぞいているのは、黒曜石《こくようせき》に似たお眉の眼であった。

四

般若寺風伯が阿福のまえに姿をあらわしたのは、夜に入ってからであった。

「いままで何をしていやった。もはやお城の門限もちかいというに」

と、阿福はいらいらとした眼でにらんでいった。

「お待ちかねか」

と、風伯は、鬚《ひげ》のなかからきゅっと歯のない口で笑った。

「失礼つかまつった。少々用がござってな」

「わたしを呼んでおきながら、なんの用」

「それは、あとで申しあげる。ただ、胎児《やや》をもらうかわりに、お城に土産をもってかえっていただけるとだけ申しあげておこう」

「わたしに、なんの土産じゃ」

「いや、おまえさまへではない。大御所さまへじゃが」

と、風伯は謎のような言葉を吐くと、それっきりだまって、阿福の姿をじっとながめいった。笑っている眼が、しだいに、老人らしくない獣的《じゅうてき》なひかりをおびてきた。屋根を、雨の音がうちはじめた。

大御所でさえおそれぬ阿福が、この人間ではないもののような眼には、かくごはしていたものの、恐怖にじんとあたまがしびれる思いがした。

「はやく、はやく」

と、息をきざんでいう。

「はよう、胎児《やや》を堕《お》ろしてたもれ、ど、どうすればいいのじゃ」

「おれといっしょにねて下され」

と、風伯は平然としていった。眼は依然として、彼女のからだをなめまわしている。阿福はすべての衣服をはぎとられて、はだかの肌を蛇が這いまわっているような気がした。

「……そうすれば、胎児《やや》がながれるのか」

「べつでござる。胎児をながしたあとで、またおれのたねを仕込んで、もし大奥に二代目風伯でも生まれたら、つぎの将軍さまお乳《ち》の人《ひと》も御当惑であろう」

風伯は、にやにやした。

「だいいち、胎児をながしたあとでは、すぐさまつかいものにもならぬわ」

阿福は歯をくいしばった。しかし、いまはどのようなはずかしめをうけようと、腹の胎児だけは消してもらわなくてはならないのだ。この矜持《ほこり》にみちた女が、顔色をあかくしたりあおくしたりしてふるえながらたえているのを、般若寺風伯はたのしんでいるかにみえる。彼は白髯《はくぜん》のあごをしゃくった。

「となり座敷にな、もう閨《ねや》がつくってあるそうな。いって、ねて下され、まるはだかの方が、うれしゅうござるな。そのあとで、まちがいなく胎児は堕して進ぜる。用意ができたら、たたみを二つたたいて下され」

閨の枕頭《ちんとう》にともされていた灯がきえた。たたみをうつ音がきこえた。

般若寺風伯はうす笑いをうかべて、そろりと立つと、その座敷に入った。灯はけされたが、忍者の眼には灯のともっていると同様だ。閨の足もとの方に、何やらうずたかくかさねられているのは、掛夜具《かけやぐ》と、ぬぎすてられたかいどりなどであろう。……女は、もはや観念したのか、掛夜具さえもとりはらって、ほの白い裸形《らぎょう》をのべている。ふとり肉《じし》の阿福ではあるが、もりあがった乳房や、ゆたかな腰は、三十七歳の女とは思われぬほどなまめかしい色香の露にぬれていた。さすがにきものの一枚をひきよせて、袖《そで》で顔だけを覆っていた。

風伯は見おろして、もういちどにやりとした。彼もすでに衣服をぬぎ去っている。舌なめずりすると、彼は女のからだの上にじぶんのやせたからだを伏しかさねた。

「真田《さなだ》の女忍者」

と、ひくくよんだ。

「待っていたぞよ」

下の女の腹がはねあがりかけたのを、じぶんの腰でぴたりとおさえつけた。巌《いわお》でおさえられたように、女の腰はうごかなくなり、ただ上半身をうねらせた。

「千姫屋敷の投げ文で、何匹這い出すか、夕《ゆうべ》から見張っていたのだ。さすがに忍者だ。人数は多くも五人の女忍者とわかっておるのに、うぬらは無用の女も混じえて十挺《ちょう》の駕籠《かご》を門から放った。さすがのおれたちも、まんまとまかれたが、あとくらましてめざすこの半蔵町にのりこんだうぬはあっぱれじゃ。ここの黒鍬者《くろくわもの》たちのたよりにならぬことは知れておったが、それにしても服部の内縛陣《ないばくじん》をようぬけた。じゃが、この般若寺風伯の眼はあざむけぬ。いいや、耳はあざむけぬ。阿福さまならば、胎児とあわせて二つの心ノ臓の音がきこえるはず、それがうぬの胸から、心ノ臓の音は一つしかきこえてこぬ！　してみれば、うぬは——」

と、片手で女の顔を覆っていた袖をなぎはらった。

「や、うぬは先日御錠口《おじょうぐち》をぬけた女ではないな。——と、すると、これ、秀頼の子はいかがした？　やい、うごくな、これをみろ」

と、もう一方の腕をふりあげた。こぶしのさきに、きらりと何やらひかった。マキビシの釘《くぎ》の尖端《せんたん》であった。

「この釘のひとつには、牛でも殺す毒がぬってある。うぬもあの投げ文でのりこんできたうえは、よほどの忍法にうぬぼれあってのことだろうが、わしはかからぬぞ。黒鍬の未熟者らとはちがう。般若寺風伯、だてに年はとっておらぬのだ」

け、け、け、と兇猛《きょうもう》な声をたてて笑った。

「案ずるに、うぬの腹が空いているところをみると、阿福さまの胎児《やや》をとりもどしにでもきたか。よし、その代りに風伯のたねを蒔《ま》いてくれる。三途《さんず》の川で産湯《うぶゆ》をつかえ」

と、わめくと、手のマキビシを口にくわえた。髭《ひげ》のあいだから、一本の釘がとび出して、ひかっている。そのまま、両腕を女のわきの下から鉄鎖《てつぐさり》のようにからませて、老人とは思われぬあらあらしい動作で、女を犯しはじめた。

女の顔のうえには、毒の釘があった。風伯の首がうごくたびに、それはいまにも眼につき刺さりそうに、或《ある》いは唇はふれそうに上下した。その恐怖にもかかわらず、この老忍者の獣的《じゅうてき》な愛撫《あいぶ》が、意志とはべつに女のからだの内部に強烈な潮《うしお》をまきあげてきたものか、彼女は男のうごきに応じはじめた。星眼《せいがん》には霞《かすみ》がかかって、毒釘すらもみえなくなったが、その下に唇の花がひらいて、熱い吐息をはいていた。

突然、さけび声があがった。風伯の口からだ。同時に顔をふってからくも避けた女のくびすれすれに、死のマキビシは褥《ねや》におちた。それにも気がつかぬ風で、風伯のうめきは尾をひく。苦悶《くもん》の声ではなく、快美のきわみのさけびであった。——たとえ片腕おとされても、般若寺風伯は猛然と反撃動作にうつったであろう。しかし、このとき、彼はエクスタシーのうちに全生命が流出するのをおぼえた。夢幻の恍惚《こうこつ》のうちに全気力が蒸発するのを感じた。

ぼろぬのをなげたような般若寺風伯のからだの下から、女はするりとぬけ出した。風伯の肌は、みるみる枯葉の色にかわってゆく。やせた四肢がいよいよ糸のようにほそくなってゆく。その股間《こかん》から、かぎりもなく褥をひたしてゆく精液が、しだいに血をまじえ、ついに血の噴出そのものとなった。

おのれもまた下半身、風伯の血に網目のごとくいろどられながら、全裸の足を仁王立ちにして、じっと老忍者の断末魔を見おろしている女の姿は、美しいとも凄《すさま》じいとも名状しがたいものがあった。

「信濃忍法――筒涸《つつか》らし」

と、お瑤はうす笑いしてつぶやいた。

それから、風伯の屍骸《しがい》はふりむきもせず、つかつかとあるいて、闥のすそにわだかまっていた掛夜具をとりのけた。下から、さっき一瞬に当身でたおされた阿福の失神した姿があらわれた。


――しばらくののち、入ってきたときと同様に、豪華なうちかけを羽織り、お高祖頭巾で眼ばかりのぞかせた阿福の姿が、服部家の玄関にあゆみ出てきた。うなだれて、つかれはてた足どりだ。

はげしくなった雨のなかに、服部半蔵はこぶしをにぎりしめて立っていた。いましがたまで、鼓隼人《つづみはやと》も七斗捨兵衛もそこにいたのだが、見張りの黒鍬者に何か異変が生じたらしいことが急報されて、愕然《がくぜん》としてかけ去ったところなのである。

「あ……阿福さま」

と、半蔵が気がついて、あわててかけよろうとするまえに、阿福はもう駕籠《かご》の扉に半身をかがめていた。

「一件は、おすみでございますか」

阿福はうなずいた。吹きこんでくる雨をさけて、頭巾の上から眉びさししている。半蔵は外をふりかえり、うろうろして、

「あいや、しばらくお待ち下されい。どうやら曲者《くせもの》がこの町にしのびいった気配があります。御帰城の途中、万一のことでも出来《しゅったい》いたせば一大事でござるゆえ」

「……門限に」

と彼女はかすれた声で、それだけいった。

大奥のきびしい門限のことをいっているのだ。秘密に外出してきた用件だけに、その不在があきらかとなると、あとで物好きな女たちの詮索《せんさく》がはじまることをおそれているのであろう、と半蔵はつぎの言葉をうしなった。

阿福はすでに駕籠に身をいれている。伊賀者がこれをかつぎ、従い、雨のなかをとぶように半蔵門の方へかけ去った。

五

「風伯、内縛陣《ないばくじん》が破られておるぞ」

鼓隼人と七斗捨兵衛が血相かえてはせもどってきて、服部半蔵をとびあがらせたのはそのあとであった。服部家秘伝により配置された十人余の黒鍬者《くろくわもの》たちが、すべて、或いはよだれをたらして放心状態におちいっていたり、或いはあらぬことを口ばしり、淫《みだ》らな身ぶりにふけっていたりしていることがようやく発見されたのである。

「風伯」

「出あえ、風伯老《ろう》」

呼んでも応答がないのに、土足でふみこんで、ふたりの忍者はたちすくんだ。信頼していた般若寺風伯は、蟬のぬけがらのようになって絶命し、阿福のみが、ふたりの絶叫に喪神からさめた。腹中の胎児が消えていることがわかったのはそのあとである。

すぐに、先刻出た乗物に追手がかけられた。

半蔵門までは一足とびであったが、そこまでゆく必要はなかった。門前にひとつ置かれた乗物は、雨の中にからっぽであった。これをはこんでいった数人の黒鍬者がひとりのこらず忽然《こつねん》ときえていることこそ夢みる思いであったが、すぐに鼓隼人が、濠の水中に彼らを見つけ出した。彼らはことごとく無傷のまま水死していた。


——深更になって、その半蔵門を、ほとほとたたく者があった。かま鬚《ひげ》をはやした門番が出てみると、土砂ぶりの雨のなかに、一挺の駕籠がおかれ、そばに悄然《しょうぜん》と立つ女の影がみえた。それについてきた数人の男のうちのひとりが、声をひそめて開門を請うた。

「ばかをいわっしゃい。門限はとっくのむかしにすぎておる」

と、門番は頑然《がんぜん》とはねつけた。——そうでなくとも、そのすこしまえに、この門界隈《かいわい》で奇怪な事件があったので、彼は平生にまさる警戒心を発揮していたのである。

「おまえさまはだれじゃ」

「ゆえあって、われらの名はあかせぬが——」

と、男たちは困惑しきった声で、

「あれにござるのは、きょうのひる、ここを出られた、竹千代君お乳《ち》の人《ひと》、阿福さまじゃ」

「ばかをいわっしゃい！」

と、門番はかまひげをくいそらし、いっそう声はりあげてはねつけた。

「きょう、ここを出られた奥女中方といえば、御中﨟《おちゅうろう》の滝山《たきやま》さまおひとりじゃ。やい、うぬらは狐か、狸か。恐れ多くも江戸のお城を化かしにかかるとは途方もない奴ら、ゆけ、消え失せろ、早々に退散せぬと人をよぶぞ！」

どんと音たかく門はしまった。凍るような秋の夜に、阿福は幽霊みたいに雨しぶきにうたれつづけていた。

――これが後年、阿福が天下第一の女傑春日局《じょけつかすがのつぼね》とたたえられてから、門限におくれた局《つぼね》をついに入れなかった門番をあえてとがめず、のちにあつく賞揚《しょうよう》したという伝説に変った。国定教科書にも採用されたのはこの夜の挿話《そうわ》である。

忍法「百夜《ももよ》ぐるま」

一

家康は、不起の病にかかるその日まで鷹野《たかの》に出たくらい、放鷹《ほうよう》が好きであった。この元《げん》和《な》元年秋に出府したのも、その内密の用はさておき、おもてむきには主として武蔵野の鷹《たか》狩《がり》という名目だったのである。しかし、出府以来、やがて一ト月になろうとするのに、彼はほとんど遊楽に身をまかせようとはしなかった。秋晴れの好天はつづき、かねて触れのとおり、北は戸田、川越《かわごえ》、忍《おし》から、東は船橋、千葉、佐倉《さくら》あたりまで、狩場の用意はととのったという報告はあるのに、大御所が西城《せいじょう》にたれこめたままなので、諸人はみなうたがった。年も年であり、病気ではないかという噂さえ城の外にはひろがった。西城にあって近侍するものたちですら、大御所の所色が冴《さ》えないのをみて、そのうたがいをいだいたほどである。

それらの噂を知りつつも、家康は身をうごかす気にはなれなかった。実際にも、病気になりそうであった。例の件が未解決なのだ。千姫は海底の人魚のごとくひややかに身をひそめている。もはや、なみたいていの口実では、竹橋御門の屋敷から姿をあらわそうとしない。千姫のことはさておき、彼女の庇護《ひご》のもとに、秀頼の子が幾人か、日とともに、夜とともに、刻々とかたちをととのえ、この世の門へ胎動しつつある。それはさすがの家康も、夜半いくたびか恐怖のさけびとともにがばと起きなおらずにはいられない、夢魔のような現実であった。

家康の懊悩《おうのう》の原因を知っていて、秀忠もなおふしぎに思った。父はなぜ拱手《きようしゆ》して日を徒費しているのか。過去に、父の忍耐の効力をいやというほど思い知らされてきた秀忠であるが、こんどのことに関するかぎり、忍耐の意味がわからない。待てば事態はいよいよ悪化するばかりだ。むろん父のためらいが、千姫への愛情によるものであることはわかっている。しかし、隠忍も愛も、ひとたび徳川の安危にかかわると判断したときは、雪片を火《か》焔《えん》に吹きいれるように軽がると捨て去る恐るべき意力を発揮してきた父であった。すでにいちどは千姫を捨て殺しにするつもりで大坂の城を攻めおとしている。彼女が助かったのは、千に一つの僥倖《ぎようこう》だ。いまにいたって、何を逡巡《しゆんじゆん》するのであろう。

こういうと秀忠が、じぶんの娘たる千姫の生命《いのち》を毛ほどもかえりみないようだが、むろんそうではない。父として、この不倖《ふしあわ》せな娘をふびんと思う心がふかいだけに、いっそう秀忠は大御所にはばかったのだ。徳川家のために、このさい断乎としてお千を誅戮《ちゆうりく》せねばならぬと存ずる、それは熱鉄をのむ思いで、秀忠自身の口から大御所へ進言しなくてはならぬ言葉であった。西の丸へ出かけて、家康にこの無惨《むざん》の決断をうながせるものは、千姫の父たる秀忠以外にはなかった。

「ならぬ、ならぬ」

と、家康は、いまはじめてその恐ろしい言葉をきいたもののように身ぶるいしてくびをふった。

「あれは、気が狂っておるのじゃ。お千をひとり、この城へひきこみさえすれば、きっと正気にたちもどらせてみせる」

「父上、お千はもはや心の底まで徳川家を敵と思いきっております。つくづくと、大坂の城から助け出すのではござらなんだ」

「それよ、わしは火の中からあれを助け出した。いま殺しては、なんのために助け出したのかわからぬ。お千を殺してみよ。その血しぶきのなかに秀頼や淀《よど》の方の笑い声がきこえるであろう。それはわしがついに豊臣や真田左衛門佐にまけたことになる。――」

庭にくわっと白い日のひかりがみちているのに、老家康は、苦悩のために墨みたいな顔色になっていた。ただ眼ばかり憎悪にひかってはたと秀忠を見すえたが、やがてふいにその眼光が弱いさざなみをちらして、

「秀忠、わしも年がよったものよの」

と、うつむいて、つぶやいた。

「何とのう、大坂の城をほろぼすのに、わしは気力の滴《しずく》をしぼりつくしてしまったような――いま、いまにいたって、お千を相手に血みどろの喧嘩《けんか》をするには、心が萎《な》えて喃《のう》。いや、そなたの申したいことはわかっておる。さればとて、だまっておれば秀頼の子が生ま

れるというのであろう。それを承知で、わしがくよくよと女のように愚痴《ぐち》をこぼしておるばかりなのは、わしの心気がおとろえはてておるせいかもしれぬ」

家康は苦笑した。秀忠はこのときはじめて父の老いを感じた。七十五の老人に対してふしぎなことだが、しかしそれまでこの偉大な父は、圧倒的な生命力で壮年の秀忠を覆いつくしていたのである。

――老いというより、死の影ともいうべき不吉なものをふっと感じて、とっさに言葉をうしない、秀忠がだまって家康をながめたとき、縁側の方から活発な跫音《あしおと》がはしってきた。

「父上、おいでなされませ」

と、さすがにぴたりと坐ってお辞儀したのは、この西の丸に住んでいる嫡男の竹千代である。

「竹千代か。例によって礼儀しらずめ。まずおじいさまに御挨拶《ごあいさつ》せぬか」

と、秀忠はしかりつけた。竹千代のうしろから狼狽《ろうばい》したいくつかの跫音が追ってきた。

「おじいさまには、毎日御挨拶申しあげております」

と、竹千代はいった。

「けれど、毎日おねがいしても、竹千代のいうことをちっともきいて下さらないので、おじいさまがいやになりました」

「これ」

「鷹《たか》を狩りにきたと仰《おお》せられたくせに、いちども竹千代をつれて出て下さりませぬ」

「秀忠、叱るな」

と、家康は手をあげて、秀忠を制した。さすがに頰の肉がゆるんでいる。神経質な弟の国千代《くにちよ》にくらべて、聡明《そうめい》とはいえないが元気者のこの十二歳の竹千代の方を、家康は好んでいるのであった。

それから、急につよいひかりを放ってきた眼を秀忠にむけて、

「よい、明日、鷹狩にゆこう！」

と、いった。

「えっ、明日？」

「さればよ、竹千代の不服はもっともじゃ。わしは思い決したぞ。――秀忠、即刻、お千の屋敷に討手をやれ。得《う》べくんば、お千ひとり助けたい。さりながら、お千を助けるために例の女どもをとりにがすおそれがあれば、かまわぬ、玉石倶《ぎょくせきとも》に焚《や》け」

それをすすめに西城にきたくせに、秀忠は身の毛をよだてていた。家康も沈痛きわまる顔色に変っていたが、しかし秀忠がいくどか過去にみたあの恐るべき不退転の意志は、たしかに全身によみがえってみえた。つきあげられたように、秀忠は起とうとした。

そのとき、縁側で「あ」とさけぶ声がした。

「そなたは！」

声は、竹千代を追ってきた阿福《おふく》のものらしかったが、秀忠はふりかえって、三面土塀にかこまれた庭の白い砂の上にひれ伏しているひとりの男をみた。ほんのいままで、そこに

何者の姿もみえなかったのに、忽然《こつねん》と黒い影が坐っているのである。――鳥があるいても
その足跡が印されるはずの周囲の白砂は、一面掃《は》ききよめられたままなのに。

二

「鼓《つづみ》よな」
と、家康はいった。彼のみおどろいた表情ではない。しかし、ふきげんに、
「何しにうせた」
伊賀の忍者鼓隼人《はやと》は顔をあげた。無造作にたばねた髪が、ばさとひたいにみだれている
が、色は透きとおるように蒼白く、唇は朱をひいたようにあかく、美男というより凄味《すごみ》の
ある男前だ。それが大御所のきげんのわるい顔をみあげて、不敵ににやりと笑った。
「ただいまの御討手の儀、しばらくお待ち下さりましょう」
「待って、いかがいたす」
「まだ、拙者どもがのこっております」
「うぬらには、もうたのまぬ。いまだ真田《さなだ》の女めらはぬくぬくと存生《ぞんじょう》いたしておるではな
いか。わしはうぬらを少々買いかぶったぞ」
「これはしたり、拙者どもを手綱《たづな》でひきすえておかれたのは大御所さまではありませぬ
か」

鼓隼人の唇からのぞいていたうすら笑いの歯がきえた。

「大御所さまのおさげすみも御尤《ごもっと》もでござりまするが、われら鍔隠《つばがく》れのものども、真田の女五人のうち、ふたりはすでに討ちはたしました」

「なに」

家康はきっとなって庭上の忍者を見まもった。

「死んだ薄墨《うすずみ》友康、雨巻《あままき》一天斎らのはたらきでござります。されば、拙者のさぐったところでは、残るはあと三人と見きわめてござる。――鷹狩にはおいでなされませ。明日も、あさってもおいでなされませ。その方が、千姫さまも御油断あそばすでござりましょう。ただ御討手の儀は、この両三日、お待ち下されい。討手をかければ、千姫さまもかの女狐《めぎつね》どもと御運をともになさるは必定、角をためて牛を殺すとはまさにこのこと、やけになるのはまだ早うござる。鍔隠れの忍法をお見くびりになるのはまだ早うござります」

「――両三日も待てとな」

「されば、ここに両三日のあいだに、拙者かならず千姫さまのお屋敷にしのびこみ、のこる三人を討ちはたすか、少くとも千姫さまを盗みまいらせて御覧にいれる」

家康はじっと鼓隼人を見おろしていたが、急に立って、縁側へあゆみ出た。

「隼人、いかがしてな?」

と、小声でいった。このとき、彼の脳裡《のうり》に、曾《かつ》てみせられた薄墨友康と般若寺風伯の幻怪な忍法がうかんでいたことはあきらかであった。――おなじ縁側に、阿福をはじめ竹千代づきの侍女たちが坐っていたが、その阿福が、ふたたび「あっ」とさけんで、庭の方を指さした。

「あそこに、もうひとり――」

鼓隼人の背後のややはなれた白い土塀に、このとき、すうともうひとつの影がうかび出した。その影を阿福が「もうひとり」と呼んだのは当然だ。黒々と立ったその影のまえには、だれの姿もみえなかったから。

塀の影は、横をむいた。その影のかたちが、庭上に坐っている鼓隼人そっくりであることに気がつくよりさきに、阿福は狼狽してたちあがった。竹千代も眼を見はっているというのに、その影はあきらかに男根をつき出したからである。

「やあ」

と、竹千代がさけんだ。家康も狼狽した。

しかしこのとき、その影と相対して、もうひとつの影が、ありありと白い塀にえがき出された。しいたけたぼにうちかけを着て、まぎれもなく大奥の女の姿である。その影がいきなり懐剣《かいけん》をぬいてふりかぶった動作から、それが阿福の影だと気がついて、家康ははっとして阿福をかえりみた。阿福は怒りの表情で立ちすくんだままであった。しかし、縁側におちているべき彼女の影はなかった。失われたふたりの影は、あらぬ方《かた》の土塀に移って、無言の争闘をつづけているのである。

そして――鼓隼人の影は、男根をつきあげて、阿福の影をめがけて、たかだかと放尿した。

「な、何をしゃる」

悲鳴をあげたのは、縁のうえの阿福だ。面上から胸いちめん、なまあたたかいしぶきをあびたように感じて、さけびながら顔を覆い、そこに何の液体もないのにうろたえてふりかえると、塀の影はきえ、鼓隼人は寂然《じゃくねん》として白砂に坐ったままであった。

隼人と阿福と――その足下《あしもと》にあるべき影がもとどおりにおちているのをみて、家康は息をのんだ。

「は、隼人――いまの影は？」

家康の声はかすれた。隼人はにやりとした。

「両人の心の影でございます。伊賀忍法――百夜《ももよ》ぐるま――」

「百夜ぐるま？」

「されば、小野小町のもとへ百夜《ももよ》通った深草少将《ふかくさのしょうしょう》の車の義にて、女がいかにきらいぬこうと、拙者の心はあの影の車にのって、百夜《や》にても千夜《や》にても女のもとへ参りまする。影は女の心の影をさそい出し――女の心が怒ればその影をなぶり、女の心がなびけばその影とちぎりまする。影と心は一体でござるゆえ、影がちぎることは、すなわち心がちぎることでござる」

三

見わたすかぎり、黄葉の雑木林と、白すすきの波であった。その野と丘のうねり去る果てにくっきりと秩父の連嶺が這っている。

ふだんならば、その樹々と草の葉ずれのほかに声もない武蔵野の大地に、きょう時ならぬ人馬のさけびがある。すすきより無数に、日にきらめいて浮かびつ消えつするのは、幾百ともしれぬ勢子《せこ》の陣笠《じんがさ》であった。

「阿福《おふく》」

と、丘の上で、この光景を見おろしていた供奉《ぐぶ》の女房たちのなかで、足ぶみして竹千代がさけんだ。

「もう、わしは見物はいやじゃ。わしもゆきたい。おじいさまのところへゆこう」

「ごもっともでございます」

と、乳母の阿福は微笑してうなずいた。大御所への供というより、竹千代に従ってこの鷹狩《たかがり》見物にきたのだが、活発な竹千代の性《さが》として、とうてい見物だけにがまんできるものではないということはよくわかっていたのである。

「大御所さまは、どうやらあの林のむこうにおいであそばすようでございますね。さ、それではあそこへ参りましょう」

阿福は四、五人の小姓のみをつれ、残りの女房たちにはここで待つように命じて、すでにはしり出した竹千代のあとを追って、甲斐甲斐《かいがい》しく裾《すそ》をからげて丘をおりていった。

やや日がかたむき、風が出た。

大空にとぶ無数の木の葉は、すべて幾千羽かの小鳥と見まごうが、そのなかに狂いのない暗褐色《あんかっしょく》の弾道《だんどう》をひいて滑走《かっそう》する数十羽の鷹は、いたるところで獲物《えもの》にとびかかり、もつれあっておちていった。その尾羽につけられた鈴が、武蔵野に時ならぬ美しく勇ましいひびきの雨をふらせた。それを追って、鷹匠《たかじょう》たちがぱっと散り、さらにそれにつられて、旗本たちも四方へかけ出す。

「やはり、鷹はよいの」

と、竹林のかげで、家康はそばの侍臣のひとりをかえりみた。顔は以前の矍鑠《かくしゃく》たる血色をとりもどしている。心から家康は、放鷹《ほうよう》に出てよかったと満足している。このとき彼は、現在のただ一つの憂鬱《ゆううつ》事たる千姫の一件をもふと忘れていた――。

からから――と、竹林の奥に異様な音がたばしり鳴ったのはそのときだ。はっとしてふりかえるよりはやく、家康のまわりで二、三人の従者が血しぶきをあげてのけぞり、落葉のなかに這っていた。その胸やくびすじに二メートルはあろうかと思われる青竹がつき刺さっていた。

「あっ」

さけびつつ、大御所をとりまく数人の武士のまえに、また五、六本の竹槍《たけやり》が、竹林の奥から同時に飛来して、そのひとりの胸から背へつきぬけた。

「曲者《くせもの》！」

絶叫《ぜっきょう》したが、遠くちかく鷹と鳥を追う勢子《せこ》の叫びにまぎれてか、とっさに気づくものもない。竹林のなかへかけ入ろうにも、このとき家康の周囲からは、旗本たちがかけ散って、主をのこして他者を追うにはあまりにも少人数であった。

そのとき、ただひとり草のなかから舞いあがるようにとんできて、竹林へかけこんでいった大きな影がある。

「捨兵衛《すてべえ》」

と、家康がさけんだ。伊賀の忍老七斗《しちと》捨兵衛であった。

まぶしいばかりの晩秋の陽光をさえぎって、ところどころ青い斑《ふ》としておとしているほかは小暗いまでに密生した藪《やぶ》の中であった。しかし、闇でさえ猫のごとく見わける捨兵衛の眼には、竹の葉の一枚一枚すらはっきりみえた。それなのに――藪の中には、何者の影もみえないのである。この竹林を縫って、同時に数本の竹槍を投げ出し、そのうえ幾人かをみごとに串刺《くしざ》しにしてしまった恐るべき速度からみて、曲者はすぐちかくに、しかもすくなくとも数人はいることと思われたのに、藪は寂として、かすかな葉ずれの音をたてているばかりであった。

「曲者はどこだ」

ようやく、竹林のなかへ、七、八人の侍臣が入ってきたが、狂ったような息づかいのわりに、彼らの動作はにぶかった。藪はそれほど深かったし、ふりまわす抜刀や槍がいっそう彼らのじゃまをした。

それらを待とうともせず、七斗捨兵衛ははしり出している。巨大な樽《たる》みたいに肥満したからだが、まるで竹林をたんなる幻影のように、苦もなくつきぬけてゆくのである。

藪が尽きると、また曠野《こうや》がひろがっていた。いちめんの萱野《かやの》に、尾花がひかって吹きゆれているほかは、鷹をおそれてか鳥の影さえみえなかった。啞然《あぜん》としつつ、盲滅法にかけ出そうとした七斗捨兵衛は、ふいにその足をとどめた。すぐそばに、何者かがすわっているのを感じたからだ。

凄《すさま》じい草と枯葉に覆われて、その堆積《たいせき》のひとつかとみえたが、たしかに小屋だ。こんなところに人間の手でつくられた小屋があって、そのまえにひとりの人間が坐って、びっくりしたようにこっちをながめていた。

「うぬはなんだ」

捨兵衛はかけよって、しげしげと見おろして、

「女か」

と、あわてた眼になった。

その人間は、菰《こも》の上に坐ってはいるが、それでもなお小山のように盛りあがってみえた。それが、頰かむりの下から蓬《よもぎ》のような髪をのぞかせ、顔は垢《あか》と泥に覆われて、男女の別はおろか獣とも人間とも見わけられない。ただ胸も手足も襤褸《ぼろ》からむき出しになったなかに、

みごとに盛りあがった巨大な乳房が、はじめて当人を女と知らせるばかりであった。

女は、すぐに捨兵衛から悠々《ゆうゆう》たる白雲にねむたげな眼をうつした。

「乞食」

捨兵衛はさけんだ。

「いまこの藪からにげ去った曲者の姿を見なんだか」

女乞食は、だまってくびをふった。

「ひとりではない。四、五人はいたはずだ。これ、うそをつくとそのままにはすておかんぞ」

「おれ……今まで寝ていたでがすから」

と、彼女はたいぎそうにこたえて、それから腿《もも》ほどにふとい両腕を天につきあげて、堂々たる大あくびをした。どなりつけようとして捨兵衛は、その垢と襤褸のかたまりみたいな女乞食の歯が真珠みたいにきれいなのと、腹部が異様にふくれているのに眼をとめた。

――孕《はら》み女！

あたまにひらめいたのは、千姫屋敷の孕み女のことだ。もっとも、この女乞食がそれと関係があると思ったわけではない。真田の女忍者のうち生きのこっているのは三人で、そのうち二人の女は江戸城大奥の御錠口《おじょうぐち》と服部《はっとり》屋敷でかいまみている。まだその姿をみたことのないのはひとりだが、大御所の話や、またそれ以後じぶんと鼓隼人のさぐったところでも、千姫の身辺にこんな大女がいる事実はなかった。それどころか、いまの投槍から曲

者はたしかに数人いるはずと見こんでいたから、この女がその曲者だとすらかんがえていなかった。それなのに、

「ちと不審がある。これ、こちらをむけ」

突然そういい出したのは、じぶんほどの忍者の眼をくらまして数人の曲者が消失した奇怪さと、その女乞食の孕んだ腹《はら》が、やはり鉤《かぎ》みたいに心にひっかかったからであった。

「うぬは孕んでおるな。亭主《ていしゅ》はいずれにおる」

「……おっ死《ち》んだでがす」

「死んだ？　いつ？」

「この五月十九日に」

いやに正確に返事をしたが、そういって女乞食はにやりとしたのはやはりおかしい。垢だらけなのに存外ととのった顔立ちだとみていたのが、ふいにうすきみわるく弛緩した表情になった。

そのとき、やっと竹林をぬけて、陣笠の旗本たちがあらわれた。

「く、曲者は？」

と、すっとんきょうな声をはりあげて、はしり寄ってくる。七斗捨兵衛はしばらくじっと女乞食をみていたが、

「この女以外に曲者らしい影は見あたらぬ。念のため、とり調べて下され」

「この女を？」

と、旗本連はややへきえきの態《てい》であったが、「それ、ひったてろ」と、両側から女乞食の腕をつかんだ。立たせると、旗本連はおろか、巨漢の捨兵衛よりまだたかい、見あげるような大女なのに、みんな啞然《あぜん》とした。人間ではない、牝獣《めじゅう》みたいな強烈な体臭があたりに散った。それがじぶんへの嫌疑の恐ろしさを知らないのか、役人などに追いたてられるのは馴《な》れているのか、それともやはり少々足りないのか、にたにたとうす笑いをうかべて、無抵抗にあるいてゆくのである。

四

女乞食は家康のまえにひきたてられた。すぐに竹千代や阿福《おふく》もそこへやってきて、不安そうに立っていた。むろん彼らは、あつまってきた家来たちに幾重にもとりかこまれていた。

「あれはなんじゃ」

女とは、家康にも意外だったらしい。捨兵衛がひざまずいて、

「この藪のむこうに、小屋をかけておった野臥《のぶせ》りでございます。何も存ぜぬむきを申したておりますが、あの女のほかに曲者らしい姿は見えませぬ。少々愚鈍《ぐどん》の態《てい》に見うけますが、そのように装っているやもしれず——」

「なに、ほかに何者も見あたらぬと？——女ひとりのわざではないぞ」

と、家康はまだそこに青い竹槍を胸につったてたまころがっている三、四人の屍体《したい》を見やった。

「まったく無縁のものかとも存ぜられますが、ただあの女、子を孕《はら》んでおります」

「なんと申す」

家康はのぞきこんで、むらむらと不快な表情になった。千姫が駿府にたちよったとき、その侍女たちのなかにこんな大女のいなかったことはわかっていたから、この女がまさかあの一件と関係があるとは思わなかったが、このごろ「孕み女」のために病気になるほど悩まされていたから、全身の血が墨汁《ぼくじゅう》に変ったような気がしたのである。家康も、捨兵衛とおなじひっかかりを感じたことはあきらかであった。

「よし、陣屋へ曳《ひ》いて、きびしく詮議《せんぎ》せよ」

と、彼はいった。それから捨兵衛をみて、

「これ、隼人の方はいかがいたした。捨ておいて仔細《しさい》はないか」

捨兵衛はにやりとした。

「手伝おうかと申しましたところ、一笑いたしました。それゆえ拙者、わざと離れてこちらにお供仕《つかまつ》った次第でござる。恐れながらしばらく隼人の面《つら》をお立て下さりまするよう。いや、おそらく今明日にも、吉報をもってお狩場へはせ参ずることと存じまする」

「ふむ」

と、家康はうなずいたが、さすがにもはや興醒《きょうざ》めしたらしく、

「去《い》のう」

と、うしろをふりむいた。——この刹那《せつな》、捨兵衛は電光のようにふしぎな殺気を肌にかんじていた。

「や？」と首をめぐらそうとしたとき、

「まあ、この女は」

と、さけぶ声がきこえた。いままでだまって女乞食を凝視していた阿福がすすみ出てきたのである。同時に、ふしぎな殺気がすうとかききえた。

「そなた、存じ寄りのものか」

と、家康は何も気づかず、苦笑の眼を阿福にむけていた。その問いの返事よりはやく、女乞食がうれしそうな大声をあげた。

「これは、はあ、阿福さま、おなつかしゅうごぜえますだ」

阿福は狼狽《ろうばい》して、するどい眼で女乞食をにらんでから、大御所の方へむきなおって、

「いえ、存じ寄りと申すほどのものではございませぬ。ここ数年、お城の石垣《いしがき》などのお作事場などをうろついていた乞食で、そこにはたらく男どもになぶられておるのを二、三度たすけてやったり、菓子などをつかわしたことがあるだけでございます。腹の子も、きっと左様な男どもに孕《はら》ませられたのでございましょう。禽獣《きんじゅう》にちかい愚か者でございます」

と、早口でいった。女乞食はにたにたして阿福の顔をみて、

「御親切な阿福さま、また菓子を下せえまし」

と寄ってくるのに、家康はあわてて手をふって、

「これ、寄るな、追いはなせ」

と、命じた。——この女への嫌疑は、ともかくもはれたのである。それからもういちど、

「去《い》のうぞ」

とつぶやいて、さきにあるき出した。帰ろうといっても、城ではない。この鷹狩《たかがり》部隊の陣屋はこのちかくの越《こし》ガ谷《や》に設営してあって、明日は葛西《かさい》へ足をのばす予定であった。

夕焼けてきた空に、法螺貝《ほらがい》が鳴りわたった。鷹狩りの勢子《せこ》たちは、すすきの穂波のかなたへ去ってゆく。——静寂にかえった藪のまえに、ひとり七斗捨兵衛は腕をくんでいた。どうかんがえても、さっき投槍で襲撃した曲者《くせもの》の正体がわからず、そこを離れがたかったのだ。

「七斗とやら」

ふいにうしろで声がした。どうしたことか、阿福がひとりたちもどって、立っていた。ただならぬ顔色である。

「ねがいがある。褒美《ほうび》はのぞみにまかすゆえ」

「なんでござる」

「いまの女乞食を討ち果たしてもらいたいのじゃ」

捨兵衛は、あっけにとられた。——いま、あの女乞食が大それたことをやるような女でないことを証明したのはこの阿福ではないか。

「な、なぜ？　あれを——」

「わけはきいてたもるな。ただ殺せばよいのじゃ」

阿福の歯は、恐怖にかちかちと鳴っていた。般若寺《はんにゃじ》の忍法「日影月影」をみたときも、鼓《つづみ》隼人の忍法「百夜《ももよ》ぐるま」をみたときも、彼女がこれほどの恐怖の相をみせたことはない。


草の波のなかを、赤い夕日にぬれて、女乞食があるいていく。

そのむこうに、水がひとすじひかってみえた。いまの江戸川だが、後年の開鑿《かいさく》改修以前の、或《あ》るいはふとく、或いはほそく、ただ武州と総州をわかつ自然のながれで、当時はこれも利根川《とねがわ》とよんでいたが、むろん本流の大河とことなり、季節によってときには氾濫《はんらん》し、ときには逃げ水のごとく武蔵野へ消え去る川であった。

その川にかかる一本のふとい丸木橋をなかばわたって——ふいに女乞食は片ひざを折って、身をかがめた。背後からその頭上を、まっかに灼《や》けた閃光《せんこう》がうなりすぎた。次の瞬間、こんどは彼女は丸木橋のうえに這《は》い、さらにはその橋に四肢をからめて、くるっと下側にまわった。このあいだにも、数条の赤いひかりは彼女を追って飛びすぎていた。眼にはみえなかったが、それは夕焼にかがやく忍者の飛道具マキビシであった。

「ちぇっ……」

ながれる風船みたいに、橋のたもとにかけ寄ってきたのは七斗捨兵衛だ。必殺のマキビシを一撃のみならずみごとにかわされて――阿福からその女の素姓をきかされず、狐につままれたような気がしていただけに、愕然《がくぜん》として血を逆流させていた。ただ、仰天しつつも、丸木橋に抱きついた女の行動を不自由なものとみて一刀をぬきはらい、疾風のごとくはせよっていったのはさすがである。

びゅっと、思いがけなくその面上に何かが飛んできた。本能的に宙にあげてふせいだ右手に、それは蛇のごとくくるくると巻きついて、最後に鏘然《そうぜん》たる音とともにその手の刀身をくだき折っている。

巻きついたのが鎖で、刃《やいば》を折ったのがそのさきについた分銅《ふんどう》だとわかったときは、あとのまつりだ。片腕をあげたまま棒立ちになった七斗捨兵衛から丸木橋の下へ、ぴいんと張られた一条《いちじょう》の鎖《くさり》――ふつうの女のつかうくさり鎌《がま》の鎖《くさり》はわずか五、六十センチの長さだが、実にこの鎖は五、六メートルをへだてて、なおその余《あまり》が女のこぶしから水面に垂れていた。

女乞食の鎌の柄を口にくわえた顔が、丸木橋からのぞいた。橋にからませた一方の腕と両脚が徐々《じょじょ》にうごくと、彼女はゆっくりと橋の上に立った。

「阿福どのからの刺客《しかく》か」

鎌を口からはなし、右手にもちかえて、はじめてにっと笑った。

「先刻、すんでのことでこの鎖を家康の背にとばせるところであった。その機先を制してわたしに話しかけたとき、阿福どのの背に冷汗がながれたことであろう。いとこにめいわくをかけてはきのどくゆえ、わざと手をひいてあげたけれど」

「――いとこ？」

じりっとひきよせられつつ、捨兵衛は眼をむいた。この女乞食が、あの阿福のいとこだと？　それにしても怪力では鍔隠《つばがく》れ谷《たに》第一との自信をもつ七斗捨兵衛をまるで幼児のごとくたぐりよせるこの女の力の絶倫《ぜつりん》さよ。はじめて捨兵衛は、この女ならばあの竹槍を五、六本ひとつかみにとばすことも不可能事ではなかったと想到した。

「ただしく申せば、わが夫のいとこじゃ。もっとも阿福どのはそれを忘れようとしている。もはやこの世にないと安堵《あんど》していたわたしがあらわれたのをみて、胆《きも》もひえる思いがしたことであろう。それをあの場でとりつくろって、あとでひそかにわたしを殺させようとしたところは、いかにもあのひとらしい」

女乞食は大口あけて笑った。歯がきれいにひかった。鎖のくびれこんだ腕からさきへ、橋の上をひきずりよせられつつ、

「うぬの夫はだれじゃ」

捨兵衛の背に、じわっと汗がにじみ出る。

「ほ、阿福はそれをいわなんだのか。刺客のおまえにまでかくそうとしたか。ほほほほ。よし、冥途《めいど》の土産にきいてゆけ。この腹の胎児《やや》の父は、この五月十九日、京の三条磧《さんじようがわら》で首討たれた長曾我部宮内少輔盛親《ちようそかべくないしようゆうもりちか》じゃ」

「あっ」

と、捨兵衛はさけんでいた。――長曾我部盛親といえば、大坂の役のみならず関ヶ原で

も徳川をなやましぬいた南海の虎だ。捨兵衛は阿福の素姓もしらなかったが、もし阿福と盛親がいとこだとするならば、その妻たるこの女の出現に、さっき彼女が異常なばかりの恐怖をみせたのもむりはない。

――それにしても、いかに夫が豪傑にしろ、恐ろしい女房もあったものだ！　と捨兵衛が総身の毛穴を粟立《あわだ》てたときは、はやくも二メートルの距離にひきよせられて、

「わたしほどのものの手にかかることを誉《ほま》れと思え」

右手の大鎌が残光にきらめきつつ、捨兵衛のくびを薙《な》いできた。――その刹那、

「……！」

声にならぬ声を発して、ふたりはとびはなれている。捨兵衛は橋をけってもとの岸にはねかえり、長曾我部の妻はのけぞりつつ、たたたたと橋を対岸によろめいていった。

鎖は大きく宙天《ちゅうてん》にはねあがっていた。そのさきには依然として折れた刀身がある。いいや、鎖は依然として一本の腕をとらえている。――一瞬、まるでとかげのごとく捨兵衛は片腕を自切したようであった。しかし、みよ、捨兵衛の右腕はもとどおり健在だ。その肩から消失してはいなかった！

長曾我部の妻は、鎖のからんだ片腕が、まるで蛇のぬけがらのように半透明なのを見た。実にこの刺客は、まるで手甲《てっこう》をぬぐように、皮をあたえておのれの腕をぬぎとったのである。

驚愕の眼を宙にあげながら、しかし水におちることもなく長曾我部の妻がいっきに対岸

まではしったのはさすがである。間髪をいれず、もはやその恐るべき鎖が無力化したとみて、ふたたび捨兵衛が丸木橋の上を跳躍して追おうとした。その橋が、ぐらっとゆらぎ、もちあがった。

「化物め！」

さけんだのは、長曾我部の妻だ。彼女はくさり鎌をなげすて、その橋を両腕にかかえていた。丸木橋とはいえ、大木を横にたおしたもので、周囲はひとかかえにあまり、長さは十メートルちかくあるだろうか、それを金剛力でかかえあげた女乞食の姿の凄じさは、もし捨兵衛が化物ならば、本人は何といったらいいだろう。

「これをくらえ」

びゅっと麻幹《おがら》のごとく薙《な》いできた大木が水面をたたいて、竜巻みたいな水けぶりが立った。

「わっ」

さすがの七斗捨兵衛が、胆をつぶしてとびすさっている。次の瞬間、不覚にも彼らしくなく原始的な恐怖におそわれて、大きな背をまるくして逃げ去っていた。

長曾我部の妻は、落日にきえてゆく男を見おくって、まるで杖《つえ》でもすてたように手をはたき、たか笑いをしていたが、ふと腕に抱いた大木に眼をおとし、

「丸木橋……丸橋……わたしの名とおなじじゃ」

と、苦笑いのつぶやきとともに、それを河へほうりこんだ。もういちど凄じい泥しぶき

があがって、それがきえたとき、彼女の姿も野面《のづら》にみえなかった。

五

宿直《とのい》の女は、障子に眼を吸われていた。

はじめ、ほかの女の影かとみていたのである。それが、それと相対《あいたい》して、もうひとつの影がぼうと障子にうかびあがったのに、彼女は息をひいた。——いちじ、百数十人も入りこんでいた大工や職人も工事がおわって姿を消し、あとは門番、中間《ちゅうげん》などをのぞけば、家老の吉田修理介《しゅりのすけ》ほか数人の男しかいないはずの千姫屋敷だ。それらはことごとく老人ばかりである。それなのに、いま障子に女とむかいあったもうひとつの影は、たしかに若い男のそれであった。

声をたてなかったのは、その女がたしかにこの屋敷のものらしいとみえたからだ。が、男の影が片手をのばして女の肩を抱きよせたのに、はじめて彼女はさけび声をあげようとした。その瞬間に、彼女はじぶんの肩につよい力をかんじた。鼻孔に何者かの息がかかるのをおぼえた。声は出なかった。唇を熱い粘膜《ねんまく》で覆われるのを感覚したからだ。

「う。……」

彼女はうめいた。じぶんのそばにはだれもいない、という怪異を怪異とする知覚を、その刹那《せつな》に彼女はうしなっていた。

女は舌を出していた。全身をくねらせた。たったひとり——しかも彼女は、じぶんの舌をしゃぶる唇と、くびれるほど胴を巻きしめた力づよい腕をかんじているのだ。恍惚《こうこつ》とほそくなった眼は、しかしくいいるように障子の影を見つめていた。

男の影は、女の影の襟をかきひらいた。のけぞった女の影に、くっきりと乳房がなまめかしい半球をえがいてあらわれた。男の影は、乳房をやさしく愛撫《あいぶ》した。——宿直の女は、ひきつるような息の音をたてていた。弓なりになった女の影に、男の影はのしかかった。足《た》手は乳房から下へさがっていた。女の影は、裾《すそ》から一本の脚をたかだかとあげていた。足袋《び》のさきが支那靴のようにぴんとそりかえり、それ自身が一個のいきものみたいに身もだえした。——影ばかりではない。座敷のなかで、宿直の女も、裾をみだし、黒髪をみだし、いまはあえぎではなく、泣きじゃくるような声をあげていた。ひとりで腰を波うたせるたびに、裾からなげ出したなまなましい一本の脚に痙攣《けいれん》が波動した。

障子の女の影がのけぞりかえって下にしずむと同時に、宿直の女もあおむけに白いあごをむけてたおれた。快美のあまり、喪神したのである。障子の男の影は、みえなくなった女の影をのぞきこむようにじっと立っていたが、やがてすうとうすれて、これまた消え去った。

——しばらくして、鼓隼人《つづみはやと》は座敷のなかに立って、下半身をあらわに気をうしなっている宿直の女を、いまの影そっくりの姿勢で見おろしていた。片頬にえくぼがひとつ、にっとえぐられている。それから、音もなくあるき出した。——妖々《ようよう》と、「百夜《ももよ》ぐるま」がめぐりはじめたのである。

大御所が変幻の忍者をつかっていることは最初からわかっていたことだ。とくにこの二、三日、眼にみえてないのに、たしかに何者かがこの千姫屋敷のまわりを風のごとくうごいていった痕跡《こんせき》があった。いや痕跡は何もないが、お瑤《よう》、お眉《まゆ》、お由比《ゆい》の三人は、忍者独特の嗅覚《きゅうかく》で、それをかぎとったのである。それ以来、宿直の女たちもとくに心たしかなものをえらび、その配置も容易なことでその眼と耳をのがれて潜入することは不可能なように心をくばってあった。

しかし「百夜ぐるま」はそれを通りぬけた。音もなく、それはじゅんじゅんに宿直《とのい》の女たちをおとずれた。この二、三日、鼓隼人がたんに偵察のみにとどめていたのは、屋敷のまどりと、宿直の配置をさぐるためである。壁に、障子に、唐紙にあらわれた男の影は、女の影をさそい出してこれを犯し、絶妙の秘技を以て彼女たちを酔わし、しびれさせ、悶《もん》絶《ぜつ》させてゆくのだった。――影は次第に奥へ入っていった。

「何やら胸さわぎがいたしまする」

ふいに声がして、唐紙をあけて三人の女が出てきた。三人とも、すでにはっきり目立つ腹をしていた。そのまま、その暗い座敷をとおり、縁側に出てゆく。

その格天井《ごうてんじょう》にひかっていた二つの眼が動揺した。しまった、という狼狽と、しめた、というほくそ笑みのために。

いまの三人がめざす真田《さなだ》の女忍者であることはいうまでもない。挨拶《あいさつ》していま出てきた部屋にのこっているのが千姫であることもわかっている。しまった、というのは、こちらから手をくだすいとまなく、その三人がひとかたまりになってどこかへ出ていってしまったことと、その結果、当然、当直の女たちの異常が発見されることが予想されたからで、しめた、というのは、あとに千姫だけがのこされた僥倖《ぎようこう》にめぐりあわせたからであった。よし、まず今夜は姫を盗み出せ、と鼓隼人は決断した。ことは、いそがねばならぬ。

つ、つ、つ——と格天井を這《は》いながら、しかし隼人の眼は笑っていた。——大御所の孫娘、豊家《ほうけ》の未亡人、しかもこの御殿の奥ふかく、復讐《ふくしゆう》の妖念に高貴な肌をやいている美女。——それをいま、おのれの百夜ぐるまにのせて、思いのままにひきずりまわし、闇天に巻きあげる愉楽《ゆらく》の想像は、すでにその笑った眼に血光をにじませている。

——ふっと、雪洞《ぼんぼり》の下から蛾のようなものが舞いたった気配に、千姫は天井に眼をあげた。天井に淡墨に似た影がうごいた。それを怪しいものとみる心は、すでに影とともに盗まれている。影はみるみる濃くなり、まるで巨大な黒い白血球みたいにのびちぢみした。千姫の眼は、凝然と見ひらかれている。八方に出た影の突起物が人間の四肢に似ているとその眼にうつったとき、彼女はひたとまといつくあたたかい手足をかんじた。それが明確に現実の男の肉体であるとわかったら、むろん彼女はさけび声をあげていただろう。しかし、その感覚は、いまの天井の影のように、「淡」から「濃《のう》」に移行した。その変化は急速であったが、ほとんど意識にのぼらないほど微妙な諧調《かいちょう》を経ていた。無抵抗のうちに彼女は、強烈な男性の匂いと触覚の魔縄《まじょう》を肌にくいいらせている。

天井の影ははっきりと、横たわった男女の春宮図《しゅんぐうず》をえがいていた。千姫の乳房は波うち、肩と胴はなやましくうねった。彼女は秀頼の愛撫《あいぶ》を――この半年わすれていた、若い、あらあらしい男の息吹《いぶき》が肉のひだを灼くのを感じ、おぼえず片腕をついてあえぎ声をもらした。

天井のふたつの影はまつわりつき、移動しはじめた。その女の影がそのままに、しどけない姿態で千姫もまたつぎの座敷に這い出している。まるで白蛇のように全身をくねらせて。

千姫はじぶんを抱いているものが、いつ現実の男に変ったのかしらなかった。――鼓隼人は千姫を抱いて、じっと月明りの縁側に立っていた。千姫は隼人のくびに白い腕をまき、頬をぴったりくっつけて、夢見ごこちの吐息を吐いていた。隼人はうす笑いして、縁側をあるき出した。

門の方で、ふいに大声がきこえたのはそのときだ。

「千姫さまに見参《げんざん》」

六

ひとりではない。たしかに十数人と思われる跫音《あしおと》が、どどっと土塀から内側にとびおりるひびきがつづくなかに、老人らしいしゃがれ声がながれた。

「やあ、見つかったとあればやむを得ぬ。腕ずくでも押し通れ。坂崎出羽守《でわのかみ》家中落合閑心《おちあいかんしん》、千姫さまにおうかがいの儀あって推参つかまつった。千姫さまはいずれにおわす」

百夜ぐるまの幻法はやぶれた。

「しまった」

と、鼓隼人が狼狽してふりむいたとき、千姫は鞭《むち》みたいに身をとびはなれさせていた。よろめきつつ、恐怖の眼で隼人をみて、

「おまえはだれじゃ」

さけぶと同時に、狂気のごとく、

「お瑤《よう》——お由比《ゆい》——お眉《まゆ》——はやくきてたも、曲者じゃ！」

と、絶叫しながら、はやくも帯の懐剣をひきぬいた。廊下をはしってくる跫音がきこえた。

鼓隼人は舌うちをした。いちど千姫をふりかえってにやりとしたが、そのまま庭へとびおりる。石燈籠《いしどうろう》から立木へ、さっと夜がらすのような影が月明にはばたいてみえたが、お瑤とお眉がかけつけたとき、もはや庭にはなんの影もみえなかった。千姫は夢からさめたように茫然《ぼうぜん》として立ちつくした。

——茫然として立ちつくしたのは千姫ばかりではない。御殿の大屋根に立った鼓隼人は、

これはまだ夢をみているような表情で下界を見おろしていた。

ほんのいま、門のあたりでけたたましいわめき声と跫音《あしおと》がみだれたのに、それははたと凍《こお》りついたようにきえている。いまの声から、千姫の秘密を知ろうとしてあせり、この屋敷にやった数人の家来がそのまま消息をたったのにごうをにやした坂崎一党《とう》のものが、ついにたまりかねておしかけてきたということは、鼓隼人にもわかっていた。時もあろうに、千姫さまをさらうのにあとひといきというところで、なんたるたわけた頓狂者《とんきようもの》ども——と、切歯して見おろしたのだが、門のあたりに声のみか、ふしぎなことにうごく影もない。

いや、ひとつ——ふたつ——かすかに月明にただようものがある。それはうすい泡のようなものであった。しかもそれが袋みたいに大きいのである。一瞬きらりと月光に虹《にじ》をながしたようにみえたのに、隼人がはっと眼をこらしたとき、それはふっときえてしまった。

そのあとに、黒装束《くろしようぞく》の形影が地にたおれていた。その影ばかりでなく、あたり一帯の算をみだして伏している十数人の黒装束の男たちを隼人ははっきりとみた。しかも彼らはことごとく、手をちぢめ、足をおり、あたまを胸にめりこませて、まんまるくなってころがっていた。

「……はてな？」

さすが驚天の幻法をあやつる伊賀の忍者鼓隼人も、この光景には判断を絶して、大屋根の上で、眼をかっとむきだしたままである。

——おなじ時刻、江戸の町を北から、ぶらぶらと入ってきた奇妙な影があった。竹杖をつき、頰かぶりに顔を覆い、おそろしい襤褸《ぼろ》を身にまとった乞食だが、蒼《あお》い月明にくっきりとつき出した乳房から女とわかる。見あげるようなこの大女は、乞食らしくもない堂々たる足どりで、しだいに竹橋御門の方へちかづいてくるのであった。

忍法「鞘《さや》おとこ」

一

お瑤とお眉は呼んだ。

「千姫さま」

「…………」

「姫さま」

門の方で、たちさわぐ女たちと、それをとりしずめるお由比の声がやんでからしばらくたつ。そのお由比が入ってきて、お瑤やお眉と二語《ふたこと》三語《みこと》ささやきかわしてから、おなじようにそこにひそと坐ってからもだいぶ時がたつ。真夜中の千姫屋敷だ。

書院のなかに、千姫は坐っていた。白鷺《しらさぎ》のような姿だが、眼はじっと宙《ちゅう》の一点を見すえて、異様にひかっている。さっきの恐怖になかば喪神《そうしん》しているものと、三人の女にはみえた。

「申しわけございませぬ」

「ここまで曲者《くせもの》を推参《すいさん》させたのは、わたしたちの不覚でございました」

「それにしても千姫さまにまでお手むかいするとは……」

　三人の女忍者は、ひれ伏した。それから、顔をあげて、お瑤《よう》がいった。——いま、おたがいに二、三語ささやきあった言葉がそれであるが、これはこのごろ、ひそかに相談していたことであった。

「千姫さま、どうぞわたしたちにおいとまを下さいまし」

　千姫は、はじめて女たちの方へ顔をむけた。かすれた声で、

「なぜ？」

「これ以上、わたしたちがこの屋敷にあっては、姫さまの御一身にも大事がおよびかねませぬ」

「これまでも、大御所さま、また将軍家から、よくわたしたちを御手《みて》のつばさでかばって下さいました。かたじけのう存じます。けれど、これ以上は」

「まえまえから、三人で話していたことでございます。これ以上、千姫さまに御苦労をおかけ申しあげては相すまぬ、もはやおいとまをいただいて、三人は何処《どこ》かへゆこうと——」

　と、三人は、こもごもいった。千姫はむしろ冷たい眼で、

「何処へ？——何処へゆこうと申すのじゃ」

　といった。

「は、はい……」

と、三人は口ごもる。

「この国の土のつづくかぎり、お祖父《じい》さまのお眼のとどかぬところはないわ。それなのに、その見るも重げなからだで、何処へにげようというのじゃ」

千姫の眼はもえてきた。

「お瑤、お眉、お由比――そなたらの腹にいる胎児《やや》を、そなたらのみの胎児と思うか。それはわたしにとって、わたしの子も同然、秀頼さまの忘れがたみであるぞ。そのおん子を、わたしの眼のとどかぬところで、野良犬同然に生ませてなろうか」

三人の女は、はっと吐胸《とむね》をつかれたようにうなだれた。

「わたしの心は、そなたらも知っているはず、わたしがただお祖父《じい》さまに眼にものをみせてさしあげるためだけの望みに生きているのは承知のはず。――わたしを離れてはならぬ。いってはなりませぬ。わたしを捨ててたもるな、わたしの眼に、秀頼さまの忘れがたみを見せてたもれ。……」

千姫の白い頰に涙がおちた。三人の女はたたみにひたいをおしつけたままであったが、すぐにお眉が決然と顔をあげて、

「もったいのうございます。千姫さま。……それはわたしたちも、いつまでも姫さまのおそばにいとうございます。けれど、もはやこのお屋敷も鉄の壁をもつ城とはいえなくなりました。ここに住まわせていただくことは、わたしたちのためではなく、お子さまのためにかえってあぶなくなったのでございます。大御所さまの刺客――伊賀の忍者どもは、姫

君にさえぶれいな手をのばしてきたではございませんか」

「それじゃ」

と、千姫は身をふるわせた。しかしそれは恐怖のためではなく、怒りのためであることが、ようやく三人の女にもわかってきた。

「あの男……わたしをどうしようというつもりであったか？」

千姫は、さっきじぶんの鼻口を覆った男の強烈な匂いと、乳房からもっと恥ずかしいところまで這《は》いまわった男の手を思い出した。いつそんなことになったのか、どうしてそこまでじぶんはゆるしたのか。――それをまるで秀頼の愛撫《あいぶ》のような錯覚におちいって、身も世もあらぬ姿をみせたことを思い出すと、恥と怒りのためにあたまがくらくらするようであった。わたしはあの男をゆるすことはできぬ。

「いいや、あの男をつかわされたお祖父さまをゆるすことはできぬ。いまさらいうまでもないが、お千にとってお祖父さまは、来世までの怨敵《おんてき》じゃ。それゆえにそなたらは、あくまでわたしといっしょにいてくれねばならぬ」

と、千姫は歯ぎしりしてつぶやいたが、逆上《ぎゃくじょう》のため、じぶんがおなじことをつぶやいているのに気がついて、三人の女を見やって、

「けれど、お祖父さまや父上が、わたしを来世まで怨敵とかんがえておいであそばすか、どうか？　なるほど、むこうは忍びの者をむけられた。さりながら、面とむかって討手をよこされぬのが、お千を恐れておいでの証拠、それも道理、お祖父さまや父上は、わたし

の所業を責められぬはずじゃ。わたしはあのおふたりに、女の一生という貸しがある。そのうえ、何をわたしから奪おうとなさるのか。もしおふたりが人間の魂をおもちあそばすならば、そのおん眼のまえでわたしの首はきれぬはず。あのようなけがらわしい忍びの者がわたしに狼藉《ろうぜき》なふるまいをするのを正気で見てはおれぬはず——よし、賭《かけ》じゃ」

「賭？」

「わたしはこれから城にゆく」

三人の女は、愕然《がくぜん》とした。千姫は意を決した表情で、

「いかにもそなたらの申すとおり、このまま捨ておいては、いつかはとりかえしのつかぬことになる。すでにお奈美《なみ》、お喬《きょう》は非業《ひごう》の死をとげた。これ以上、いつまでも受身で待っているのは、臆病でもあり、愚かでもある。わたしは、お城にゆこう。お祖父さまは鷹狩《たかがり》に出られてお留守じゃが、父上や母上はおいでのはず。わたしは父上と母上をおたずねしよう。お千の命をとられるか、それともお千の望みをきかれるかと——二つに一つの賭じゃ」

「……千姫さま、それは」

三人の女は顔いろをかえてさけび出そうとして、絶句した。千姫の決意をやむを得ないと容認するより、彼女の必死の眼におさえつけられたのだ。唇をふるわせているあいだに、はやくも千姫はたちあがっていた。

「だれかある。乗物の支度を申しつけてたも」

そして、三人を見おろしていった。

「朝までにわたしがかえらねば、わたしは死んだものと思ってよい。もし、そなたらがこの屋敷を去ろうというならば、そのあとでよい」

――二つに一つの賭と千姫はいった。事実、たしかに死ぬことも覚悟しているつもりの千姫であったが、しかし彼女自身意識せぬ心の底に、父を詰問し、母を鞭《むち》うてば、じぶんの望みはかなえられるにきまっているという自信を沈めてはいなかったか。すくなくとも、じぶんをむざと殺せるはずはないと父を見くびってはいなかったか。千姫は温厚な父が、彼女のそんなひそやかな甘えや、良心の期待や、或《ある》いは可憐《かれん》な狂乱すらもふみにじって、ただ徳川の大事という見地からすべてを処置しようとする決意を、祖父以上に峻烈《しゅんれつ》に抱いていることを知らなかった。

彼女が城に入ることは、飛んで火に入る夏の虫である。むしろ大御所の不在をさいわい、将軍秀忠がたちまち彼女を手討ちにし、間髪をいれずこの屋敷に討手をむけて、一挙《いっきょ》に禍《か》根《こん》を断《た》つ行動に出ることは必然であった。

しかし、乗物は、屋敷を出ていった。

二

乗物はたしかに屋敷を出たが、百歩とあゆまないうちである。

「──や？」

月光のなかで、こんなさけび声がきこえて、むこうから跫音《あしおと》をみだしてかけよってきた十数人の武士がある。

「たしかに、千姫さまのお屋敷から出たぞ」

「この深夜に、何者が、何処《どこ》へ？」

「閑心《かんしん》老たちはどうしたか？」

そんなさけびをあげながら、彼らはどやどやと乗物をとりかこんだ。深夜、急な用件でもあり、城はすぐ頭上に蒼白《あおじろ》くそびえている距離にあるのだから、乗物をまもる供侍や腰元は、十人にも満たなかった。老臣の吉田修理介が、

「これ、おぬしたちは何者じゃ、無礼をいたすな。これは千姫さまの御乗物であるぞ」

と、狼狽《ろうばい》しつつ叱咤《しった》したのに、武士たちはいちどはっとしてとびのいたが、そのうしろから、

「千姫さま、それは好都合」

と、うなずいて、あゆみ出してきた大兵の武士がある。月明にいよいよ醜怪《しゅうかい》なくまどりをえがいた凄《すさま》じい火傷《やけど》の顔は坂崎出羽守であった。──実は、出羽守は、千姫の一件につき、探索し、驚愕し、思いつめた老臣落合閑心が、今夜ついにじぶんに無断で、手勢《てぜい》をひきつれて、千姫屋敷におしかけたと知って、あわてて追いかけてきたものだが──眼前に当の千姫が出てきたという機会にめぐりあっては、もともと閑心と思いはおなじだ。

「無礼はしばらくおゆるしあれ。千姫さまとあれば、至急御意を得たいことがある」

「やあ、坂崎どの、先刻お屋敷に家来どもを乱入させた罪さえあるに、なおこの上の狼藉《ろうぜき》をはたらこうとするか」

と、吉田修理介は必死にたちふさがる。

「おお、彼らをいかがなされたか、まずそれを問いたい」

と、きかれたが、実は修理介にもわけがわからない。さっき、突如として、「坂崎出羽守家中落合閑心、千姫さまにおうかがいの儀あって推参《すいさん》」というさけびに眠りをやぶられてとびおきて、坂崎が例の大坂城落城のさいの約束を根にもって千姫さまに修《しゅ》羅《ら》の炎をもやしているという巷間《こうかん》の噂は、きいているだけに、さてこそとあわてふためき、その乱入の跫音が急にきえたのにおそるおそる出てみると、門内に黒装束《くろしょうぞく》のむれが算《さん》をみだしてたおれているのに、あっと寝ぼけまなこをむいたきりなのである。そのわけをつきとめるいとまもない、急な千姫の登城《とじょう》の触れであった。おそらく、いまの坂崎一党の件についての御用であろうとかんがえたのが、せいいっぱいの老人の判断だ。

そのとき、さきに門の方へはしっていって、のぞきこんだひとりの家来が、

「あっ、——これはみな討死してござる！」

と、絶叫した。「な、なに？」と出羽守はのけぞりかえってその方へかけ出そうとしたが、あやうくふみとどまって、

「うむ、こうなってはもはやここにて問答は無用、おそれながら姫を頂戴《ちょうだい》して参る」

「あ、これ、姫は大事の御用にていそぎ御登城あそばすところであるぞ。出羽どの、罪を重ねられな」

「出羽の罪より、もっと大きな罪を犯しておられるお方がある。世の何事よりも恐ろしい徳川家の大事がある。それ、ものども、姫君をおつれ申せ！」

手をふると、家来たちが乗物めがけて殺到した。

このとき、さわぎをききつけて、門のところに三人の女がはしり出てきた。お瑤、お眉、お由比である。しかし、彼女たちはその場に立ちすくんだ。坂崎一党の乱暴に胆《きも》をけしたせいではない。その混乱に投げ入れられた一石――いや、みずからゆるぎこんできた巨岩のような影に眼を見はったのである。

「なに、姫君？――この乗物に千姫さまがおわすというのか」

と、野ぶとい声をあげて、乗物のそばにわりこんできたのは、竹杖《たけづえ》をつき、頬かぶりに顔を覆い、おそろしい襤褸《ぼろ》を身にまとった乞食であった。

「それならば、わたしが頂戴して参る」

と、にやりと笑った歯が、月明に白くひかった。――あきれはてて、ぽかんとその姿を見まもっていた坂崎の一党が、

「うぬはなんだ」

「狂人か」

と、つきのけようとしたが、乞食の竹杖があがると、みるみる二、三人が、地に這《は》った。

かるく打ったとみえたのに、声もあげず悶絶《もんぜつ》したのである。

二度目のみじかい放心の刹那《せつな》がすぎて、

「こ、こやつ！」

だれかが発狂したようなさけびをあげると、いっせいに十数本の刀身が月光をはねた。乞食は竹杖をなげすてた。その面上にひとたばとなってたたきつけられた刀身が、氷柱《つらら》のようにくだかれて散っている。――乞食はとびのいた。たかだかとあげた左腕の上に、ぶうんとうなりをたてて旋回しているものがある。いま数条の刀を一撃のもとに紛砕したものがそれであった。

「オおっ、鎖鎌《くさりがま》！」

「くさり鎌だっ」

一瞬、どよめき、たじろいだが、さすがに千軍万馬の坂崎党だ。たちまち八方から砂けぶりをまいてふたたび殺到しようとするのをみて、乞食は、「えほっ」というような奇妙な声をあげた。うなずいた頬かぶりの顔に、心得《こころえ》たり、とでもいいたげにまた歯が白くひかったようだ。同時に、きえーっと大気を灼《や》き截《き》って鎖がなげまわされた。

「うふっ」

「ぎゃっ」

刀槍《とうそう》の傷では、これほど恐ろしい悲鳴はあがるまい。とぶよ、とぶ、鉄丸の荒れくるうところ、武士たちのあたまはそのまま一塊《いっかい》の血へどと化した。卵殻みたいにたたきつぶされた頭蓋骨《ずがいこつ》のなかから眼球がとび出し、月光に泥しぶきのごとく脳漿《のうしょう》が奔騰した。それはたんなる遠心力で、同円周をうごく武器ではなかった。分銅はまるでそれ自身生命ある鷲《わし》の爪のように、自由自在にうねりはばたいた。のみならず、その殺戮《さつりく》とはまったく無関係とみえる位置で、乞食のなぎつける大鎌の下に、三つ、四つ、西瓜《すいか》みたいに首が大地に断りおとされている。

逃げろといった者はない。だれがまっさきに背をみせたかもわからない。理性も感情も血のつむじ風に吹きくるまれて、生きのこった坂崎一党はまろびはしっていた。そのなかに出羽守の姿があったのはせめてものことだ。

乞食は血まみれの鎌をぺろりとなめて、縄の帯のうしろにさした。鎖はどこやらへたぐりこまれた。さすがに大きく起伏する胸がくっきりと乳房をもりあげて、はじめてそれが女であると知った吉田修理介たちは、まるで夢魔でもみるように息をのんだままであった。

女乞食は、乗物の棒の下に肩を入れた。駕籠者《かごもの》は、むろんどこかへ逃げ去っている。そのままたちあがると、乗物は水平に宙《ちゅう》にういた。とみるまに彼女は、千姫をのせた乗物をひとりでかついで、そのまま疾風のように江戸の町へはしり出したのである。

最初彼女が出現してからこのときまで、おそらく五分とたってはいなかったろう。たとえ、それ以上の余裕があっても、誰でも全身金《かな》しばりになったように身うごきもできなかったに相違ない。

みるみる月明にかすみ消えていったその影を、しかし、ようやく追いはじめた三つの影がある。三人の女忍者であった。

ややあって、吉田修理介はわれにかえった。

千姫さまが曲者《くせもの》に奪われた！　この大事が、ようやく胸に大鐘みたいに鳴りはじめていたが、しかしその曲者を追う気力は完全に喪失《そうしつ》していた。ほとんど白痴状態になって屋敷にとってかえす老人につづいて、供侍や侍女たちもふらふらと門内に入ったが、その彼らをもなおぎょっとさせる光景がそこに待っていたのである。

門内には、十数人の黒装束《くろしょうぞく》がたおれていた。さっき乱入した坂崎家の落合閑心《おちあいかんしん》以下のめんめんだ。夢遊病者のような修理介の足が、そのひとりをふと蹴《け》った。とたんに、その男が突如奇怪なさけび声をあげたのである。

「おぎゃあ」

たしかに、そうきこえた。嬰児《えいじ》そっくりの泣き声であった。

その声に、ながい眠りを呼びおこされたように、つぎつぎに男たちは「おぎゃあ」「おぎゃあ」と泣き声をあげて、亀の子みたいに手足をうごかしはじめた。それまで、首を胸におりまげ、手足をかたくちぢめている奇妙な姿勢から、いったいどうしたのかとみた者も、その生死をたしかめる余裕もなかったのだが、彼らはみな生きていた。——いや、いまはじめて生命のうぶ声をあげたとしか思われなかった。そして、この屈強な男たちは、おぎゃあ、おぎゃあと泣きながら、ふとい指を口に入れ、死物狂いにちゅうちゅうとそれを吸いはじめたのである。

——これはのちの話であるが、彼らの知能、運動機能が完全に回復するまでに約十日を要した。そのあいだ彼らは這いまわり、よちよちあるきをし、白髪の閑心老までがあどけないかたことのおしゃべりをした数日を持ったのである。そして、ようやく以前の記憶がよみがえるようになっても、千姫屋敷に乱入した瞬間以後の記憶は完全に失われていた。したがって、彼らがそこでどのような魔法にかけられたのか、余人はもとより彼ら自身もまったく霧の中にあるといってよかった。ただ——彼らはその霧のなかに、他人にはむろん、自分自身にさえ説明のできない、まるで海底に眠っていたような恐怖と安らぎの漠然たる追憶の痕跡《こんせき》をかんじたのである。

三

星をも吹きおとしそうな音をたてて雑木林をわたっていったのは一陣の野分としか思われなかったが、しかしたしかに黒い影であった。獣でもないが、人ともみえぬ。一挺《ちょう》の乗物をかついで飄々《ひょうひょう》と宙をとんでゆく影は、満月に供物《くもつ》をささげにゆく武蔵野の地霊《ちれい》としかみえなかった。

その月に銀波をくだく大河がみえてきた。多摩川である。

「よいしょ」

はじめて人間の声をあげて、女乞食はそのほとりに乗物を置いた。頬かぶりをとり、その手拭《てぬぐ》いでさすがに胸の汗をふくと、ひざまずいて、乗物の方に手をかけた。

「千姫さま」

月光が乗物にさしこんで、喪神《そうしん》したようにぐったりと眼をとじている千姫の顔を照らし出した。

「おなつかしゅうございます、大坂以来」

気を失ってはいなかったとみえる。大坂以来ときいて、千姫は瞳《ひとみ》をひらいた。あっと思った表情である。

「お見忘れでございませなんだか。長曾我部宮内少輔《ちょうそかべくないしょうゆう》の女房でございます」

たとえ大坂城指おりの驍将《ぎょうしょう》長曾我部盛親《もりちか》の妻でなくても、これほどの異彩をはなつ大女を見忘れるものではない。

「おう、そなたは」

と、千姫は呼んで、

「そなた、生きていやったか？」

なつかしさとよろこびに満ちた声であったが、千姫を見すえた乞食女の眼は、青い冷炎をゆらめかしていた。

「はい、まだ生き恥をかいております。あなたと御同様に」

千姫は口をつぐみ、きっとして女乞食を見かえした。

「ただ、わたしが生きているのは、夫盛親のかたきを討ちたい一念あってのこと――姫君はどんなお望みで生きておられます」

「…………」

「実はきょう越《こし》ガ谷《や》の鷹野《たかの》で大御所さまをお狙いして、しくじりました。ちかづくのも容易ではありませぬ。あなたさまは、日毎《ひごと》大御所さまにお逢《あ》いになれる御身分、大御所さまをみて、心にうかぶ影はありませぬか。亡き秀頼さまの面影はうかんで参りませぬか」

「…………」

「思えば、西東もわからぬ童女のころに大坂のお城に輿《こし》を入れられたお方、おきのどくといえばおきのどくでございますが、それでまんまと豊家をあざむく大御所の手品道具となり、最後は炎のなかに秀頼さまを捨て殺しになされて、ぬけぬけ関東ににげもどられたお方、曾《かつ》ては主といただいたお方だけに、にくい、くやしい千姫さま」

怒りに身もだえする巨体はみるからに恐ろしかったが、千姫はもはやまじろぎもせず、じっと長曾我部の妻を見つめている。その眼は冷たい誇りにみちていた。鞭《むち》うつ言葉に弁明しようともせず、しずかにきいた。

「それで、どうしようと思って、わたしをここへつれてきた」

「越ガ谷で大御所を討ちもらしたのは、わたしがしくじったせいばかりでなく、さきごろから思案していたことがあったゆえでもございます。ただむざと大御所を討ったばかりではこの胸が癒《い》えぬ。そうじゃ、あの千姫さまをさらって、それを人質《ひとじち》になぶりぬき、大御所さまにみせつけてゆるゆると地獄の苦しみを味わっていただこうかと――けれど、いまこうしてあなたさまのお顔をみれば、左様な悠長なことをしておるにもがまんがなりかねます。いっそあなたさまの生首をこの鎖につけて、もういちど大御所の陣屋にまっしぐらにとってかえしたいほどでございます」

ふるえる手には、無意識的にひきずり出したくさり鎌の鎖がかちゃかちゃと鳴っていた。

千姫はふたたび眼をとじて、冷然と、

「そう思えば、そうしたがよかろう。首うちゃ」

といった。おのれの言葉と、相手の傲然《ごうぜん》としたこのものごしに、長曾我部の妻はかっと激情の炎にあおられたらしく、

「さらば、お覚悟」

と、月に巨大な銀鱗《ぎんりん》のごとく大鎌をふりあげた。――その大鎌に、さっと白いつばさがとんだ。見あげて、乞食女ははっとした。鎌にひたとまといついているのは一枚の薄衣《うすぎぬ》であった。

「お待ち下さいまし」

「丸橋《まるばし》のお方さま」

月にかすむ草の波のなかで、そうさけぶ声がきこえたかと思うと、つづいて三枚の薄衣がながれてくるように、三つの影がかけよってきた。それがいずれも女であることに気がついて、さすがに殺気にもえた長曾我部の妻も、鎌を宙にしたまま、見ひらいた眼でむか

えた。

「うぬらはなんじゃ」

三人の女は、そのまえに立って、小腰をかがめた。

「丸橋のお方さま——あなたさまは御存じではございますまいが、わたしどもは存じあげております。ただいまは千姫さまにお仕えしておりますが、もとは真田《さなだ》家に奉公していたもの——」

「なに、真田どのに？」

丸橋は、大鎌の布《ぬの》をはぎとって、すすみ出た。

「いかに女にせよ、真田どのの禄《ろく》をはんだものが、どうして千姫さまにいま奉公しているのか。うぬらも豊家を裏切ったか。そこうごきゃるな、三つならべて細首かききってくれる」

「お断りなさいますか」

と、お眉がにっと微笑した。

「ただ、わたしたちから流れる血は、豊家のおん血と御承知なされまし」

「なんじゃと？」

「わたしたち三人の腹には、秀頼さまのおん胤《たね》がいらせられます」

丸橋は茫然《ぼうぜん》として、三人の女を見まもった。三人の女の腹がふっくりともりあがっているのはたしかにみとめたが、とみには言葉を信じかねたもののごとく、

「出まかせを申せ」

「丸橋のお方さま、もし千姫さまが豊家のおん敵でいらせられるならば、どうして真田の禄をはんだ女をおそばちかくおつかいなされているのでしょうか」

「さっき竹橋御門のお屋敷に推参した侍どもが、千姫さまが大きな罪を犯しておいでなさる、世の何事よりも恐ろしい徳川家の大事があると口ばしっていたのをおききなされませなんだか」

「それはつまり、秀頼さまのおん胤を身籠《みご》もっておるわたしたちを、いままでひそかに御屋敷におかくまい下されていたことを知って、おしかけてきたものでございます」

三人の女はこもごもにいった。むしろ沈痛なその態度に、丸橋はしだいに動揺してきた。やがて、「そのわけをきこう」といった。

三人の女忍者は、大坂落城前以来の顚末《てんまつ》を物語った。真田左衛門佐《さえもんのすけ》がたんに稀代《きだい》の大軍師であるばかりでなく、どこか人間ばなれのしたような妖異《ようい》な雰囲気をもつひとであることを知っていた丸橋には、彼女らの言葉を荒唐無稽《むけい》なものと思えなかった。いつしか丸橋は、草にひざをついていた。

「――いま大御所を討てばとて、そくざに徳川の天下がくつがえろうとは思われず、また大御所も七十五のとし、どちらにせよ、ながい余命とは思われぬ、むしろ大御所を討つよりも、滅《ほろ》ぼしつくしたと思っていた豊家の血をみどり児によみがえらせ、まざまざと大御所にみせつけ、大御所に未来永劫《みらいえいごう》の苦患《くげん》をいだかせたままこの世を去らせた方が、まことの報復となる。──千姫さまのおんかんがえはこうでございます。あ、丸橋のお方さま、お手をあげられませ」

と、お由比はあわてて呼んだ。丸橋は地べたに両腕をついていた。

「わたしのお辞儀しているのは、そなたではありませぬ。その腹の秀頼さまのおん胤にむかってでございます。いいえ、お辞儀しているのはわたしばかりではありませぬ。この腹の盛親《もりちか》の子が御《ご》挨拶《あいさつ》申しあげているのです」

千姫と三人の女は、はじめて丸橋の腹部も大きくふくらんでいることに気がついた。丸橋は腹をなでて笑った。

「この胎児《やや》が生まれれば、小さな御主君さまに、さぞ忠節をつくすでございましょう」

彼女は、千姫のそばにいざりよった。

「姫さま、存ぜぬこととは申しながら、途方もないまちがいをいたしました。どうぞおゆるし下さいまし。……いざ、もういちどお屋敷へおつれ申しあげましょう」

「いいえ」

と、千姫はかぶりをふった。

「わたしはもうあの屋敷にはかえらぬ。敵はいよいよ焦りもだえておる。あの屋敷にいてはかえってあぶないと、さっきこの女たちと話していたところじゃ。わたしは思いついた。ちょうどよい機会じゃ。このままそなたらとともに、この広い武蔵野にひそんで、胎児《やや》たちの生まれる日を待とう。どうぞ、わたしひとりを離さないでたも」

うずくまった四人の妊婦のなかに千姫は立って、月明に海のごとくひかりうねる野面《のづら》を見わたした。その眼には、ひさしぶりに少女めいた浪漫的《ろうまんてき》な微笑がかがやいている。あきらかに、草と水と丘と林と、果てしもなくひろがる武蔵野の醸《かも》す夢に酔わされたのだ。

——けれど、この国の土のつづくかぎり、大御所の眼のとどかぬところはないとは、先刻千姫自身がいった言葉ではなかったか、まして彼女らを追う敵には、超人的な伊賀の忍者もふくまれているのだ。はたして曠野《こうや》の幻法戦に腹中の児をまもりぬいて、首尾よく勝利のうぶ声をあげさせ得るや否や。

四

越《こし》ガ谷《や》の鷹野《たかの》にある陣屋のひとつに眠っていた七斗捨兵衛は、ふいにゆらりと起きなおった。周囲には何も気づかぬ黒鍬者《くろくわもの》たちが、ひるまの鷹狩につかれはてて眠りこけている。

「隼人ではないか」

「捨兵衛、一大事だ」

声は江戸にのこしてきたはずの鼓《つづみ》隼人だ。それが隼人らしくもなく息せききって、しかもそれをかくそうともしないのは、江戸からここまで韋駄天《いだてん》ばしりにかけてきたせいばかりでなく、容易ならぬ心のあえぎをまざまざと示していた。

「千姫さまがかどわかされた」

「何じゃと？　千姫をかどわかすのは、おぬしの役目ではなかったのか」

「それをいうな、おれとしたことが、不覚をとった。いや、千姫さまをかどわかしそこねたことではない。かどわかしそこねて、あきらめて、一足はやくひきあげたことだ」

隼人は話した。千姫の誘拐に失敗したのは、坂崎一党の飛び入りのせいであるが、それで気をくさらせて屋敷を去ったあとで、千姫がえたいのしれぬ怪物につれ去られたということを。

「虫が知らせて、ひきかえしたときはおそかった。さらわれた姫を追って、例の女どもも何処かへ消えたということだ。姫を乗物ごめにさらっていった化物の正体がさてわからぬ。屋敷の者にきくと、それが乞食の大女というが」

「なに、乞食の大女？」

捨兵衛は息をひいて、

「そ、そりゃ、おれは知っておるわ。長曾我部盛親の後家じゃ」

憮然《ぶぜん》として、闇中に隼人の顔をみて、

「実はきのうのひるま、その女とやりあって、さすがのおれも尾をまいた。面目のうて顔も出せず、そっとここへもぐりこんで、明日のいいわけに屈託していたところじゃが、こりゃ、おぬしといい、おれといい、少々こまったことになったぞ」

そのとき、遠くから狂気のごとく飛ばしてくる蹄鉄《ていてつ》のひびきがきこえた。隼人がいった。

「おれといっしょに江戸を出た馬だ。いまの件を急報する使者よ」

馬のいななきと、誰何《すいか》する声と、それに対してのどをやぶらんばかりにこたえる声がもつれあったかと思うと、騒然と跫音《あしおと》がみだれて、大御所の陣屋の方へかけていった。

捨兵衛と隼人はちらと眼を見あわせて、

「ちと、様子をみよう」

と、口ほどこまった顔でもなく、のそりと立ちあがった。隼人の眼からさっきの昂奮《こうふん》がきえて、もちまえの冷たい表情にもどっていたし、捨兵衛はひとごとみたいな顔つきをしていた。うすら笑いして、つぶやいた。

「ふん、あの長曾我部の後家も大きな腹をかかえておったわ。いや、こりゃ険呑《けんのん》なはらみ女ばかり現われて、大御所もおちおち眠ってはおられまい。きのどくでもあれば、可笑《おか》しくもあるな」

千姫がさらわれたという知らせに家康が案外おどろかなかったのは、声ふるわせて報告する使者のうしろに、いつのまにやらつくねんと坐っている二人の伊賀者――そのうちの鼓隼人の姿に気がついて、彼の言葉をきくまでであった。家康は首尾よく千姫をかどわかしたのは隼人のしわざかと思ったのである。それが、そうでないとわかったとき、はじめて家康はのけぞりかえった。

「そりゃ、何者じゃ」

「きのう、御鷹野でとらえてはなしたあの乞食女らしゅうございます」

と、捨兵衛がいった。

「乞食女――あれが！」

「あれが長曾我部盛親の女房」

家康の顔は蒼白《そうはく》をとおりこして暗灰色にかわった。息までとまったように、数分間だまりこんでいたが、やがてうめいた声は激情のためむしろ沈鬱《ちんうつ》ですらあった。

「うぬはそれを知っておって、なぜ見のがしたか」

「知ったのは、そのあとでござります。……あのとき、阿福さまがそれを知らせて下さりさえしたら、もとより放免することはござりませなんだ」

捨兵衛はあごをしゃくった。家康はふりむいた。騒ぎをききつけて、そこに阿福もあらわれていた。捨兵衛はおのれがとがめられるまえに、阿福に責任をなすりつける魂胆だ。

「阿福」

と、家康はつぶやいた。彼は阿福が長曾我部と縁辺のものであることを思い出したのだ。

「おまえは、あの乞食女の素姓《すじょう》を存じておったのか」

「はい」

と、阿福はわるびれずうなずいた。窮境におちいるほど冷静となり、ぶきみなまでの沈着さをみせるのがこの女の特徴である。

「あぶないところでございました。あれは女ながら剛力無《ごうりきむ》双《そう》のうえに、くさり鎌の達人でございます。八幡《はちまん》も御照覧、あれが生きておるとは、きのうまで存じませなんだ。それがおんまえにひき出されて、千載一遇の好機をつかんだと申しましょうか、やぶれかぶれと申しましょうか、一触即発の兇念《きょうねん》を眼中にひらめかすのを見てとりました。それをそらしたのは、わたしの必死の智慧《ちえ》でございます。それゆえ、あれが去ってから、あれをきっと成敗するようにこの捨兵衛めに命じおきましたが」

阿福はみごとにはねかえした。じろりと捨兵衛を見やって、

「その女がまだ生きていて、千姫さまをかどわかしたとあれば、そなた討ちもらしゃったな」

「ふ、不埓《ふらち》な奴めが！」

と、家康はうめいた。捨兵衛を叱ったのか、阿福を責めたのか、曲者をののしったのかわからない。おそらく三人に対してであろう。彼は千姫を襲った運命を思って、両手をねじりあわせた。

「そいつ、いかなるつもりでお千をさらいおったか？　もはや殺《あや》めたかもしれぬ……おお、お千をきゃつに殺させてはならぬ！」

事と次第では千姫をも討ち果たせと命じたくせに、矛盾したうめきだが、家康の真実の心理でもある。

「あいや、姫君はぶじ御存生《ごぞんじょう》と存じまする。例の女忍者どもも姫を追って姿をけしたとのこと、きゃつらが真田家の者と知り、千姫さまが心の底まで大御所さまをお恨みのことと知れば、盛親の女房は姫に手を下しますまい。されば、拙者どもが」

と、鼓隼人がいった。ぬけめなく、図々しく、おのれらの存在価値をなおさきへつなごうとするのに、

「半蔵を呼べ、服部《はっとり》半蔵はおるか」

と、家康はたちあがって、かんだかい声で呼んだ。それから、ふたりの忍者を恐ろしい眼でにらみすえて、

「両三日のあいだにかならず三匹の女狐《めぎつね》を討ち果たすか、お千をこちらにとりもどすと大言したのは何奴《なにやつ》か。それを聴いてやったばかりにこの始末ではないか。うぬらの言葉はもはやきかぬ。うぬらにもはや用はない！」

と叱咤《しった》した。そして、あわてた顔をみせた服部半蔵に、

「半蔵、きのうの乞食女めがお千をさらってどこやらへ逃げたというぞ。きゃつ、長曾我部の女房じゃと申す。お千を殺したか、謀叛《むほん》の仲間にひきいれたか、いずれにせよ、まさか江戸にはいまい。おそらくはまだ遠国にはゆかず、この武蔵野をうろついておるに相違ない。黒鍬《くろくわ》の者どもをすぐって、即刻草の根わけてもさがし出せ」

と、命じてから、もういちど二人の忍者に怒りの眼をもどして、

「待て、半蔵、うぬの推挙《すいきょ》したこの役立たずどもめ、かえって大事な日をむだに過させおったわ。うぬの罪は万死にあたるが、お千らをとらえればさしゆるす。ただそのまえに、こやつらを成敗《せいばい》して参れ」

半蔵は立った。同時に二人の忍者も立ちあがった。

「それは、遠慮いたそうな、捨兵衛」

「うむ、ここで死ぬのはもったいないわ、あたら鍔隠《つばがく》れの精鋭を」

じぶんたちのことをいっているのだ。けろりとして家康の方をみている不敵な笑顔に、家康は憤怒《ふんぬ》した。われしらず、彼らの妖術をもわすれて、

「斬れ、半蔵」

「御上意だ。神妙にいたせ」

内心の困惑をおさえて、必死につめよってくる半蔵に、ふたりは平気で笑った。

「服部どの、失礼だが、黒鍬者の手ぎわでは、あの女どもはつかまらぬよ。況《いわ》んや、拙者どもをや」

「いま、拙者らがここで首になりとうはないわけはな、あの女どもを料理できるのは拙者らをおいて他にないことを信じるからです。もういちど、あえて大言する、やつらはかならず討ち果たす！　たとえ大御所さまがいやと申されても、伊賀鍔隠《つばがく》れの忍法の名誉にかけて」

一瞬ふたりの姿がかききえたとしか思われない神速な体術であったが、うしろざまに、跫音《あしおと》もたてず、実に六、七メートルもとびずさったのである。

「待て、隼人、捨兵衛」

狂気のごとく追いかけた服部半蔵は、陣屋をとび出した刹那《せつな》、あっと棒立ちになった。ふしまろんで血まみれにならなかったのは、さすがは伊賀者の棟梁《とうりょう》だ。そこの地面一帯に

ばらまかれたのは八方にねじくれた釘《くぎ》を突出させたマキビシであった。いま逃げざまに二人が捨てたものである。

「それをのがすな、外縛陣《げばくじん》を張れ」

半蔵が足ずりしながら、しかしこのときそうさけんだのは、陣屋の外の草原に散りみだれた無数の影を、輩下の黒鍬者《くろくわもの》たちとみとめたからだ。最初の使者の蹄《ひづめ》の音にいっせいに眼をさまし、首領の半蔵が大御所に召されたと知って、いちはやく身支度をととのえて出動態勢をつくったのは何といっても黒鍬者である。

鼓隼人と七斗捨兵衛は立ちどまった。西にかたむいた満月を背に、黒鍬者は横に散開し、両側が突出して急速に円形をえがきはじめた。彼らの影と影との間隔は五メートルもはなれてみえたが、そのあいだをくぐりぬけようとすれば、必ず草の中に埋伏されている刃《やいば》が湧き出すことを二人は知っている。内部への侵入者をふせぐ「内縛陣《ないばくじん》」に対して、外部への逃走をさまたげる服部一党の「外縛陣《げばくじん》」であった。

「ふびんや、相手を誰かと知らぬでもあるまいに」

と、鼓隼人はにやりとした。同時に一刀をぬきはなって、じっと大地に眼をおとした。

月は地平にしずみかかり、草に墨をながしたように影が接近してきた。数十メートルものびた包囲勢《ほういぜい》の影である。それを見すますや否や、隼人は刃を地にたらしたまま、その影の尖端《せんたん》を踏んではしった。まるできっさきで大地に巨大な半円をえがくように。

同時に恐ろしい悲鳴があがって、遠い円陣の影がいっせいにたおれ伏した。ことごとく刃を投げ出し、頸《くび》や肩をおさえている。

「これは、男に通《かよ》う百夜《ももよ》ぐるま。――」

半円を描きおえて、隼人はうっとりとつぶやいた。

たおれた黒鍬者たちが血一滴もながれず、傷口ひとつないことに気がついたのは、ずっとあとのことである。その瞬間、彼らはたしかに頸《くび》をはしる刃、肩を裂く刀身を感覚したのだ。女の影をもてあそんで、現身《うつしみ》をもあそばれているという幻覚を女にあたえる忍法「百夜ぐるま」は、男の影を斬って、実体を斬られたという幻覚を男にあたえる。むろん、女だって、斬ろうと思えば斬れるだろう。刹那に幻覚とは思わず、たしかに頸の肉を裂かれ、頸動脈《けいどうみゃく》を断たれたという灼熱《しゃくねつ》の痛覚、冷たい鋼《はがね》と血しぶきの匂いまで感じて悶絶《もんぜつ》しない者があるだろうか。そしてまた影を斬るというこの恐るべき襲撃をふせぎ得る法があろうか。

外縛陣《げばくじん》は破れた。一個所破られたというより、円陣の西半分すべてが寸刻のまに粉砕されたのである。

「服部《はっとり》どの、やがて女狐《めぎつね》らの首土産《くびみやげ》に帰参仕《つかまつ》ると大御所にお伝えを願う」

声ははろばろと、外縛陣のすでに外側にあった。

百夜ぐるまの幻の剣をまぬがれたものの、草に伏して気死したような服部一党が、その声に茫乎《ぼうこ》たる顔をむけたとき、西の野末《のずえ》に銅盤《どうばん》のごとく赤錆《あかさ》びて沈みかかった満月に、二羽の蝙蝠《こうもり》が舞い立ったようにみえて、そのままふっと消えてしまった。

五

風がひょうと野面に鳴る。秋風の声ではなく、すでにこがらしの音だ。多摩川《たまがわ》にさかさにうつる林影は裸で、それをわたる雲はもう冬雲の冷たい色であった。

水のほとりにかがみこんでいた百姓女が立ちあがった。洗ったばかりの米を入れた笊《ざる》を小わきにかかえてあるき出す。朝の大気に白い息を吐いて、大きくふくらんだ腹も重げだが、顔は薔薇《ばら》のように生き生きとしている。こんな身重となり、百姓女の姿となっても、まだ華やかさを失わぬお瑤《よう》であった。

どこへゆくのか、存外の早足であるいてゆく野は森閑とむなしいばかりのひかりにみちて、人はおろか生き物の気配すらなかった。それなのに、彼女はふと立ちどまったのである。

彼女の影はながく西へのびていた。その影のつきるところに一本の杉の大木があった。彼女はじっとそれを見あげた。

「見つかったようだな、捨兵衛」

「さすがだ。のがすなよ、隼人《はやと》」

そんな声が杉の枝のなかできこえたとき、お瑤は笊《ざる》をなげて、飛鳥のように身をひるがえそうとしている。ぱっと宙に白い米が散ったなかに、しかし彼女は釘づけになっていた。

笊を放った左手が、そのまま空中に静止して、彼女は苦悶の表情になった。右手がうごいて、帯のあいだの懐剣をぬいて投げようとした。その右手も宙にはたと膠着《こうちゃく》してしまった。十字架みたいにひろげた両腕の甲《こう》に、お瑤はまるで刺《さ》しつらぬかれたような痛みをおぼえた。掌《てのひら》を刺す何物もないのに。

さすがの彼女も、地上にのびたじぶんの影の腕を、杉の樹上からなげつけられた二個のマキビシが縫いとめたものとは知らなかった。

「よかろう」

空中の声とともに、二つの影が杉からひるがえりつつおちてきた。鼓隼人はともかく、力士みたいに大兵の七斗捨兵衛が、猫のごとく跫音《あしおと》もたてぬ。――ふたりは、そろそろとちかづいてきた。

「ははあ、こんなところにおったのか」

「黒鍬のばか者どもめ、きょうも越ガ谷あたりの草むらを、洟水《はなみず》たらしてかぎまわっておろう」

「ところで、こやつらの巣はどこかな」

ふたりはお瑤《よう》のまえに立った。眼にみえぬ磔柱《はりつけばしら》を背負ったような女の苦悶の表情を、まるで妖《あや》しい花でも鑑賞するようにうす笑いしてながめ入るふたりの眼が、しだいに濁《にご》ったひかりをおびてきた。

「真田の女忍者、千姫さまはどこじゃ」

「長曾我部の後家どのはどこにおる？」

この場合に、お瑤は笑った。笑っただけで、返事はない。

「これ、口でいわねば、からだできくぞ」

「これで鍔隠《つばがく》れの忍法がいかなるものかわかったであろう。いままで生かしておいたのは、大御所さまが千姫さまに妙な遠慮をなされて、われらの忍法にもむりなくつわをはめられたゆえだ」

「もはや容赦《ようしゃ》はない。言え」

と、捨兵衛はわめいたが、ふいににたりと舌なめずりして、

「この腹じゃが、隼人《はやと》、しかし、美女だな。こやつは、おれにゆずれ」

んよい目をみたそうな。こやつは、おれにゆずれ」

隼人は苦笑した。

「きくことをきいてからにせい」

「なに、女にききたいことをいわせるのは、まずこちらのいうことをきかせてからよ。まずふたりの立ち往生ぶりを見物せい」

そういうと、捨兵衛はつき出したおのれの腹を、ふくらんだお瑤の腹におしつけた。捨兵衛のからだがすべてにわたって巨大であることを知っている鼓隼人も、やがてそこにくりひろげられた光景には、われしらず舌をまき、眼をとじて、ただ肉の音ばかりきいていた。

空中に磔《はりつけ》になったまま犯されるお瑤の表情に、ひき裂かれるような苦痛と、つらぬくような快感の波紋が交錯《こうさく》し、のけぞったのどから、ついにたえがたいさけびがあふれた。同時に、捨兵衛ののどからも、名状しがたい驚愕《きょうがく》のうめきがもれた。

「隼人、はなせ」

隼人は眼をあけた。捨兵衛とお瑤の立った脚のあいだに血まじりの乳みたいなものがあふれおちていた。しかし、ふたりのからだははなれない。

七斗捨兵衛はおのれの体液をことごとく吸いあげられる感覚とともに、しかもおのれを緊縛する凄《すさま》じい肉の環《わ》を感じた。「捨兵衛、おぬしの肉鞘《にくざや》をどうしたか」という隼人の狼狽《ろうばい》した声をきいたのは、なかば気が遠くなってからである。

泥から足をぬきあげるような音とともに、ふたりのからだははなれた。捨兵衛はからくもおのれの忍法をとりもどした。皮をあたえて彼の肉はあやうくのがれ去ったのである。枯葉になお精血《せいけつ》はしたたりつづけていたが、やがてそれは緩徐《かんじょ》となり、止んだ。おそらく七斗という名詮自性《みょうせんじしょう》、一夜に百人の女を御するに足る超人的な精血の貯水の所有者でなかったら、捨兵衛は般若寺風伯の二の舞いをふんだに相違ない。

それでも、実体の捨兵衛までが、巨大な水母《くらげ》みたいに半透明になったようなのに、「捨兵衛、大丈夫か」とさけんではしり寄ろうとした鼓隼人は、ふと女をながめ、天を仰いで、「しまった」とうめいた。

お瑤の手がうごいた。太陽は雲に入り、影はきえていた。しかし、ふたりの伊賀の忍者を見すえたまま、お瑤のうごいた懐剣はおのれののどを刺した。

死を以てみずからの口をふさぐためというより、渾身《こんしん》の「筒涸《つつか》らし」と「天女貝《てんにょがい》」の忍法をかけて長蛇を逸《いっ》した絶望がそうさせたのである。

雲の翳《かげ》が、曠野《こうや》に伏した女忍者の姿を黯《くろ》い紗《しゃ》で覆った。

忍法「人鳥黐《ひととりもち》」

一

――ぴいんと透徹《とうてつ》した冬の大気である。太陽は雲を出た。野はふたたび白日のもとに枯草のひとすじひとすじまであざやかに浮かびあがったが、それはそよともうごかなかった。曠野《こうや》のすべてが、氷結《ひょうけつ》したようにかがやき、そして静止していた。

草に伏したお瑶《よう》はもとより、これを寂然《じゃくねん》と見おろしているふたりの忍者も死びとのようにうごかない。ややあって、声だけがきこえた。

「あぶないところであった」

「風伯《ふうはく》がしとめられたのはこれであったか」

「捨兵衛《つづみはやと》でなかったら、おれもやられていたな」

と鼓隼人は戦慄《せんりつ》して、やがて一刀をぬきはなって、

「まず、首討とう」

と、お瑶の屍《しかばね》のそばにあゆみよった。服部半蔵に約束した大御所への土産の首だ。

「待て、隼人」

と、七斗捨兵衛が呼んだ。茫乎《ぼうこ》として立って、彼は巨大な男根をむき出しにしたままの姿であった。それを覆おうともせず、

「せっかくそこにおれの皮がある。それ以上血が混じるまえに――かたまらぬうち塗っておこう」

「ふむ」

と、鼓隼人は枯草の上にたまっているおびただしい糊状《のりじょう》のものを見おろした。さっき捨兵衛がながした精液である。それは大気にふれて急速にかわきつつ、まるでなめくじの這《は》ったあとのように銀光を発していた。

七斗捨兵衛がそれを掌《てのひら》でしゃくいあげて、おのれの男根にぬりつけるのを、隼人は笑いもせずにながめていた。それが出来るのは、本人の捨兵衛だけだ。隼人は、この男の精液が風にさらされるや否や、みるみる膠《にかわ》のごとく粘稠《ねんちゅう》化して、それを踏んだ馬の蹄《ひづめ》すら釘《くぎ》づけにするほどのものになることを知っている。

過ぐる日、捨兵衛は、丸橋のくさり鎌の鎖にまきつかれた腕を、皮をあたえてみごとにぬきとった。またいま、お瑤の「天女貝」の虜《とりこ》となった男根を、これまた皮をあたえてのがれ出させた。皮とみえたが、皮ではなかったのだ。それはたえず全身にぬりつけている彼の精液であった。ふつう人間の精液のうち固形成分は十パーセント足らずだが、彼の精液には凄《すさま》じい膠着力《こうちゃくりょく》をもつ粘素が、きわめて大量にふくまれているとみえる。液体のうちは異常な粘稠度《ねんちゅうど》をもつだけであるが、それが乾くと、皮膚とはいえないなめし革みたいな

強靭さをそなえてくるのである。捨兵衛の忍法「肉鞘《にくざや》」とはこれであり、彼がいま「おれの皮」と呼んだゆえんがこれであった。

「よしか」

捨兵衛が新しい皮膚で剝離《はくり》のあとをおぎない、身仕度をととのえ終えたのをみて、隼人がふたたびお瑤のそばにかがみこんだとき、

「おい、ちょっと待て」

と、捨兵衛がまた呼んだ。同時にその大きな姿を、すうと草のかげに伏せている。返事よりさきに隼人も身を這わせながら、

「なんだ」

「きゃつが、やってくる。——例の乞食女だ」

「お、長曾我部《ちょうそかべ》の女房。——先日、さしものおぬしがいのちびろいした板額《はんがく》か」

隼人はにやりとした。

「こんどはおれにまかせろ。〝百夜《ももよ》ぐるま〟で地獄へかつぎこんでやろう」

「いや、きゃつ、西の方からやってくるぞ。日は東にある。いかなおぬしでも、影がみえねば百夜ぐるまは廻せまい。——や、きゃつ、立ちどまった。かんづいたか」

草のなかをいそぎ足であるいてきた乞食姿の大女——丸橋はふとたたずんで、あたりを見まわした。

「お瑤《よう》」

と、呼ぶ。べつに気がついた風情でもない。ただ米をときにきたはずのお瑤がいつまでもかえらないので、ひとり様子をみに出かけてきたものとみえる。隼人がささやいた。

「捨兵衛、しばらくここをはずそう。こちらが西へまわるのだ」

むろん、相手の影をとらえるためだ。ふたりは、草の中をはしった。まるで水中を泳いでゆくような四肢《しし》のすがたで、魚のような迅速《はや》さだ。しかもそれが生物とも思われぬ不思議さは、密生した枯草がひとすじのそよぎもみせぬことであった。

「お瑤」

丸橋はもういちど呼びたて、まっすぐにあるいてきて、また立ちどまった。こんどは二度とうごかない。眼は凝然《ぎょうぜん》と地上におとされている。お瑤の屍骸《しがい》を発見したのだ。――立ちすくんだ影は五、六メートルも西へのびていた。

「お瑤、そなたをこうしたのは何者じゃ」

しぼり出すような声がもれた。

その影の尖端《せんたん》に、依然として草のそよぎもみせず、風のように鼓隼人《つづみはやと》はしのびよっていったが、ふいに音もなく大きくうしろにとびずさった。突如として旋風がまき起って、あたり一帯の草がなびき伏したのである。丸橋の手もとからたぐり出されたくさり鎌の鎖であった。それが一回転すると、鎖の長さ、六、七メートルの半径をもつ円周内の草はすべて薙《な》ぎ伏せられた。

「…………」

隼人はとびさがって、草の中でうめいた。

彼がこの狼狽《ろうばい》ぶりをみせた位置はというと、草が薙ぎ伏せられた範囲どころか、実に丸橋から数十メートルもはなれた場所であった。本体から六、七メートルの距離をもつ鎖は、本体と影に正比例して、それだけの長さをもつ鎖の影をえがいた。それは常人にはなんの威力ももたない影にすぎないが、滑稽《こっけい》なことに隼人は、その遠い鎖の影の円周外にたたらをふんだのである。なんたる皮肉、「影」を斬るという破天荒の忍法「百夜《ももよ》ぐるま」は、そのゆえに自縄自縛《じじょうじばく》、いや、相手の鎖のためにかえって金しばりになるという結果を招来したのであった。

しかし、丸橋はべつに隼人の姿を発見したのでもないらしい。その証拠に、一旋回させた鎖を、まるでばねじかけのように袖口《そでぐち》からたぐりこむと、そのままお瑤のそばにうずくまって、何やら意味のわからぬ叫びをあげながら嗚咽《おえつ》しはじめた。

「うふ」

草の中で、七斗捨兵衛が笑った。

「気づいたのではない。あの屍骸《しがい》をみれア、あれくらいの警戒は当然だ。しかし、隼人、これでおれがあの女に手をやいたわけがわかったろう」

「ううむ」

「さすがの百夜ぐるまも、あの女にはききめがないの。いっそ、おれの方がましかもしれぬ」

「なに。……よし、みておれ、あいつの影を手もとに盗んでくれる」

と、隼人はうなずいた。

影を盗む――それは曾《かつ》て彼が阿福や千姫に対して発揮した妖術《ようじゅつ》である。あのとき阿福の影は遠い土塀に移動し、千姫の影は高い天井に移動した。――しかし、その場合には、相手に彼の本体をみせるか、それとも相手に相手自身の影を意識させるか、いずれかが必要であった。「影と心は一体でござる」と彼はいった。怒りか、愛慾《あいよく》か、心がうごいたとき、心は影となって盗まれ、また影に意識をとらわれたとき、影は心となって盗まれる。これはいわゆる幽霊をみるという人間心理と同様のものであろう。心の恐怖は幽霊という影となってあらわれ、また幽霊をみたという錯覚は、心に非合理な恐怖感情をよびおこす。ただ、影をあるべからざる位置に盗むことは、相手が絶大な精神力の持主でない場合にかぎられたのは当然で、これが果たして丸橋に通用するかどうかは疑問であった。

丸橋はたちあがった。彼女はお瑤《よう》の屍骸《しがい》を背に負うていた。

「や、ゆくぞ。――捨兵衛、みておれよ」

と、あわてて隼人が草の中から姿をあらわそうとした。

「待て隼人、もはや百夜《ももよ》ぐるまでもあるまい。見ろ、きゃつ、鎖《くさり》で屍骸を背負うておる」

「お、それならばなお好都合だ。のがすな、捨兵衛」

「いや、もうしばらく待て。おれはいま別のことを思いついた」

「なにを？」

「あの女をよしや討てたとしても、息の根のとまるまえに、千姫さまのいどころを洩《も》らそうとは思われぬ。それにまだ女狐めらはほかに二匹のこっておるはず。――一人一人では手数がかかってかなわね」

と、七斗捨兵衛はいい出した。その通りだ。

「きゃつがまだこちらに気づいておらぬのがもっけの倖《しあわ》せ。それよりあの女のあとをつけて、きゃつらの巣を嗅《か》ぎ出した方が利口だぞ」

二

「――おかしい」

最初にくびをかしげたのは鼓隼人であった。

屍骸を背負った乞食女は、多摩川に沿って、南へ下ってゆく。――うなだれて、とぼとぼした足どりにみえるが、実におどろくべき速度だ。もし正確に観測していたなら、それが多摩川の水流とおなじはやさであることに気がついたろう――そして、その流れに、人影もみえぬ苫船《とまぶね》が一艘《そう》ただよいながれていることにも。

しかし、さすがの忍者もそれには意識がおよばなかった。なぜなら、彼らは丸橋に満身の注意力が集中していたからだ。彼女の速度にあわせてあとを追う。それは大した難事ではないが、ほかに人らしい人の影もみえぬ冬枯れの野に、相手に気づかせないであとをつけるということは、彼らにしてはじめて可能なことではあるが、それだけに他の五感のおよばなかったことは是非もない。

「なんだ、隼人」

「さっき討ち果たした女――あれは米をといでかえる途中であったろう。それはつまり、きゃつらの巣があのちかくにあったということだ。しまった。捨兵衛、きゃつ、こちらに気がついておるぞ。そしてわざとおれたちをまこうとしておるのだ」

「まさか――あの長曾我部の女房が奇妙のくさり鎌をあやつり、大力無双の女じゃということはわかっておるが、忍法を心得ておるとはきかぬ。あの足は、忍者の足法ではない。忍者でのうて、どうしておれたちの姿に気がつくものか」

といったが、七斗捨兵衛もやや自信に動揺を来した顔色だ。なるほど、そういわれれば、いつのまにやら四キロちかくも追ってきた。

そのとき、丸橋はたちどまった。路傍《ろぼう》にこわれかかった小屋が一軒たっていた。煤《すす》けた油障子に「わたし舟」とかいてある。太平記で名高い矢口の渡しはもう少し南へ下がったところにあるはずで、それはむかし豊島《としま》江戸と鎌倉をむすぶ渡津《としん》であっただけに、さらに下流の六郷の橋のかかったいまでも利用するものの多い渡し場だが、これはおそらく近郷《きんごう》の百姓などの往来につかわれる舟つき場なのであろう。冬のことで、いま渡し守もいないのではないかと思われる荒れはてた小屋であったが、その下の流れには二、三艘のもやい舟もみられた。

そのもやい舟のなかへ、ふいに一艘の苫舟《とまぶね》がながれついてきたので、はじめて気がついたのである。苫の下からひとりの若い百姓女がたちあがって、

「丸橋さま」

とさけんだ。

「おう」

と、丸橋はこたえて、

「もうよかろう」

と、胸にまわした鎖に手をかけると、お瑤《よう》の屍骸《しがい》をおろしにかかった。舟にのっていた女が、曾て、西城《せいじょう》の大奥で、奥女中に化けてまんまと脱出していった女忍者であることに、隼人も捨兵衛も気がついた。同時に、意識の外にあったその小舟が、じぶんたちと平行して川をながれ下っていたことも いまに至ってはっきりと脳裡《のうり》によみがえり、じぶんたちが丸橋をつけていたことが小舟からまるみえで、丸橋に何らかの方法で、その女が合図して知らせたに相違ないということをはじめて知ったのである。

「丸橋さま、はやくおのり下さいまし」

「いや、お瑤はこのありさまになりはてたわ。お眉――このままではにげられぬ。にげてきたつもりはない。わざわざここまでおびきよせたのじゃ。やい、大御所狸《だぬき》に飼われておる糞《くそ》いたちめ、姿をあらわし、ここに出や」

ふりかえって、丸橋に呼ばれるまでもなく、隼人と捨兵衛は真一文字に殺到していた。

罵《のの》しられたことよりも、いままでのじぶんたちのまぬけさかげんに腹をたてて、ふたりの顔は蒼白《そうはく》にかわっていたが、その鼻づらをかすめて横にうなりすぎた鎖は、さすがに逆上した彼らを鞠《まり》のごとくはねかえらせた。

「や、その顔は、こないだ越《こし》ガ谷《や》で、皮をぬいでにげた化物じゃな。よし、もはやあの妖術はゆるさぬ。この分銅《ふんどう》で頭の鉢をくだいてくれる」

さけぶと同時に、鎖は逆に回転して、鉄球《てっきゅう》が捨兵衛のあたまめがけて薙《な》ぎつけられてきた。

「影――影を盗め、隼人」

あやうく首をすくめて、捨兵衛は悲鳴をあげた。隼人は顔をねじれさせた。

「影は川だ」

丸橋は多摩川を背にしていた。太陽はすでにたかく昇っていたが、依然として東にあり、川は西にあった。丸橋の影は、その川におちているにちがいないが、ふたりの位置ではみえなかった。

「きゃつを、もうすこしこちらにさそい出せ。退《ひ》こう、捨兵衛」

「いや、待て、それならば」

と、捨兵衛はうなずくと、隼人がその無謀さにあっと声をもらしたほど無造作に、トトトトと前にはしり出していった。その姿を、鎖が横に薙いだ。充分、鎖のおよぶ圏内にあった捨兵衛は、次の刹那《せつな》忽然《こつねん》ときえていった。いや、消えたのではない。捨兵衛の巨大なからだは、鎖が触れる一瞬前に、大地を蹴《け》って宙をとんでいたのである。

音もなく面《おもて》を襲った黒い影に、丸橋の鎌はきらめく弧をえがいた。しかし血しぶきはあがらなかった。なんたる大兵の軽快さ、七斗捨兵衛の巨体は丸橋の頭上をななめにとびこえて、すっくと船小屋の板屋根に立っていた。とみるや、そのこぶしから地上の丸橋にびゅっとマキビシがとぶ。同時に、反対側の鼓隼人の腕からも、マキビシの銀光がながれた。

「あっ、こやつ――」

右に左に、からくもこれをかわすと、丸橋は小屋の蔭《かげ》にはせもどった。上と下、前と後からのはさみ討ちをふせぐためだ。

船小屋の板壁を背にして、女夜叉《にょやしゃ》のごとく立った丸橋めがけて隼人のマキビシはなおとんだ。彼女はそれをかわした。いや、かわしたと思った。それにもかかわらず、このとき彼女の顔が苦痛にひきゆがんだ。隼人のマキビシは、板壁にうつった丸橋の影を、数か所にわたって縫いとめていたのである。

「やった！」

隼人は抜刀して真一文字にはせよってきた。丸橋を動けぬものとみたからだ。彼女が、そのふくれあがった腹を、胎児《たいじ》もろとも串刺《くしざ》しになることはまちがいないと思われた。

「……おおりゃっ」

凄《すさま》じい声もろとも、しかも丸橋はゆらぎ出した。苦悶《くもん》に満面を朱に染めつつ、彼女はからだをねじったのである。――隼人にとっては不可能とみたことも、彼女には可能であった。なぜなら丸橋は、たとえ本物の肉体がマキビシに縫いとめられても、なおそれをひきちぎるだけの怪力と気力の所有者であったからだ。が、さすがに両手から鎖と鎌をとりおとし、ねじったからだはだだっと船小屋にぶつかった。

「おう」

愕然《がくぜん》としつつ、それとみてふたたび隼人は追いすがろうとしたが、一瞬ためらいをみせたのが不覚であった。丸橋はぶつかりながら、その板壁にこぶしをつき入れた。板は豆腐みたいに穴をあけた。腕が隅《すみ》の柱にまきついた。とみるまに、まるで杖《つえ》でも抜きとるようにその柱を抱きこんでとっさの武器と変えていたのである。

「…………」

何かさけんだが、隼人にはきこえなかった。じぶんめがけて飛んできた柱をかわしつつ、隼人も何かさけんだが、丸橋にはきこえなかったろう。柱の一本をもぎとられた小屋は、経木細工《きょうぎざいく》みたいにたたきつぶされたからだ、それでも凄じい音響とともに、蒼《あお》い空に砂けぶりがたちのぼった。

「捨兵衛」

すでに、その位置から十メートルもとびはなれた隼人は絶叫した。小屋の屋根に乗っていたはずの七斗捨兵衛を想ったからである。

三

その一角を覆っていた黄色い砂塵《さじん》が、やがてうすれかかった。折れくだけた柱や板の上に、捨兵衛と丸橋は二個の銅像みたいにむかいあって立っていた。手ぶらではない。丸橋はふたたびくさり鎌を手にとり、捨兵衛はいつのまにやら一枚の障子を楯《たて》にしている。崩れた小屋の中からとっさに拾いあげたものであろうが、あの恐るべきくさり鎌の猛撃に、破れ障子が何ほどの役にたつものか。――隼人ははせよろうとした。

「寄るな」

と、捨兵衛がうめいた。

隼人は障子のかげで、捨兵衛が巨大な男根をつき出しているのを見た。そこから一条《じょう》の白濁した噴水がほとばしり出た。――突如、ざあっと障子にちりかかった液体に、さすがの丸橋も面くらったらしい。障子を楯にして、捨兵衛の姿はよくみえなかったから、一瞬に障子の全面をぬらしたものが何かわからず「はてな?」というような眼を見ひらいたが、この男どもが端倪《たんげい》すべからざる妖術をつかうことは百も承知、しかもあえてそれを恐れぬ丸橋であった。

いちど蠟《ろう》のように半透明になって捨兵衛の影をうつした煤けた障子が、みるみる異様な銀光を放ってきたのに、はっとわれにかえって、

「たわけ、それでこの分銅をふせぐ気か」

笑うと同時に、障子めがけて鎖の分銅をたたきつけた。分銅が紙をつらぬいて、血と脳《のう》漿《しょう》がとびちる光景を彼女は幻覚した。まさにそれは幻覚であった。次の刹那、分銅はまるで獣皮《じゅうひ》をたたいたようにはねかえってきたからだ。

「おお。これでうぬのへらへら分銅をふせぐ気だ」

障子の向うでたか笑いが起った。破れ障子の穴から眼がのぞき、この奇怪な楯《たて》を前にたて、つ、つ、つ、つ——と捨兵衛は寄りながら、また笑った。

「これは、伊賀忍法、人鳥黐《ひとどりもち》——」

丸橋はとびさがった。恐れたのではなく、呆《あき》れたのだ。とびさがって、術もなくいたずらに鎖を横なぎにしたのは、その驚愕のあまりである。それでも、通常ならばこの鎖は、桟もろともに障子を微塵《みじん》に粉砕するはずであった。しかし障子は折れず、鎖は凄じい勢いでそれにからみついて、宙天にまきあげた。七斗捨兵衛はすでに横にとんでいる。

分銅とともに大空に舞いあがった障子から、丸橋は鎖をたぐった。ふつうならば、その鎖は、ほとんど血と神経がかよっているように対象からはずれて、手もとにはねかえるのだ。それなのに、障子を一巻きまいた鎖は、まるで糊《のり》づけをされたようにはなれなかった。

捨兵衛ははじめて抜刀した。これこそ彼の待っていた機会であった。彼の全身をぬりつぶした「肉鞘《にくざや》」に通常の打撃は通じない。事と次第ではそれをぬぐこともできる。ただこの大力無双の女の分銅だけは別物であった。またその鎖さばきの神技《かみわざ》に、からだの自由をうしなうことをおそれた。まんいち頸《くび》などを巻かれたら、いかな彼とて皮をぬぐことはできないのである。しかし、いまや鎖の自由をうしなったのは丸橋のほうであった。丸橋は鎖と鎌をすてて、ふたたび別の柱をとりあげたが、さすがに狼狽《ろうばい》して、

「お眉《まゆ》」

と、さけんだ。はじめてあげた悲鳴にちかい声だ。同時に、

「隼人、いまだ」

と、捨兵衛もさけぶ。返事がないのにふりかえって、はっとした。

この幻怪な死闘のあいだ、鼓隼人は何をしていたか。

彼は、船小屋の下の川に、あの真田の女忍者のきていることを知っていた。知っているのみならず、きわめて気がかりであったが、阿修羅のような丸橋に全力をうばわれて、そちらをかえりみるいとまがなかったのだ。が、いま捨兵衛に促されるまでもなく、丸橋の鎖が障子一枚でその威力を失ったとみた瞬間、もとより彼は行動を起していた。いや、起そうとして、その足がぴたととまったのは、このとき河岸にはじめてお眉の姿があらわれたのをみたからだ。しかも、それがまぶしい日のひかりに雪の精のような全裸の姿であることをみたからだ。

「なんだ？」

思わず、のどのおくでうめいたが、その女がすうとながれるようにこちらにあるいてきたのに、彼はふいにとびのいた。恐れたのではなく、位置をかえて、彼女の影をとらえよ

うとしたのである。この場合に、隼人がこの女の裸身そのものを斬らず、影を斬って悶絶《もんぜつ》させ、そのあとでその肉身をもてあそぶ気になったのは、いかにも隼人らしい不敵さだが、しかしその実すでにお眉の蠱惑《こわく》の網にかかっていたといってよい。

きらめく大河を背に、宙を舞う花と枯葉のごとく、音もなくふたりの位置は逆転した。隼人は西にまわった。彼は笑った眼で女を見すえ、刀身を地にたらした。

――女に影がない！

太陽はいよいよたかく昇っていたが、それだけにものみなすべてくっきりと影を地におとしているのに、その女の足もとに影はなかった。

そのことに気がついて、隼人は啞然《あぜん》と眼をむいたとき、影のない女忍者は彼に襲いかかった。地にたれた刃のみねにまたがるように、彼にしがみついてきたのだ。やわらかい腕が隼人のくびにからみ、二本の足が蛇のように隼人の腰をまいた。――曾《かつ》て京に出て、常上の姫君から、伏見、六条三筋町《みすじちょう》の太夫《たゆう》の影を盗んで、冷然と思いのままになぶりつくしたこともある鼓隼人が、このときまるで美酒の靄《もや》につつまれて満身の骨がとろけるような恍惚境《こうこつきょう》におちいった。あやうく刀もとりおとそうとして、なえた腕を必死にとりなおす。

「この、隼人を」

口中にさしこまれた女の舌をかみちぎりながら、刀をその女のうなじにあてて、一気にひき斬ろうとする。――七斗捨兵衛がふりかえって、その姿をみたのはこのときだ。

しかしそれは、ただひとり、両足ふんばり、血まみれの舌をたらし、刃をおのれののどぼとけにあてて横にひこうとする鼓隼人の姿であった。

「危い！」

その声すらも出すいとまもなく、横っとびにとんだ、隼人の刀をはねあげる。間にあったというべきか、おそかったというべきか、このとき隼人はくびに絹糸のようなひとすじをひいて、どうと片ひざをついた。傷は皮一枚であったが、隼人ともあろう者が、まるで麻酔《ますい》から醒《さ》めたように瞳孔《どうこう》をうつろにしている。

その隼人のそばにつっ立って、七斗捨兵衛は、丸橋がむしろ悄然《しょうぜん》として、こわきにお瑤の屍骸《しがい》を抱きあげ、もう一方の手にくさり鎌をひろいあげて、岸から川へ消えてゆくのをみていたが、もはや手を出すことは不可能であった。鎖のはしに依然として膠着《こうちゃく》した障子が、ずるずるとひきずられてゆくのをみていても、隼人がこのありさまでは身うごきできないのである。顔にありありと敗北のいろがにじみ出ていた。

川に苫舟《とまぶね》がただよい出した。お瑤の屍《しかばね》をひざにしたまま、丸橋は凝然《ぎょうぜん》と川にながした鎖のゆくえを見つめている。そのはしにはまだ障子がねばりついて浮かんでいた。ひざの屍骸より、丸橋の顔の方が蒼白《あおじろ》かった。これまた惨たる敗北の表情だ。しかし、その丸橋より、さらに死相を呈しているのは、それとならんで坐っているお眉《まゆ》の顔であったろう。

ふなばたには、一個の小さな普賢菩薩《ふげんぼさつ》の木像がのっていた。――彼女はそれまでに七体の菩薩像をふなばたに置いた。しかし、それは六体まで水中におちた。舟がゆれたためではない。坂崎一党はもとより黒鍬者すらやすやすとかけた忍法「幻菩薩」が、この伊賀の忍者にはいままで通じなかったのである。それは彼らのもつ超人間的な精神力のためであった。その心の鎧《よろい》のすきをさがし、見つけ、くいいるために念力を凝集《ぎょうしゅう》し、消磨《しょうま》しつくしたお眉の顔は、ほとんど屍蠟《しろう》のようにかわっていた。

苫舟はあやつる者もなく、ただながれた。ようやく岸に立ちあがったふたりの忍者はもう豆つぶほどにみえるが、追ってくる気力は喪失したものとみえる。――ふいに鎖が水中にしずんだ。おそらく捨兵衛が障子にあびせかけた奇怪な液が水にうすれたのであろう。鎖が障子から解きはなされたのはここまではなれてからであった。

四

墨《すみ》みたいな雲から、霏々《ひひ》として白いものが舞ってきた。ふだんなら、いちばん往来の多い街道だが、時は十一月の末、それに朝からおそろしく冷える日だったから、路に旅人の姿はまったくない。

西の大山はもう粉雪にかすんでみえず、川崎の宿場の東のはずれというのに、その家々の屋根すら、いよいよはげしくなった雪に、もうおぼろであった。――その川崎から、雪にまみれて、トボトボあるいてきた四つ五つの影がある。荒涼とした風物のなかに、ちらちらとなまめかしい紅いものがみえると思ったら、優にやさしい京なまりの声がする。

もっともよくきくと、だからいまの宿場に休んでくれればよかったという不平たらたらのさえずりで、それに対して、江戸まではあとひと息、品川までもう二里だからと、哀願と威嚇《いかく》と半々《はんはん》の声をかえしているのはただひとりの男だ。

こんなむれは、このごろ毎日のように東へ通る。江戸はあらあらしい男ばかりの町で、女が少なかった。坂東武者のあこがれは京女だ。この需要にこたえて、買われたり、鞍替《くらが》えさせられたり、かどわかされたりして下ってくる京女のむれであった。すでに二、三年もまえから駿府浪人の庄司甚右衛門《しょうじじんえもん》というものが江戸に傾城町《けいせいまち》をつくりたいと願い出て、大坂のいくさも終ったいまでは、ちかく公許がおりそうだという噂だ。

女衒は、下《くだ》り女郎衆《じょろしゅう》の不平よりも、雪に閉口したらしい。

「いや、これほどひどうなるとは思わなんだ。そんならそこの地蔵堂のおひさしをちょいと借りてゆこ」

と、路ばたからすこしひっこんだ地蔵堂の方へ、さきにたってかけこんでいった。

雪はますますはげしく、せまい地蔵堂のひさしなど役にたたなかった。そのうえ、格子から中をのぞきこんだ女のひとりが、「あれまあ、これは大けな金勢《こんせい》さまどすえ」とすっとんきょうな声をあげて笑い出したことから、みんな大いに親愛感をおぼえて、ぞろぞろと堂のなかへ入りこむことになった。

金勢さまと女がいったのは、祠《ほこら》のまんなかに鎮座《ちんざ》ましました二メートルちかい石の柱であった。それが男根そっくりのかたちをしている。下の方には注連縄《しめなわ》がまわしてあった。

石には道祖金勢大神霊《どうそこんせいだいしんれい》と彫ってあった。

「へへ、こりゃ江戸入りの戸口で、縁起のいい神さまにめぐりあったものや。よう拝んでいきゃ」

うしろ手に格子戸《こうしど》をしめながら、女衒は笑った。堂のなかは暗くなり、雪あかりに石の巨根はてらてらと妙なひかりをはねて浮かびあがる。

「ま、どないしたんやろ、この金勢さま、湯気をたてていやはりまっせ」

そういえば、その大陽根に、うすうすと白い水蒸気がまつわりついているようだ。ひとりがふしぎそうにそれをなでた手を、やがてひっこめようとして「あれ」とさけんだ。手がはなれなくなったのだ。あわててもう一方の手をつっぱるとその手も石の表面に膠着《こうちゃく》した。

「そんなけったいな」

もうひとりの女が、両手をついて、これまたはなれられなくなったのをみて、女衒が、

「いいかげんにあほなまね、よしたらどうや」と眼をむいてよってきて、これも金勢大神霊につかまってしまった。

「うふふふ」

頭上で、ふくみ笑いの声がした。

小さな地蔵堂のこととて、さしてたかい天井ではない。闇でもない。それなのに、そんなところに人間がいたとは、まったく気がつかなかった。が、おぼろなその天井に何やら

うごいて、巨大な蜘蛛《くも》みたいなかたちに凝集《ぎょうしゅう》すると、ふわと床《ゆか》におちてきたものがある。音もたてなかったが、それだけで堂の残りの空間がいっぱいになるような大男であった。

「あれ」

と悲鳴をあげて、のこったふたりの女郎がみなにすがりよろうとして、髪がふれたか、手がふれたか、これも石の性神にねばりついてしまう。

その男もさることながら、この奇怪な石の柱はさらにおそろしかった。まるで蠅《はえ》とり紙にくっついた蝶《ちょう》だ。むりにひきはなそうとすれば、皮膚はおろか肉までねばりついて、骨も露出しそうな痛みであった。もがけばもがくほど、髪がくっつき、きものがくっついて、みるみる半裸の無惨《むざん》な姿となった。えたいのしれない恐怖のために、助けをよぶ声すら出ない。

「女郎ども、陽根を以てなりわいのもととするつもりならば、まずこの一物《いちもつ》のあだやおろそかにすべきでないことを胆《きも》に銘じておけ」

大男根に貼りついて、腰をうねらせ泣き声あげる五人の男女を見やりながら、七斗捨兵衛はげらげらと笑った。栗の花に似て、吐き気をもよおすような濃厚な匂いが、堂の中にみちていた。捨兵衛は急にうすきみのわるいやさしい声で、

「それにしても、さすがは京女、ふんわりと色が白うて、そろいもそろって美形だな。いや、ゆるせゆるせ、寒さしのぎのいたずらがちと過ぎたようじゃが、せっかく思いたったことだ。これから順々に身体を熱うしてもらおうか」

と、唇をなめてちかよってきたとき、地蔵堂の外で声がきこえた。

「捨兵衛、きゃつらをようやく見つけたぞ」

「なんだと？」

「いま六郷の橋をわたって、こっちにあるいてくる四人の女がある。蓑笠《みのかさ》つけてはおるが、たしかに女狐《めぎつね》めらだ。――おや、捨兵衛、何をしておる？」

「な、なに、くだらぬいたずらだ」

と、七斗捨兵衛は地蔵堂をとび出した。外に立っているのは鼓隼人であった。なお二、三語口早に何かいうのに「よし」とうなずいて、ふたりは雪を蹴《け》たてて東の方へ駆けていった。


きのどくに五人の女郎と女衒は、いつまで金勢大神霊の法力につかまっていることやら。


――武蔵野の曠野《こうや》にかくれた千姫の一味は、あれっきり渡り鳥にまじって空にとび去ったかのように姿をみせなかった。関八州の関所は厳重にかためられ、懐妊の女はひとりのこらず届け出ることを命ぜられ、黒鍬組《くろくわぐみ》は草の根わけて東奔西走したが、彼女らのゆくえは杳《よう》として知れなかった。とかくするうちにこの雪の季節をむかえ、江戸城の大御所は予定の滞在期がすぎて、ちかく駿府へかえるという噂もあった。

あくまで焦燥《しょうそう》しつつ、鼓隼人と七斗捨兵衛は、彼女たちが多摩川のほとりにいるという見込みを堅持《けんじ》していた。あのとき、丸橋とお眉《まゆ》をのせた小舟は下流の六郷のほうへながれていった。しかし、千姫たちは最初お瑶を見つけ出した付近にやはり潜伏していたのではないか。どちらを追うべきか、しばらく迷ったのも、結果的に両方ともにのがした大きな原因になったように思われる。そして彼らは、もし千姫たちが脱出するならば、彼女たちが以前にいた上方《かみがた》に相違ないと見ていた。そこで隼人と捨兵衛は、交替《こうたい》してひとりはこの東海道を見張り、ひとりは多摩川の沿岸を捜索していたのである。

「この雪にまぎれて逃げる気になったのか」

「そうかもしれん。例の大女もおるぞ」

「ふふん」

笑おうとしたが、捨兵衛の唇がゆがむ。いつかの多摩河原の決闘を思い出したのだ。無勝負ということは、彼らにとって敗北を意味する。それどころか、あの死闘のあとで、彼らはしばらく身じろぎもできないほどの虚脱感にとらわれたくらいだ。——とはいえ、きょうまで血まなこになって探しまわっていたのだから、恐怖の様子はさらにないが、さすが面上凄愴《せいそう》のいろは覆えない。

七斗捨兵衛は、なんのつもりか、背なかに唐傘《からかさ》を一本背負っていた。もとよりそれをひらく気配もなく、隼人とならんで粉雪のなかをひたばしる。

雪にかすんで、東の方から四つの簑笠《みのかさ》をつけた姿がみえてきた。隼人は空をあおいで舌うちした。

「雪の日に百夜《ももよ》ぐるまはまわらぬ。捨兵衛、たのんだぞ」

地に影のないことをいったのだ。捨兵衛はうなずいた。

「おれにまかせておけ」

背から傘をぬくと、ぱっとひらいて前にむけた。――この奇妙な唐傘にはじめて気がついたらしい。心いそぐ足どりであるいてきた四人の女は、はたと立ちどまる。

「この雪花を、優曇華《うどんげ》に見たてるは大袈裟《おおげさ》か」

唐傘のかげで笑い声が起った。三十歩ばかりの間隔が、急速にちぢまった。傘が、つつつっと雪の上をころがっていったのである。これがただの傘ではない、いつかの船小屋の障子に味をしめた恐るべき楯であることはあきらかであった。

しかし、四つの簑笠《みのかさ》は、凝然としてならんで立ったままである。十歩の距離までちかづいて、かえって唐傘の方がとまった。

薄墨《うすずみ》色の空の下、大地に相対した四つの簑《みの》と一つの唐傘、人の肌はまったくみえず、人の声ひとつきこえぬ。そのあいだには雪つむじが白じろと卍《まんじ》をえがいているばかり――まるで判じ物みたいな幻妖《げんよう》の光景だ。

ふいに四つの簑がいっせいに宙に舞った。人肌がみえぬどころか、粉雪のなかにさくらいろの女体が四つすっくと立った。

「あ。……」

だれが、これに瞳《ひとみ》を吸引されずにいられるだろう。思わず傘の上からくびが二つのぞいて、じっと見つめる。突如、捨兵衛が隼人をひきずりおとした。

「見るな。例の術だ。きゃつらに雪は積らぬ。眼――眼をとじろ！」

が、とじたまぶたの闇にただよう白花《びやつか》の凄《すさま》じい誘惑に、ふたりは歯ぎしりをした。まぶたをとじても、ながれよってくる女の裸身は眼をあけていると同様であった。はやくも全身にまといつく女体のうごめきに沈みかかる忘我の一瞬と、それを断たねばならぬという意志力の争闘に、ふたりは身もだえした。しかも、その女体を斬るという行動がふたりにとって最大の危機なのである。

いや、それよりもこう眼をとじていて、れいのくさり鎌は？　と捨兵衛が眼をあけたとき、その頭を風が吹いた。はっと血も寒風に吹かれる思いで、本能的に傘を頭上にかざす。

「や？」

吹いたのは雪風であった。前方に遠く四つの簑笠姿がにげてゆく。ふたりはようやく幻菩薩《まぼろしぼさつ》の呪法《じゆほう》を脱した。

「のがすな、追え」

傘をとじ、雪を蹴たてて隼人と捨兵衛は飛んだ。その足もとに、四体の普賢菩薩《ふげんぼさつ》がふみにじられて、雪に没した。

ゆくてに六郷の橋がある。その手前で、四つの簑はたちどまった。橋の上に無数の槍《やり》の影が浮かんできたからだ。

六郷川が舟渡しとなったのは、元禄《げんろく》のころ洪水で橋がおちて以来のことで、当時は長さ二百メートルをこえる長橋がかかっていた。それをいま、江戸の方角から粛々《しゆくしゆく》とわたって

きた行列がある。——雪を透かし、その先箱の金紋をみて、

「しめた」

と、隼人がさけんだ。

「葵《あおい》だ」

葵の金紋というと、徳川一族だ。徳川一族の何びとにせよ、いまとなっては千姫をかばうもののあるはずはない。千姫たちが立ちすくんだのは当然である。

が、次の瞬間、その四つの影は、トトトトとその行列のなかへ溶けこんでいった。果たせるかな、そこでただならぬさけびがみだれたった。

「しめた、ではない、隼人、しまったことをしたぞ」

「ここまで追いつめた獲物をうばわれたか」

と、ふたりの忍者はわれにかえって舌うちをした。これが余人ならば万障をおかして奪いかえしたいほどの場合だ。が、葵の紋が相手とあってはそれもならず、それどころかまではおいそれとそのまえに面を出せぬふたりの立場であった。

「はてな、行列がすすみ出したぞ」

「何のこともない顔をして、こちらにやってくる」

「おかしいぞ。待て、様子をみよう」

ふたりは路傍の雪の上にうずくまった。ひたいを地につけたまま、上眼づかいにじろっと見る。そのまえを、何百かの脚が、雪を泥にかえて通りすぎてゆく、先箱、薙刀《なぎなた》、槍、

馬、駕籠《かご》――それらをつらねる供侍《ともざむらい》たちは、みな笠と合羽《かっぱ》で雪をふせいでいた。

行列は通りすぎた。ふたりは顔をあげた。橋の方には蓑笠《みのかさ》はおろか、なんの影もない。

「はてな、きゃつらどうしたか？」

「行列の中にもみえなんだぞ」

隼人と捨兵衛は狐につままれたような眼を見合わせた。すぐに隼人がうめく。

「いま、乗物とならんであるいていた人の顔をみたか」

「うむ、駿府《すんぷ》の若殿、左近衛権中将頼宣《さこんえごんのちゅうじょうよりのぶ》さま」

「それが――？」

と、いったきり、ふたりはしばらくだまりこんでいたが、やがて同時にささやいた。

「この雪をお徒歩《かち》でおゆきなされたとあらば、あの乗物に乗っていたのはいったい何者だ？」

五

――雪のあとの凄《すご》いような蒼空《あおぞら》であった。箱根をこえると、路はぬかるんでさえいなかった。行列は整々《せいせい》と山を下ってゆく。

陽光にきらめく金紋と、槍、薙刀につつまれて、馬上の徳川頼宣は明るい声で話しかけていた。

「三島の南――半里ばかりのところに泉頭《いずみがしら》と申すところがござる。むかし、武田の出城《でじろ》があり、のちに北条これをつぎ、いまは石も崩《くず》れて廃城となっておりますが、清水池《しみずいけ》と申す湖《みずうみ》にのぞみ、風光佳麗《かれい》、父上がここに御隠居所をおいとなみになろうとあそばしたのも当然の山水でござる」

まわりは家来ばかりというのに、頼宣はいったいだれにしゃべっているのだろう。馬とならんで葵《あおい》の紋をうった乗物はゆれてゆくけれど。――

「御隠居所の御作業にとりかかられるのは来年の春でござるが、そのまえに――頼宣が名実ともに駿府の城のあるじとなるのは近日のこと、しばらくお待ちあれ、その日さえくれば、頼宣この身にかえて後楯となって進ぜるほどに」

少年らしいまっしろい歯が蒼空にひかった。徳川頼宣はこのとし十四歳であった。

後年「南海の竜《りゅう》」といわれて将軍家光をすらはばからせた紀州大納言頼宣《きしゅうだいなごんよりのぶ》は、秀忠の弟で、家康の第十子である。

三十六年後の慶安四年、例の由比正雪《ゆいしょうせつ》事件《けん》の黒幕との風評《ふうひょう》が高かったのは、正雪が生前しばしば紀州邸に出入していたのみならず、事件の発覚後正雪の身辺から大納言自筆の書状が数通発見されたからだ。このとき大納言は江戸城に召喚されて、松平伊豆守以下老中の審問をうけた。頼宣はこの書状をのこらずながめたのち、落着きはらっていった。

「さてさてめでたきおんことにて御座候《ござそうろう》。もはやお気づかいこれなく候。その仔細《しさい》は、かの党人ら外様の大名の判を似せ謀書《ぼうしょ》いたし候わば、三代の御恩をわすれ、もし気ちがい候《そうろう》て逆心《ぎゃくしん》を企《くわだ》てたりとのおん疑いもあるべきが、われら判を似せ逆心とたばかり候上《そうろううえ》は、上《かみ》のお気づかいは少しもこれなく候。さ候えば、ぶじに相すみ申し候」

老中たちは二の句がつげなかった。あとで老中たちが退出する際、酒井讃岐守《さぬきのかみ》が、「掃部《かもん》どの掃部どの、ただいまの紀伊どのの挨拶《あいさつ》おきき候や」と呼びかけたのに、井伊掃部頭《かもんのかみ》はたちどまり、ふりかえり、「あれにてこわがることにて候」と首をすくめてつぶやいたという。

あれだからこわい、と幕吏《ばくり》たちをはばからせた頼宣の叛骨《はんこつ》は、しかし少年時代から比類ない英武となってあらわれて、父の家康のもっとも愛するところであった。大坂の役に臨み、兄の忠輝《ただてる》、義直《よしなお》などには五本の戦旗をあたえたのに、この頼宣には将軍秀忠と同様に七本の旗をあたえたこと。家康が駿府《すんぷ》にひきあげるのに際し、とくにこの公子《こうし》を手許《てもと》においたのはそのあらわれである。そして家康は、さらに三島ちかくの泉頭《いずみがしら》に隠居して、駿府の城は駿河《するが》百万石をそえて頼宣にゆずるつもりであった。これは以前からの予定で、そのための手はずはととのっていたから、家康も江戸の空にどんな思いののこることがあろうと、ひとたびは駿府にかえらなければならぬ。一足さきにゆく頼宣の行列は、たんなる前駆《ぜんく》ではなく、百万石の未来の待ちうけたよろこびの旅であった。

「……その頼宣さまが、千姫さまをおかくまいなどなさるとは」

「大御所さまに弓ひかるるも同然」

「まかりまちがうと百万石を棒にふることになる。信じられぬが」

「しかし、そうとしか思われぬ。千姫さまとあの女狐めらはどこにきえたのか」

高い空でささやきかわす声がした。小暗いまでに枝をさしかわした杉木立の上である。

その下を、街道が通っていた。三島と沼津のあいだであった。

「いや、なんといっても思慮の足らぬ年だ」

「所詮《しょせん》通らぬことでも通ると思う。十四の心にはどんなひょんな風が吹くやらしれぬ」

「──や、来たっ」

「よいか、見つかるな」

まったく姿はみえないが、まぎれもなく七斗捨兵衛と鼓隼人の声であった。行列は杉木立のあいだに入ってきた。木洩《こも》れ日が黄金《きん》の斑《ふ》のように笠のながれを這《は》う。

乗物の中には千姫がのっているはず、笠と合羽につつまれた供侍《ともざむらい》のなかに、丸橋とふたりの女忍者がまじっているはず──というのが隼人と捨兵衛の見込みだが、顔さしこんでいちいち点検するわけにもゆかぬ徳川御曹司《おんぞうし》の大行列だ。六郷からここまで、あとになりさきになりして追ってきて、ついに何やら妙案を思いついたものとみえる。

杉木立のなかほどまでやってきたとき、ふいにその屋根にビラビラ──と微《かす》かな音をたてたものがある。冬時雨《しぐれ》かと思って、ふとそれに眼をやった供侍が、

「やあ、これは」

と、仰天した。その屋根にきらきらひかっているのは無数の針だったからだ。

「御乗物をとめよ、狼藉者《ろうぜきもの》だ」

「曲者《くせもの》があらわれたぞ」

騒然と乱れたつ行列のなかに、さすがに乗物からいそいで姿をあらわした者がある。若い徳川頼宣の顔であった。乗物の屋根に立った針の方角から、きっと頭上を見あげたが、そこにうごく鳥獣さえもなく、まばらな蒼空がひかってみえた。

「さわぐな、若殿は御無事じゃ」

走りよってきた老臣の安藤帯刀《あんどうたてわき》が叱咤《しった》して、頼宣を乗物におしこんで、

「いそげ。まずこの杉木立をぬけよ」

と命じた。それをひしとつつんで、行列は急湍《きゅうたん》のごとくかけぬける。

――針を吹いた位置からずっとはなれた杉木立のなかで、茫乎《ぼうこ》たるささやきや、風にそよぐ葉ずれの音にまじってながれた。

「おい、乗物の中にいたのは若君ではないか」

「そういえば、馬に頼宣さまのお姿はなかったな」

「いつのまに入れ変ったか。――」

「隼人、行列の人数は箱根まで何人であったかな」

「駕籠《かご》の中にいる人間をいれず三百七十七人」

捨兵衛はしばらく口の中で何やらつぶやいていたが、やがてうめいた。

「いま、おれは勘定《かんじょう》していたのだがな、頼宣さまをのぞいて、三百七十三人であったぞ。四人減っておる」

「なに？」

隼人ははっとしたような声をもらした。

「箱根からここまでのあいだに——その四人はどこで消えたのか？」

——行列が杉並木をかけぬけると同時に、安藤帯刀は鉄砲隊を指揮してはせもどってきた。鉄砲隊は一列にならんで、銃口を空にむけていっせいに射ちあげたが、高い杉木立からむろん鳥一羽すらおちてきはしなかった。

忍法「羅生門」

一

　十二月四日、大御所《おおごしょ》家康は江戸城を発した。そして、十六日に駿府《すんぷ》についた。さきに駿府にかえっていた頼宣卿《よりのぶきょう》がこれを江尻《えじり》まで出迎えた。

　江戸と駿府のあいだ四十四、五里の行程に十二日を要したのは、出府のときと同様、みちみち放鷹《ほうよう》しつつかえってきたからだ。けれど、従臣たちは、大御所の様子にゆきと異る或《あ》る変化をみとめた。ひどい陰鬱《いんうつ》さと、不安になるくらいの老衰ぶりである。七十五歳の老人にあらためて老衰云々《うんぬん》というのはおかしいが、しかしこれほどの衰えは、出府のときには決してみられなかったものだ。どんな事態にあっても、めったにふきげんを面《おも》にあらわさず、それでいて、千軍万馬の諸大名を震慄《しんりつ》させずにはやまぬ壮気《そうき》は、家臣たちに「神《しん》君《くん》」という尊称を心底からささげずにはいられないほどのものであったのに、この帰途の大御所は、路々《みちみち》の鷹狩《たかがり》も、その老衰と苦悩を自他ともにまぎらわす方便ではないかとさえ思われるほどであった。そのうえ、途中、小田原ちかくでは大雪にまで逢《あ》って、そのふきげんを倍加した。

駿府の城にかえっても、家康は鬱々《うつうつ》と思案にくれていたが、数日たってから、ふいに、

「服部半蔵《はっとりはんぞう》と黒鍬《くろくわ》の者を呼べ」

と命じた。

とるものもとりあえず、服部半蔵は駿府に急行してきた。すでに何やら覚悟をきめたもののあるごとく、冷たい庭前に平伏した半蔵は満面蒼白《そうはく》であった。

「お千はまだ見つからぬか」

と、家康はしゃがれた声でいった。半蔵は汗のしたたるひたいを土につけた。

「恐れ入ってござりまする」

家康はしばらくだまっていた。それから——「死ね」という言葉か、直接成敗《せいばい》の刃《やいば》が下るものと観念していた半蔵の耳に、思いがけぬ声がふってきた。

「まあよい。あれはしばらく捨ておけ」

これも、事情を知っている側近の家来たちには、大御所の気力の衰えとあとになって思いあわされたことである。

それから家康が半蔵に命じたのは、ただちに泉頭《いずみがしら》の隠居所の普請《ふしん》にかかれということであった。普請という言葉は、いまではむしろ建築そのものをさすが、当時は土木を意味し、建築のことは作事《さくじ》と称した。土木工事ならば黒鍬者の所管《しょかん》だから、その棟梁《とうりょう》たる服部半蔵を召しよせたのに不審はないが、それはそれとしてこの場合、いささか唐突な命令ではあった。大みそかは数日ののちにせまっているし、泉頭の隠居所の作事はまえから決定して

いたとしても、それは陽春をむかえてからということになっていたからだ。

「あいや」

と、そばにいた御曹司《おんぞうし》の頼宣が、びっくりした顔をふりむけた。

「父上、それはなぜでござります。泉頭の御普請は、来春、将軍家の方からなし参らせるはずでござりますが」

「さればよ、それだから将軍家をわずらわすまいとして、わしは半蔵を呼んだのじゃ」

と、家康はくびをふって、そして泉頭の隠居所の本格的普請作事《ふしんさくじ》は春のこととして、それまでにできるだけその下準備をしておきたいのだといった。泉頭には北条時代まで城があって、いま城そのものはないが、いたるところ濠《ほり》のあとや土《ど》居《い》の名残り、石垣《いしがき》の崩れなどがのこっている。それをできるだけはやく整地しておきたいと思いたったが、これはじぶんのわがままだから、秀忠を待つまでもなく、じぶんの手でやろうと思う、というのであった。

「頼宣、何やらわしは心いそぐ。そなたには一日も早うこの城をゆずりたい。これも老人の気短かさと思うてくれい」

と、家康は笑った。これも家来たちには、大御所のみじかい余命を虫が知らせたものと、のちになって暗然とされたことである。

大御所の思いたったことをふせぐすべはなく、きけばそれも当然で、駿府城のあとをつぐべく運命づけられている頼宣には、ありがたがらずにはいられない老父の慈悲ときこえるはずであったのに、なぜかこの十四歳の公子の顔には狼狽《ろうばい》のいろがあらわれた。

「服部どの服部どの」

ふいに呼びかけられて、黒鍬者一党《とう》の先頭にたっていそいでいた服部半蔵はぎょっとした。

鋤《すき》、鍬《くわ》、斧《おの》、鉄槌《てっつい》、鉄梃《かなてこ》、掛矢《かけや》、それに滑車《かっしゃ》やモッコをかつぎ、地車までひいて急行する一団は、素姓《すじょう》が音にきこえた黒鍬者だけに、ありきたりの戦闘部隊よりも異様な凄味《すごみ》があって、ゆきこう旅人もみな眼を見張って路をよけるなかに、ひどくなれなれしくこう呼んだものがある。海鳴りのきこえる東海道、沼津と原宿のあいだの三本松だ。

路傍から、つと立ってきたふたりの男は山岡頭巾《やまおかずきん》で面《おもて》をつつんでいたが、眼は不敵に笑って、

「いや、おひさしぶりです」

「いったい、どちらにおゆきで？」

と、寄ってきた。

その眼をみて、いよいよぎょっとしたのは半蔵ばかりではない。黒鍬者たちも、いっせいに騒然とした。が、さすがにとっさにひとりも手を出すものがない。

それも当然で、越ガ谷で服部の外縛陣《げばくじん》をみごとに破られた超人的な幻法を想い出したからであった。

「いや、服部どの、よく首がありましたな」

と、唐傘《からかさ》を背負った七斗捨兵衛は、依然としてニヤニヤして、半蔵の顔をながめまわす。鼓《つづみ》隼人の方は、冬晴れの蒼い空をけろりんかんと仰いでいる。その実、万一の場合のために、太陽の位置や雲の配置をみているのだが、いかにもひとを小馬鹿にしているようにみえる。

「実はおととい、服部どのがひきつけを起したような眼つきで西へ走ってゆかれたのを、箱根山中で見ておりましてな。そのときは先日の一件もあり、心安う呼びとめることもかなわなんだが、あとになって、ひょっとするとゆきさきは駿府かもしれぬ、いや、ゆくさきは駿府ならぬ冥府《めいふ》、用件は首に相違ないと思ったら急に心配になってな、それで様子をうかがいにここまでやってきたところじゃが」

「それというのも、服部どのを案ずればこそ。――何と申しても服部家は、伊賀の忍者の宗家ですからな」

と、隼人は頭をもとにもどしていった。先夜のことなど念頭にないしゃあしゃあとした顔だ。服部半蔵は絶句してふたりをにらみつけたままだ。

「それが首にもならんで、きょうえらい勢いでひきかえしてこられたは、例の女狐《めぎつね》めらを見つけたとでも仰せられたか」

「その鋤鍬道具はまさか千姫さまが地中におわして、それを掘り出すためではござるまいな？」

真剣と嘲笑《ちょうしょう》と半々《はんはん》にまじりあったようなふたりの問いに半蔵はこたえず、

「おぬしら、いままで何をしておった。越ガ谷で、女狐《めぎつね》めらの首、土産《みやげ》にしてかえると大言しておったが」

「されば、首こそ土産にはできなんだが、ひとりはたしかに討ち果たしてござる」

「なに？　それはたしかか」

「服部どのに嘘をついて何になります。したがって、真田《さなだ》の女狐はあと二匹、それに千姫さまと例の長曾我部《ちょうそかべ》の後家とあわせて四人、われわれが東海道をさがしまわっておるのは四人の女どもでござるが」

といいかける隼人を、捨兵衛がおさえて、

「はて、服部どのは何も御存じないのか」

「東海道——きゃつらが東海道を上ったと申すか」

と、服部半蔵は眼をかっとむいてきいた。

「関東を出る関所《せきしょ》はことごとくきびしくかためてある。なかでも箱根を、臨月ちかい女のやすやす通れるはずはないぞ」

「それにもかかわらず、われわれが箱根の西、このあたり一帯をさがしておるわけは」

と、捨兵衛がいいかけるのを、こんどは隼人が制した。

「いや、それより服部どの、どうやらこれは千姫さま一件のことではないらしいが、どこにおゆきです」

「泉頭《いずみがしら》の御隠居所御普請の御用だ」

と、半蔵はやや面目なげにつぶやいたが、すぐにせきこんで、

「おい、千姫さまがこの界隈《かいわい》にひそんでおいであそばすとでも申すのか」

「泉頭？」

こんどは七斗捨兵衛の方が半蔵の問いにこたえず、隼人と眼を見かわして、

「おお、三島のそばの城のあと――」

と、つぶやいて、ふいにだまりこんでしまった。そういわれて思い出したことがあるらしく、何やら胸中に反芻《はんすう》している様子である。ふいに隼人がきっとなって、

「ところで服部どの、先日拙者どもに上意討ちのお声をかけられたが、ただいまの御所存はいかが」

「それは」

と、半蔵は相手のひとみから発する妖光《ようこう》に思わず一歩さがって、

「若《も》しおぬしらがあの高言のとおり女狐めらをことごとく討ち果たしたら、大御所さまに御挨拶《ごあいさつ》のしようもあろうが」

といったのは、この両忍者がとうていじぶんたちの手におえるものではないことを知悉《ちしつ》しての言葉だが、そればかりでなく、おのれの推挙した伊賀の精鋭をいかに大御所の命令とはいえ、得べくんば上意討《じょういう》ちなどにしたくないという気持もたしかにあった。

ふたりの眼から殺気がきえ、にやりとした。

「いや、そうあってこそわれらが宗家《そうけ》。たとえ大御所を敵にまわすとも、服部家に敵対い

たしとうはない」

と、七斗捨兵衛がうなずいた。おだてるような、神妙な語調がこの男の厚ぼったい黒ずんだ口からもれるとうすきみがわるいが、ひとたび買った大御所の怒りをなだめてふたたび栄達の糸をつないでくれるのは、この服部半蔵しかないという計算はあるにしても、伊賀の忍者と服部家との関係をかんがえると、必ずしも面従腹背《ふくはい》のことばではない。

半蔵はせきこんだ。

「そんなことより、千姫さまらのことだ。あの女どもはどこにおると申すのだ」

「服部どの、ふしぎなことがある。実は一ト月ばかりまえ、拙者たちは江戸からこの東海道を西へにげ出した例の女どもを追跡した。それが箱根から三島——三島から沼津への道中、どこかへ消えてしまったのだ。これより西へいったおそれは絶対にない。そのあいだに、甲州とか伊豆とかへぬけたかというに、拙者らほどの忍者の眼にも耳にも捕捉《ほそく》できなかったから、左様なことも金輪際《こんりんざい》ないと断言できる。ところが、いまは泉頭という名をきいて、はっと思いあたることがあったのだ」

と、捨兵衛がいえば、隼人も頭をぐるっと三島の方へむけて、

「おれがさっきふと言った、まさか千姫さまが地中におわして、それを掘り出すための鋤《すき》鍬《くわ》ではござるまいな、という言葉は冗談のつもりでござったが、ひょっとすると、それは冗談にならぬかもしれぬ」

眼が、凄《すさま》じいひかりをおびてきていた。

二

冷たく碧《あお》い水面に、白雪をかぶった富士がさかさにうつっていた。清水池は、三島《みしま》の西南二キロの位置にあり、南北に千百メートルばかり、東西にはひろいところで二百メートル、せまいところで五十メートルほどある小湖である。泉頭はこの小湖のほとりにあった。「北条《ほうじょう》五代記」に「見しはむかし、北条氏直《うじなお》と武田勝頼弓矢の時節、勝頼の城駿州《すんしゅう》四か所にあり、泉頭の城には、大藤長門守《おおふじながとのかみ》、多《た》田権兵衛尉《だごんのひょうえのじょう》、荒川豊前守《あらかわぶぜんのかみ》を頭《かしら》とし、足軽大将は市南《いちなみ》、高橋などという勇士をさしおかれたり」とあるのはここだ。武田家がほろんでのち北条氏がこれをついだが、その北条もほろんでから二十五年、廃城どころかもはや原形もとどめないが、それでも丘陵に沿うて、自然でない土の堆積《たいせき》やくぼみが散在しているのは、土居《どい》や濠《ほり》の名残りであろう。あちこちに転がっている巨大な石も、風雨に磨滅してはいるが、たしかに人工の痕《あと》がある。

湖岸の水になかばつかったその巨石の上にならんで、釣糸をたれていた六、七人の男が、ふいに背後にちかづいてきたただならぬ跫音に、おどろいてたちあがった。

「これ」

黒鍬組の先頭にたって呼んだのは服部半蔵だ。そのあとにつづく、鉄槌《てっつい》、掛矢までかついだ一団に、釣をしていた男たちは恐怖していっせいに竿《さお》をとりおとした。近郷の百姓たちだ。

「うぬら、ここにちかく大御所さまが御隠居所を御作事あそばすことを存じおるか」

「へ、たしか来年の春から——」

「それ知っておって、なぜ池の魚をとる？」

返事のしようもないので、へどもどしている百姓たちの魚籠《びく》を七斗捨兵衛がのぞきこんで、

「や、鯉か。鮒《ふな》もおるな、寒鯉寒鮒《かんごいかんぶな》といえばいまが食いごろ——」

鼓隼人も笑顔をむけて、

「ところで、その方ら、ここ一ト月ばかりのあいだ、この池の界隈《かいわい》にあやしい者を見受けなんだか」

「あやしい者——といわっしゃると？」

「このあたりの百姓とはみえぬ女など」

「女——女ではねえが、百姓ではない者といえば、二十日ばかり前《めえ》、十何人かのお侍さま方がやってきて、やっぱり魚をとっていたおらたちを追っぱらわれたことがありますだ。なんでも駿府からござらしたお侍たちで、大御所さまと若殿さまとかが二、三日中に御鷹《おたか》野《の》においでなさる用意のためだとおっしゃってでがしたが、べつに鷹狩はそれっきりなかったようだ」

隼人と捨兵衛は顔を見あわせたが、何もいわない。服部半蔵にいたっては、何とも判断

のかぎりではない。彼が駿府に呼ばれる以前に、城にどんなうごきがあったか知りようはないし、第一彼は隼人と捨兵衛から徳川頼宣《よりのぶ》という名をいちどもきいたことはないからだ。

「けしからぬ奴が、やがて大御所さまが御賞味あそばそうと愉《たの》しみにしておわすに、それをいま盗みとるたわけ者ども、魚はみな放して、はやく立ち去れ。今日以後盗漁《とうりょう》するに於《おい》ては、その方どもの命はないぞ！」

と、半蔵は叱りつけた。百姓どもは釣竿は枯蘆《かれあし》のなかにそのままにして、ほうほうのていでにげ散った。あと見おくって、

「よし、探せ」

と、半蔵は輩下にあごをしゃくって命じた。百姓たちをおどしたのは、魚のことよりも、鼓隼人と七斗捨兵衛に示唆された千姫一味の潜伏場所の捜索に、邪魔者を追いはらうためであったことはいうまでもない。

黒鍬者たちは猟犬《りょうけん》のごとく湖岸一帯に散った。それから数刻――石垣《いしがき》を覆う枯れ蔦《つた》をきりひらく、石を鉄梃《かなてこ》でたたく、掛矢で打つ、不審の気《け》のある個所を鋤鍬《すきくわ》で掘りかえす――黒鍬者たちはその真面目を発揮してさがしまわった。

西の夕日がおちて、残照が蒼味《あおみ》をおびてくると同時に、湖面を吹く風は氷のような冷たさにかわった。

「おらぬ」

と、服部半蔵がうめいた。ばかなまねをしたという顔だ。

「おりませぬか」

あれほど熱意を以てすすめたくせに、ふたりの伊賀者の忍者はひとごとみたいな顔で、湖の冷光を見わたしている。半蔵はにがりきった。

かんがえてみれば、いかに千姫一味が世をしのぶ身でも、こんな廃墟《はいきょ》にひそんでいるわけはないと思う。すくなくとも、いままでここに身をかくしつづけているわけはないと思う。江戸と駿府のあいだという位置は危険でもあるし、食糧の不安もあるし、そもそも無意味なことでもある。

「どうする？」

「何をです」

「とぼけるな、おぬしらの約束——女狐《めぎつね》めらの首のことだ」

「それは、かならず」

あまり平然としているので、半蔵は少々うすきみわるくなった。とはいえ、これ以上、みれんがましくこの手合にかかわりあうのは、忍者の宗家のこけんにかかわる。痛烈皮肉な語調《ごちょう》になって、

「それでは、明日より、この地一帯の普請にかかるぞ。それが終るまでにおぬしら高言を果たさねば、女狐の首のかわりに、おぬしらの首をもって駿府にかえるよりほかはあるまい」

「そのとおりです」

半蔵は憤然として背をみせた。手をふって、輩下を呼びあつめる。三島の宿にひきあげるのである。

三

月も星もない夜であった。清水池だけが、かすかにおぼろな水光をはなってひろがっている。凍りつくような風が、湖をめぐる雑木林と枯草に笛みたいな悲叫をあげさせていた。

「隼人、まだなんの気配もないか」

「まだ——水くらいは汲《く》みに出ることと思うが」

「やはりこのあたりにいるにまちがいはないな」

「うむ。例の鷹野《たかの》の用意にきたという連中がくさい。あれは頼宣さまの手のもので、おそらくあらためて糧食を補給にきたものとみる」

「おれもそうきいたが、それにしても、あの若殿が千姫さま一味をおかばいだてなさるのは、どうかんがえても腑《ふ》におちぬな」

「頼宣さまだけならよいが、あれは大御所御寵愛《ごちょうあい》第一番の御曹司《おんぞうし》であろう。はたして大御所にないしょであのような大それたことをなされたかどうかが、まだわからぬ。ひょっとして、大御所も御存じの上のことだとすれば」

「千姫さまふびんさからの心変りか」

「左様。さすれば、千姫さま一味をとらえてとくとくと名乗り出たおれたちが一番ばかをみることになる」

「いちど大御所の御存念をたしかめずばなるまいな」

「とはいえ、大御所の御存念がどうあろうと、きゃつらをのがすことはならぬぞ」

「もとよりだ。友康《ともやす》、風伯《ふうはく》、一天斎《いちてんさい》の怨霊《おんりょう》がゆるさぬ。またきゃつらの首ひッさげずしてなんの顔《かんばせ》あって伊賀に帰れんやだ」

「それよりも――」

と、鼓隼人は闇中で笑った。

「首にするまえ、あの女ども、犯し、潰《けが》し、なぶりぬいてくれねば気がすまぬ」

「おれはなあ」

と、七斗捨兵衛もぶきみなうめきをもらした。

「千姫さまを抱きたい。おれにかかったら、姫、ひょっとするとおれの鳥黐《とりもち》に九穴《きゅうけつ》をつまらせて涅槃《ねはん》に入られるかもしれぬが、体内極楽にあふれる思いでお死になさるだろう。おれも、あの柔肌《やわはだ》をいちど抱きさえしたら、大御所を敵にまわしても不服はないわ」

鼓隼人と七斗捨兵衛が、せっかく黒鍬者をみちびきながら、途中から彼らとはなれて知らぬ顔の半兵衛をきめこむにいたった理由は、すべてこの対話のなかにある。すなわち大別すれば二つ、大御所への疑惑と千姫への慾望《よくぼう》だ。

ところで、彼らは千姫たちの一味がこの湖畔の廃墟に潜伏していることに確信はもっているものの、その正確な場所は探知し得なかったらしい。――それで、黒鍬者の引揚げにまかせ、ひそかにのこって、獲物の這《は》い出すのを待っているわけだ。

「しっ――」

何かふいにさけぼうとした捨兵衛を、隼人がおさえた。湖岸をあるいてくる跫音《あしおと》をきいたのだ。ひとりではない、しのびやかだが、たしかに数人の跫音であった。

「案の定――」

彼らは灌木《かんぼく》のなかからとび出した。月も星もないが、彼らは丘をのぼってゆく四つの簑《みの》と笠の姿をはっきりとみとめた。音もなく、彼らは追跡した。そして隼人と捨兵衛は、その四つの影が、丘のふもとの岩の中へ忽然《こつねん》と吸いこまれるのを目撃したのである。

岩の中へ――むろん、そんなことのあり得るはずはない。事実は、その岩がまるでくる戸みたいに回転してひらいたのだ。そういうことはあろうとは想像していた。むしろそれ以外にはないと確信していた。しかし彼らも黒鍬者たちもそれをつきとめることができなかったのは、それが露出した丘の地肌の自然岩としかみえなかったからであった。それがうごくと想像するにはあまり巨大でありすぎたからであった。

「ううむ」

ふたりはそのまえに立って、ふりあおいだ。石のあちこちには掛矢でたたいたあとがある。それでなんの反響も感じられなかったから、さすがの黒鍬者たちも見のがしたのだ。それほど大きな岩盤《がんばん》なのに、気をつけてみれば、いかにも自然の亀裂《きれつ》にみえる微妙なすじがはしっていた。

「これか。──」

捨兵衛がかるく押したが、びくともうごかない。制止しようとした隼人は声をのんだ。鍔隠《つばがく》れきっての大力の捨兵衛が、満身ふくれあがって押すのにかかっても微動だにしない石の扉に、捨兵衛同様あきれたのである。

「これは武田のつくった城であったな」

「すると、信玄の案出したからくりか」

茫然《ぼうぜん》として腕ぐみしているふたりの頭上で、闇黒のこがらしが嗤《わら》う。──そのうちふたりは、ふっと妙なことに気がついた。四つの蓑笠《みのかさ》がここから出ていったのではなく、ここに入っていったことだ。するときゃつらは、いままでどこにいたものか？

「お、うごくぞ。──」

隼人と捨兵衛はとびさがった。

そそりたつ大岩壁がしずかに廻りはじめた。そしてやがてその前に、四つの簑笠姿ともうひとつの大きな影があらわれるのを見たのである。ふつうの人間ではまったく視力のきかない闇の中だが、このふたりにどうして見まごうことがあろう。その大きな影は、まさに長曾我部の後家丸橋であった。それとみつつ、「……？」ふたりがくびをかしげてしまったのは、丸橋を入れて影がぜんぶで五つあったことだ。

五つの影は、しとしとと岩壁をはなれかけて、ふいに、

「あっお待ち下されまし」

丸橋がさけんだ。

「だれか、闇にひそむものがありまする」

さすがだ。うごきかけた隼人と捨兵衛はむろん、四つの影もぴたととまった。隼人が捨兵衛にささやいた。

「一人たりとものがしてはならぬ。影が欲しい。火が欲しい。捨兵衛、燃すものはないか？」

「よし、これを燃やせ」

捨兵衛は背の傘をぬきとって、ぱっとひらいた。その音をたよりに、くさり鎌の分銅がこがらしをつん裂いたとき、それより十メートルもとびずさった位置で、めらっと火焔《かえん》があがった。

さすがの丸橋が息をのんで見まもった。燃える唐傘の柄をにぎって、不動明王のごとく七斗捨兵衛は立っていた。とみるまに、その傘から金蛾《きんが》のように火の粉がふきはじめた。傘をまわし出したのだ。まるで縄でもなうように捨兵衛の掌で柄がもまれたかとみるまに、燃える傘は風にのって、びゅうっと大空に舞いあがった。

見よ、闇天にまわる火の環《わ》！　炎の瓔珞《ようらく》を垂れる朱色の天蓋《てんがい》！

思わず「ああ！」とさけんだきり見あげたままの四人は、その傘が風にながれると同時に、じぶんたちの影もくっきりとうかび出て地をながれたのに気がつかなかった。からくもわれにかえったのは丸橋で。過ぐる日、彼女はこの敵の影を斬る妖術《ようじゅつ》のために惨澹《さんたん》たる目にあっている。

「影――影！　おひきなされませ！」

絶叫しつつ、岩壁の方へとびずさる。その言葉の意味もわからず、なお茫としてつっ立つ四人が、突如として疼痛《とうつう》に硬直した。四つの影はマキビシで大地に縫いとめられていた。

このときはやく、鼓隼人は四人の前に殺到していた。時ならぬ闇夜の日輪は、ひと息つくまに消えるだろう、それと知りつつ、苦悶《くもん》に金縛《かなしば》りになったままの四つの笠をまずはねのけたのは、いうまでもなく千姫がどれか見出《みいだ》すためであった。

驚愕《きょうがく》のさけびがあがった。隼人の口からだ。

「――駿府《すんぷ》の若殿！」

面を覆ったが、おそかった。夜空にもえる炎の傘は、四人の武士のなかに、痛みと怒りにひきねじれた徳川頼宣の顔を浮かびあがらせたが、鼓隼人の顔もはっきりと照らし出した。火の傘はながれて、一瞬にもえおちたが、頼宣がたしかに見たことは次の叱咤《しった》でわかった。

「伊賀の者どもよな」

影がきえて、奇怪な痛みから解放された三人の家来たちは、抜刀して隼人の前後をとりかこんでいる。捨兵衛の姿はどこかに溶けていた。

のがれるすべはなかった。隼人らは以前に駿府の城で頼宣に逢《あ》っている。江戸城でも挨《あい》摋《さつ》したことがある。抵抗するすべもなかった。相手は徳川の御曹司《おんぞうし》だ。

「余にむかって推参な！　そこうごくな」

はじめて隼人は、さっきの蓑笠《みのかさ》の姿がだれで、どこからやってきたのかを知った。わからなかったわけだ。それはあの女忍者たちではなく、駿府からやってきた頼宣たちにちがいなかった。——みずからも一刀をぬきはらった少年頼宣のまえに、隼人は膝《ひざ》をつき、狼狽《ろうばい》して手をあげながら、

「御無礼、おゆるしを——若君とは思いもかけず——拙者らはただただ大御所さまのお申しつけにより、例の真田《さなだ》の曲者《くせもの》どもを討ち果たさんがため死汗をしぼっておる者でござります。いまの所業は、まったくおん姿をその曲者どもと見あやまったがため——」

「左様な曲者がどこにおる？」

頼宣がそういったとき、隼人は例の石戸が音もなくひらき、閉じ、丸橋がすうと消え失せるのをみた。

「その曲者は、あの岩壁にはめこまれた石戸の中に」

「左様な石戸がどこにある？」

隼人はもはやこたえず、さげすむような眼で、じっと頼宣の顔を見つめたままであった。あの石戸が捨兵衛の怪力を以てしてもひらかぬことは先刻みたとおりだ。しかし逆に少年頼宣の眼の方に動揺がはしった。

「よし」

と、彼はうなずいた。

「過日、沼津近傍《きんぼう》で余の駕籠《かご》に不敵な狼籍《ろうぜき》をしかけたのもうぬらであろう。えい、いうな、何もかもわかっておるわ。うぬらの無礼は駿府の城にかえって糺《ただ》す。立て」

隼人はなおだまって、じろっと頼宣を見つめている。闇に火のように赤いぶきみな眼であった。しかしその不遜《ふそん》な眼は頼宣たちを金縛《かなしば》りにしているようにみえて、例の大岩壁を蜘蛛《くも》みたいに捨兵衛が這いまわるのをみていた。その股間《こかん》から、白い乳のようなものをたらしながら——

やがて、しゃがれた声でいった。

「殿。……若殿よりいかなる御糺明《ごきゅうめい》にあずかりましょうと異はとなえませぬが、ただ、拙者らは大御所さまに召されたもの、御成敗は大御所さまお臨みのお白洲《しらす》にて受けとう存じまするが、これのみおききとり下さらば——」

この無礼ともきこえる申し分に、頼宣はやや顔色をかえたが、それをどうきいたか、

「おお。もとより父に申さいですむことか」

といってから、ぐるりとまわりを見まわして、

「これ、もうひとり仲間がおったが、あれは如何《いかが》いたした？」

捨兵衛が蝙蝠《こうもり》のように岩壁からとんで、そのまえにひざまずいた。

「恐れ入ってござる。拙者はここに」

隼人ははじめてたちあがった。彼は捨兵衛があの石戸の輪廓《りんかく》を例の精液でなぞりおえた

のを見とどけたのだ。「人鳥黐《ひとどりもち》」は膠着《こうちゃく》し、これから二タ月三月の風雨にさらされたとて、もはや内部からひらくことは不可能であろう。

ふたりは神妙にあたまをさげた。

「いざ、お供つかまつります」

四

――元和《げんな》二年の正月を、鼓隼人と七斗捨兵衛は駿府城内で迎えた。ことによると、牢くらいには入れられるかもしれぬと覚悟していたが、ふたりが案内されたのは、本丸の一室であった。しかも、数人の美しい腰元をつけて、至れりつくせりの待遇である。前年の夏、彼らが大御所に伊賀から呼び出されてこの駿府の城にきたときも、これほどのもてなしは受けなかった。

これで頼宣《よりのぶ》が、彼らを罪人としてみていないということはあきらかになった。それではなんのために彼らをこの城につれてきたのかわからない。もっとも、彼らは厳重に見張られてはいた。秘密の囚人であることにまちがいはなく、どうやら西の丸に住む大御所は、ふたりがおなじ城内に閉じこめられていることは知らないらしい。

数日にして、ふたりは給仕の腰元たちを薬籠中《やくろうちゅう》のものとした。頼宣もとくに志操のかたい娘たちをえらび、しかも万一のことを警戒して、給仕の際も、四、五人一組になって入室するように命じてあったのだが、まず音もなく影を犯す隼人《はやと》の忍法「百夜《ももよ》ぐるま」は、彼女たちを無抵抗に夢幻の恍惚境《こうこつきょう》にひきずりこんだ。ひとたび甘美な「百夜ぐるま」に蕩《とう》揺《よう》した女は、もはやその軛《くびき》からのがれることはできない。爾来《じらい》、その秘室のなかに、隼人と捨兵衛はさもたいくつげなうすら笑いをうかべ、そのまわりに、声をしのび、しかも快美にひきつけたような姿態を纏綿《てんめん》させる女たちの万華鏡に似た光景をみたら、頼宣はどんな顔をしたろう。

ともあれ、これでふたりは、城内のだれもが、泉頭《いずみがしら》に千姫たちが潜伏《せんぷく》していることはむろん、頼宣がひそかに城をぬけ出してそこを訪れたことすら知らないことをつきとめた。ただ問題は、大御所もはたしてそれに盲であるかどうかである。服部半蔵に急に泉頭の普《ふ》請《しん》を命じたことの裏面に何やら一物ありそうに思われる。実はこれは隼人と捨兵衛の買いかぶりであったが、若《も》し大御所が千姫をゆるし、また彼女の望みを容認する気になったとすると、事が事だけに、愛児の頼宣のみにひそかに意をふくめて奔走させる可能性もあるとかんがえられるし、また頼宣が大御所に無断でうごいているとすると、事はあまりに重大にすぎる。それがわかれば頼宣は眼前にぶらさがった駿河《するが》百万石を棒にふるだけではすむまいと思われるからだ。

十日めに、ふっと隼人がいった。

「捨兵衛、やや《やや》きゃつらの胎児はこの月うちに生まれる勘定であったな」

「左様、順当ならば」

「ひょっとすると——おれたちにここでむだ飯くわしておくのは——頼宣さま、それを待ってござるのではないか？」

捨兵衛は隼人の顔をみて、ニヤリと笑った。

「胎児は女の岩戸から出ようと、女どもはあの天《あま》の岩戸からは出られぬよ」

隼人も笑ってうなずいた。彼らが頼宣に飼い殺しにされていて、平然としている自信のもとはここにある。隼人はいった。

「何にしても、いちど大御所の御心底をさぐって見ずばなるまいな」

「されば、大御所さまが女狐《めぎつね》めらをゆるす気になられたならなられたで、それで事は分明。さっぱりとうごけるのじゃが。もうしばらく様子を見ようかい」

ふたりがあごをなでて待っていたのは、岩戸封《ふう》じの自信もあるが、城も元旦以来、さまざまな正月の儀式に寧日《ねいじつ》がないからでもあった。江戸からはもとより、京の禁裡《きんり》、また諸大名や寺々や豪商たちの参賀の使者はひきもきらず、とうていこのふたりがうろんくさい顔を出す余地はない。

そのなかに、服部半蔵の姿もみえる——ということを、ふと知ったのは一月十三日の朝のことであった。閉じこめられているはずの座敷をぬけ出すのは隼人にとっていたずら半分であったが、その動機もべつに大して意味のないことだったのである。たんに泉頭のその後の様子を、それとなくきいておこうとかんがえたにすぎない。

「服部どの、おめでとうござる」

鎧蔵《よろいぐら》のそばを、しかつめらしい裃《かみしも》すがたであるいていた服部半蔵は、突然鼓隼人の声をきき、声とは反対の塗込《ぬりご》めの蔵の壁にありありとその影を見たが、隼人の本体はどこにもみえなかった。それは承知の上のことだからあえておどろかないが、それより「はてな」と思ったのは、彼がこの城の中にいることだ。

「隼人、大御所さまへわびがかなったのか」

「左様で」

隼人の声はこともなげに笑い、

「その後、泉頭の方は如何《いかが》です。御普請《ごふしん》もだいぶ捗《はかど》ったことでござろう」

「——そのことだ」

と、半蔵はうなずいた。さっきあるいてくるあいだにも腕ぐみをして、ふかい思案顔だったのである。

「実は、あの地には不審なことがあるな」

「ほ、不審とは？」

「大御所さまがあの清水池のほとりを御隠居所とさだめられたについて、どのようないきさつがあったか、わしはよく知らぬが、何とも心得がたい怪事があり、実はこのむね言上のためにも参ったのだが、折悪しく、というのも妙だが、時は正月、いまその凶事を申しあげるのも心はばかられて、むなしくひきさがってきたのだが」

ひとりごとのようにいう。よほど屈託《くったく》していることがあるらしい。

「そりゃ、いかなることで？」

「あれ以来、湖畔ではたらいておる黒鍬《くろくわ》の者に、発狂する者がある。発狂といってよいかどうかはわからぬが、とぎれとぎれに三、四人、いや五、六人にもなるか、生まれたての嬰児《あかご》同然に化《か》した者があるのだ。両手をちぢめ、口は……」

返事はなかった。いつまでもなかった。

「隼人」

ふりかえると、鎧蔵《よろいぐら》の壁にうつっていた影は消え、松に初春の風が鳴っているばかりであった。

――鼓隼人は、もとの座敷にもどった。このあいだ、彼の足はもとより大地を一歩もふまず、屋根をとび、軒下を這《は》い、壁をつたって、城士の眼にはまったくとまらない。

「捨兵衛、おぬしの人鳥黐《ひとどりもち》は破れておるぞ」

「なんだと？」

愕然《がくぜん》とする捨兵衛に、隼人はいまの半蔵の話を語った。それから――曾《かつ》て彼が千姫屋敷で、同様の怪異に見舞われた坂崎一党のことを語った。

「すると、それは――」

「それはつまり、あの真田の女狐《めぎつね》が岩の中から出て、その姿を黒鍬者に見つけられたのだ。それで、その黒鍬者は、きゃつの忍法のいけにえになったのだ」

「しかし、おれの封じた石戸を破るとは？」

「おい、捨兵衛、敵の中にはあの丸橋という女がおるのだぞ。きゃつの人間ばなれした怪力には、多摩河原《たまがわら》でおれもおぬしも舌をまいたではないか」

「よし、おれは泉頭へいってみる」

七斗捨兵衛ははねあがった。自尊心を傷つけられた怒りに、巨大なからだがいっそう巨大にふくれあがったようであった。

「おれもゆこうか」

「なに、おれひとりでよい。ふたり消えては、女どもがこまるだろう。泉頭までたった十六里、明朝までにはかえってくるわさ。よし思いがけぬことが起って手をやくことがあるにしても、四、五日うちにはきっと吉報をもってかえる。それまで隼人、何とかここをごまかしておってくれい。たのんだぞ」

五

棟梁《とうりよう》が駿府へいって留守だからといって、仕事をなまける黒鍬者《くろくわもの》ではないはずだが、まだ夕日があかあかと照らしている野路を、もうそわそわとひきあげにかかっている。泉頭から三島へ入ろうとするそのむれのまえに、路傍で煙管《きせる》をくわえていた男が、ゆらりと起《た》ってきて、

「おい、待て」

と、呼びとめた。むろん黒鍬者たちは知っている。七斗捨兵衛だ。それにしても朝駿府にいた捨兵衛が、夕焼けの三島に姿をあらわしているということは、鍔隠れの忍者ならではのことだ。空を仰いで、

「やけに仕事じまいがはやいじゃないか」

と、からかうように笑う。ひとりがいやな顔をして、

「いや、これにはわけがござって、お頭《かしら》のおいいつけでもあります。黄昏《たそがれ》から夜にかけてあの池のほとりにうろうろしておると、滅《ほろ》び失《う》せた城の亡魂《ぼうこん》のたたりか、気のふれる者が数人出まして」

「それは服部《はっとり》どのからきいた」

ふいに、きっと顔色をあらためて、

「服部どのからの命令だ。今宵はおれの指図に従ってもらいたい。いや、この人数は要らぬ。二十人ほど残って、あとはひきあげてよろしい」

半蔵からの命令ときいて、黒鍬者たちは粛然となった。捨兵衛のずぶとい嘘だが、黒鍬者たちにとっては、余人はしらずこの男にだけはそういうこともあり得ると判断したのである。いうままに、二十人をのこして、あとの連中は三島へひきあげた。

「さて、もういちど泉頭へ参るのだ。廃城の亡魂とやらを見せてやろう」

動揺する黒鍬者たちに、

「おれがついておるのだ」

と、捨兵衛は吐き出すようにいった。その一言で、彼らに首領の半蔵よりも磐石《ばんじやく》のたしかさを感じさせたのは、しらずしらず、この鍔隠れの忍者の迫力にまきつつまれていたせいであったろう。

捨兵衛が二十人のみをのこしたのは、もとより「廃城の亡魂」に気《け》どられぬためであった。彼は、この二十人をふたたび泉頭へ忍びかえらせ、清水池のまわり約百メートル間隔に埋伏させた。まだ赤い夕日は沈みきらぬのに、この行動中鳥一羽も飛び立たせなかったのは、さすがに七斗捨兵衛の指揮であり、また黒鍬者の精妙のわざでもあった。

湖は朱鷺色《ときいろ》にかがやいていた。水ではない。氷が張りつめているのだ。昨夜のうちに張った薄氷《うすらい》であった。その日は晴れているのに風が冷たく、ついに蒼《あお》い水はあらわれなかったが、その太陽のせいで、ところどころその蒼みが透いてみえるほど薄くなっていた。

それは湖畔に出て、女がかるく指でおさえただけで、その指の下の氷にひびが入って、水にしずんだことでもわかった。女は、岸に桶《おけ》をおき、なかからとり出した布を、その水で洗っていた。

そのうしろに、朦朧《もうろう》と七斗捨兵衛の姿があらわれた。背をみせて、何も気づかぬ風の女をじっと見つめたまま、彼はうごかぬ。

やがて女は、洗い物をおえたとみえて、桶を片手にもどりかけて、丘と岩肌とのあいだに黒々と立ちふさがる捨兵衛をみた。

「よう、あの石戸を出たの」

と、捨兵衛が感にたえたようにいった。女は桶を地においた。

「破ったのは丸橋か。丸橋は健在か。うふふ、ちとなつかしい。おぬしと同様に」

女はそのきものをぬぎすてた。ぬぐというより、一瞬、肌の上からきものが溶けたようであった。お眉である。

七斗捨兵衛は一刀をぬきはらった。歯をむき出した。

「信濃忍法とやら――伊賀と、忍法くらべはこれが最後と思え」

刃をまえに、まっすぐに立てたのに、雪けむりのようにお眉のからだはとんだ。とみるまに、その二本の肢《あし》が白い雌蕊《めしべ》みたいにひらいて、捨兵衛の頸《くび》にまきついていた。捨兵衛の刃は、彼女の背後に立てられたままであった。ふつうの者なら、その肉の香に眼もくらみ、息もつまるはずである。ただ忍者にかぎり、辛うじてその刃をさかしまに女を刺そうとする気力を失わぬ。曾て、それで黒鍬者のひとりはおのれの胸を刺し、鼓隼人はおのれの頸の皮を斬った。

「――その手はくわぬ！」――

捨兵衛は絶叫した。同時に、女の裸身をまむかいの肩ぐるまにしたまま、湖岸にはしって、先刻、女が割った氷のあたりへ、びゅっと刃をなげつけた。

戞《かつ》とそこから鋭い音が発して、その刀身は折れている。捨兵衛の頸にからみついていた裸身はきえて、その湖岸の位置に、折れた刃とともに、これまた両断された普賢菩薩《ふげんぼさつ》の仏像が宙にとんだ。そして「あっ」という声のきこえたのは、湖面の上であった。

お眉は薄氷の上に立っていた。依然としてきものはつけたままだ。——いま、捨兵衛を襲った影は、湖畔一帯に埋伏している黒鍬者たちにはみえなかった。彼らがみたのは、水のほとりにうずくまっている女の背めがけて斬りつけた七斗捨兵衛の姿だけである。しかし、その刹那《せつな》、あきらかに見るも重げな腹をしたその女が、触ればくだける氷の上に、羽根のようにのがれ出したのをみて、思わず「——おおっ」と自身の眼をうたがううめきを発した。

おどろくべきことは、次の瞬間、その女の倍はある捨兵衛がおなじくふわと薄氷の上に立ったことだ。とみるや、女は身をひるがえして湖上をはしりはじめた。捨兵衛がこれを追う。まさにこれは人ならぬ蜉蝣《かげろう》の決闘といえた。曲者をとらえるべく配置された黒鍬者たちであったが、このあいだ茫乎《ぼうこ》として眼を見はっているばかりで、おそらく女がどこかの岸にたどりついたとしても、全身しびれたようになって手は出せなかったろう。しかし、彼らがいっせいにもらした嘆声は、女の足をはたと湖心にとどめた。

一瞬、同時にたちどまった七斗捨兵衛の股間から乳のようなものがほとばしり出た。白濁した液体は朱鷺色《ときいろ》の氷上を矢のごとくすべっていって、女の足もとに達した。

女は、ふたたびうごこうとして、そこに氷結した。悍馬《かんば》の蹄《ひづめ》すらとどめる捨兵衛の精だ。人鳥黐《ひとどりもち》は、人捕黐であった。

「女」

素手をひろげ、ちかづきながら捨兵衛は笑った。

「声をあげて、丸橋を呼ぶがいい。ただし、あの大女は、ここには来れぬな。くさり鎌の鎖もとどかぬ。――もう一匹のこっておるはずの女狐を呼ぶか。きゃつなら忍者、或は氷をわたれるかもしれぬが、くればうぬとおなじ運命だ」

彼は片腕をむずとお眉《まゆ》の腰にまき、片腕でその裾《すそ》をかきひらきながら、氷の上におしおし、おり重なった。

「これ、最後にひとめ、この赤い氷の湖をみろ、極楽浄土《ごくらくじょうど》としか眼にうつるまい？　ことのついでに、うぬに極楽浄土の思いをさせてやるわ」

お眉の背の氷がわれて、そのからだがなかば水中にしずんだ。しかも彼女は底ふかくしずまぬ。その上に四つン這いになった七斗捨兵衛に懸垂《けんすい》されていた。ほとんど言語を絶する壮麗な落日のなかに、一は氷上《ひょうじょう》、一は水中、その接点で女を犯しつづける七斗捨兵衛は、奇怪な陶酔《とうすい》に思わずわれをわすれかけて、突如、

「――うむ！」

と、うめくと、そのからだをはなそうとした。お眉《まゆ》の「天女貝」の忍法を感覚したのだ。心得たり、とその口は笑いかけた。いや、そのからだは完全に離脱したと思った。――しかし、ふたつのからだははなれなかった！

彼の肉鞘《にくざや》はまさに女の体中にあった。しかし、肉鞘をぬいだ彼の男根を、まるで片腕つかんだ羅生門の鬼のように、もうひとつの何物かがつかんだ。冷たい、柔かい何物かが――ひとめみて、捨兵衛の総身に驚愕《きょうがく》の波がわたった。それは小さな、あかい嬰児《みどりご》のこぶし

であった。

驚愕と同時に、四つン這いになった彼の四肢の下で、氷がわれた。そのひびきをききつつ、彼の手はそのこぶしをつかみ、ひきはなそうとした。しかし、それは章魚《たこ》みたいにぐにゃりとくびれただけで、彼をはなそうとはしなかった。次の瞬間、きらめきとぶ薄氷の破片のなかに、七斗捨兵衛は女忍者と小さなこぶしでつながったまま、湖底の氷獄へ沈み去った。

湖畔に埋伏していた黒鍬者たちは、この光景をみていた。しかし、ふたりのあいだに何が起ったのかよくわからなかった。たとえわかったとしても、捨兵衛をたすけにゆくことはできなかった。薄い氷のはりつめた湖は、泳ぐことすら不可能としていたからである。よしまた、そこにたどりついたとしても、湖心にあらわれた人型の蒼《あお》い水面はみるみる白《はく》濁《だく》して、そのゴムに似た強靭《きょうじん》な膜は、地上の人を完全に水中と隔絶《かくぜつ》したに相違ない。

朱金の火粉をまきちらしつつ、日は沈んだ。茫然《ぼうぜん》としたままの彼らは、宵闇のなかに、あの岩壁にほそいひびが入り、みるみる大きな穴となったことに気がつかなかった。そして――二十人の黒鍬者たちは、ひとりとして、ついに三島へかえらなかったのである。

彼らの手足をちぢめ、口をつき出し、ふくれあがった水死体が、つながった男女の屍《しかばね》といっしょに、青みどろにぬるみはじめた湖面にうかびあがってきたのは、ずっとのちの春になってからのことであった。

忍法「夢幻泡影」

一

一月十六日のことである。江戸の方角から三島に入ってきた惣黒漆《そうくろうるし》に金蒔絵《きんまきえ》の一挺《ちょう》の女乗物があった。駕籠者《かごもの》をはじめ供侍《ともざむらい》も十人あまり従っている。まだ日はたかい時刻で、このまま三島は乗打ちしてゆくつもりらしく、町も西はずれちかくまでいってから、

「あ、待ちゃれ」

と、乗物のなかから声がかかった。供侍が、

「何か、御用でござりまするか」

「え、いまそこを通りすぎた魚売りの男をとめてたも」

と、乗物の女の声はいった。そういえば、いま往来を振り売りの百姓らしい男がとおっていったが、天秤棒《てんびんぼう》でかついだ荷は、たしかに魚の尾をのぞかせていたようだ。侍《さむらい》はあわてて、呼びにかけもどっていって、その振り売りをつれてきた。

「鯉《こい》と思うたが、やはり、みごとな。……」

と、乗物の引戸をあけさせて、女はその鯉をながめいった。魚売りの男は、容易ならぬ

身分の女と直感して、冷たい往来に土下座《どげざ》をしている。水をいれた盥様《たらいよう》の桶《おけ》に、はねないように網でくるまれた四、五匹の鯉は、いずれも二尺から三尺ちかくあり、みな生きていた。

「鯉は精《せい》がつくと仰せられて、大御所さまの何よりの御好物。これ、振り売り、この鯉はどこでとれたのじゃ」

「小浜池《こはまいけ》でございますだ」

と農夫はおどおどとこたえた。

「小浜池とは？」

「小浜池とは、三島の西北にあって、富士の雪がとけて地底をくぐり、ここに湧き出すといわれる清冽《せいれつ》な大池で、この地一帯の水田を灌漑《かんがい》する源流だという意味のことを、百姓はしゃべった。

「おお、左様にきよい水に棲《す》む鯉ならば、いよいよ美味でありましょう。膾《なます》にして進ぜようか、鯉こくにして進ぜようか。何にしてもよい土産を見つけたもの。——」

と、女は眼を生き生きとさせて、

「これ、この鯉を盥《たらい》ごめに買いとって、この宿場より人足をやとい、このまいっしょに駿府《すんぷ》にはこばせてたも」

といって、乗物の引戸をとじさせた。——竹千代の乳母阿福《おふく》である。

阿福は、駿府にゆく途中であった。江戸城でのさまざまな正月行事も一応おわって、大御所へ挨拶《あいさつ》にゆくところなのである。ただし、むこうからよばれたわけではなく、こちらからおしかけてゆくのだ。大御所から丸橋一件のことについてあらためて咎《とが》めはうけなかったとはいえ、あきらかに不興を買ったものとみて、それまで大御所の信任を一身に負うていただけに、いてもたってもおられず、何とかしてその疑心をといておかねばと出かけてきたわけであった。

献上《けんじょう》の鯉を供にした阿福の一行は、十九日、興津《おきつ》で、四、五人の従者をつれた服部半蔵とすれちがった。しかし、深編笠《ふかあみがさ》をかぶった半蔵を阿福の方では気がつかず、半蔵の方も、鯉をはこぶ女乗物の一行を、ちらと見ただけで、ふりかえりもせずに早足で東へあゆみ去った。

二十日《はつか》、阿福は駿府についた。しかし、いつもとちがって、すぐに目通りはゆるされなかった。唐代に編まれ、支那では宋《そう》以後まで亡佚《ぼういつ》した「群書治要《ぐんしょちよう》」を刊行することは、家康晩年の望みの一つであったが、いよいよこの一事にとりかかるため、金地院崇伝《こんちいんすうでん》、林道春《はやしどうしゅん》らの学僧儒官をまねいて、ここ数日諮問中《しもんちゅう》だということであった。

「ならば、いよいよお疲れであろう」

と、やや鼻じろみつつ、何事にも拱手《きょうしゅ》していない阿福はうなずいた。

「献上《けんじょう》の鯉は台所へ運んでたもれ。それでは、わたしみずから料理して、大御所さまへ進ぜましょう」

そこへ、阿福がきたときいて、京の豪商茶屋四郎次郎《しろじろう》が入ってきた。茶屋は代々徳川家の御買物御用をつとめ、朱印船や、上方一円の町人の御礼支配などの特権をあたえられる一方、徳川家の経済顧問ともいうべき家柄だが、これまた数日まえ駿府にやってきたのに、大御所が右の事情のため、手もちぶさたな顔でぶらぶらしていたのだ。

「せっかく生きたままの鯉ならば、生作《いけづく》りが面白うございますな。お、それに先刻、榊原《さかきばら》内記《ないき》さまより大鯛《おおだい》二本、甘鯛《あまだい》三本の献上があったときいた。これを胡麻《ごま》の油であげて、蒜《ひる》をすってかける南蛮《なんばん》料理が、このごろ京ではやっております。いや、それではわたしが、じぶんで指図して料理してさしあげましょう」

彼は商人らしく、もみ手をしながらいった。この豪商が無類の美食家で、通人で、そしてじぶんでも庖丁《ほうちょう》をとるのが道楽であることは有名だ。阿福は彼にまかせることにした。

翌日、家康は近郊に鷹狩《たかがり》に出て、夕刻帰城した。その日の夕食に、この料理が出された。御曹司頼宣《よりのぶ》、崇伝《すうでん》、道春、それに得意顔の茶屋四郎次郎とともに、阿福もはじめて目通りをゆるされ、陪食の席についた。

四郎次郎じまんの南蛮料理もさることながら、それより家康らを嘆賞《たんしょう》させたのは、みごとな鯉の生作りであった。大鉢に横たえられた鯉は、ぱくぱくと口や鰓《えら》ぶたをうごかしている。四郎次郎がすすみ出て、庖丁《ほうちょう》で首ねをみねうちすると、鯉はぴちりとはねた。どうじに、最初からはなしてあった皮がぱらりとおちて、その下に細作りに切りならべてあった肉が、ばらばらとふりおとされた。

「阿福がくれた鯉と申したな」

と、家康はいった。阿福は面目をほどこして、うれしげにこたえた。

「三島の小浜池の鯉でござります。道中たまたま眼にとまりましたのを、是非生きたまま大御所さまに召しあがっていただきたく……」

なんぞ知らん、この鯉こそ、七日まえ、真田の女忍者と七斗捨兵衛が死闘をくりひろげた清水池からとれたものであろうとは。

鯉を売った農夫は清水池近在のもので、ここ数日、池のまわりに黒鍬者《くろくわもの》たちの姿がないのに気をゆるして、またも密漁したのであったが、服部半蔵から禁じられたおぼえがあるだけに、阿福にきかれてとっさに小浜池といつわったのだ。ましてや、その清水池の湖底に、ふたりの忍者と二十人の黒鍬者の屍骸《しがい》がしずんでいようとは、この座にあっただれが知ろう。

僧侶の崇伝《すうでん》をのぞいて、一座の人々はうまがって食べた。なかんずく、あけて七十六歳になりながら、一日の放鷹《ほうよう》でこころよく空腹をおぼえていたせいもあって、家康は人いちばい食べた。

鉄蹄《てってい》に砂けぶりをひいて、服部半蔵がはせもどってきたのは、その晩餐《ばんさん》がちょうど終った時刻であった。

二

泉頭《いずみがしら》の怪異を大御所にうったえようとして、黒鍬者の誇りもあってためらい、ついにむなしく三島へひきあげた服部半蔵は、そこにのこって思案投首の輩下から、例の伊賀鍔隠《つばがく》れの忍者七斗捨兵衛が、半蔵からの命令だと称して二十人をひきいて泉頭に去り、それっきりゆくえを絶ってしまったという事件の報告をうけて仰天した。輩下たちは半蔵からの下知だと信じていたればこそ、そのことについての判断を、急使をはせて半蔵に仰ぐことも遠慮していたのだが、半蔵はそんな命令を下したおぼえはまったくない。それよりも、あの捨兵衛をふくめて、直参《じきさん》の黒鍬者たちがそれほど大量に、いちどに消失してしまったことこそ一大事だ。

もはや、ためらっているときではない。彼はこう決断して、大御所の指図をうけるべく、悍馬《かんば》をとばせて駿府へはせつけてきたものであった。

「なに、泉頭に――」

と、家康は箸《はし》をとりおとした。

半蔵は、その事件に関連して、どうしても例のふたりの伊賀の忍者が、いちど泉頭を千姫らの潜伏地として目したことがあるという事実にふれなければならなかった。そのときは確証はあげられなかったが、いまにして思えば、泉頭に怪異を呼んでいるものは、たんに廃城の亡霊とは思われず、たしかに生きている「何者」かではあるまいかと判断される――というのである。家康にしてみれば、千姫が箱根以西にのがれ出しているということを耳にするのもはじめてのことだ。おどろきをこえて疑惑の眼をそそいでいる大御所に、半蔵は、もしこのことについて御不審あれば、おそらくいまも当城にまかりある鼓隼人をお召し下されたい、といい出した。これまた家康には思いがけぬことだ。

「鼓がこの城におると申すか」

と、さけんだとき、天井から、うすい巨大な羽根をもった蛾《が》のような影が、音もなく下に舞いおちてきて、平伏した男の姿となった。

「鼓隼人、これに」

家康のみならず、一座のみなが片膝《かたひざ》たてた。家康はさけんだ。

「隼人、何ぴとのゆるしを得てこの城に参ったか」

「頼宣《よりのぶ》さまに召されて参ってござる」

と、隼人は不敵な上眼づかいで、頼宣をみていった。頼宣は蒼白《そうはく》になって隼人をにらみかえしている。両者をちらと見かわして、家康はいった。

「頼宣が呼んだとは？」

「こやつ――わたしが駿府にかえる途中、駕籠《かご》に吹針を吹きつけおった曲者《くせもの》でございまする」

「その曲者を何として、美しい腰元までつけて一ト月ちかく扶持《ふち》あそばされましたるや」

と、隼人はうすら笑いをうかべていった。実は、七斗捨兵衛がかえらぬのに彼は焦《じ》れて、いくども泉頭へおのれも飛ぼうと思いたちつつ、捨兵衛への信頼から、もう一日もう一日と待ちぬいたところへ、服部半蔵が早馬を以てかけもどってきたときいて、さてはと様子をうかがいに忍んできていたものであった。半蔵の話に、捨兵衛が討たれたことを確信して、彼の眼は憤怒《ふんぬ》にうすびかっている。

「吹針を吹いたのは、あの御駕籠に千姫さまがあらせられると思えばこそ——それ、たしかめんがためでござった」

そして、せきこんだ家康の問いに、隼人は多摩河原以来のことを語った。頼宣の行動に大御所がなんのかかわることもないことが判明した以上、おそれることは何もない。

「頼宣」

と、家康はふりかえった。怒りに顔色も声もしずんでいる。

「隼人の申すことはまことか。まことならば、存念を申せ」

頼宣は面をあげた。蒼白《そうはく》になっていた頬の色が美しく紅潮し、眼が恐れげもなくかがやいて老父を見かえした。

「存念は、お千どのが好きであったからでござります」

と、きっぱりといった。

「それゆえ、お千どのの望みをかなえてやりたく存じたまでのこと」

幼い日から頼宣は、大坂の城に嫁にやられた美しい「年上の姪《めい》」に、夢のような愛着を抱《いだ》いていた。その大坂の城といくさがはじまってからは、その城へまっさきかけて疾駆《しっく》しながら、薄幸《はっこう》な彼女への哀れさが胸をかんだ。すでにこのとき彼は、千姫が父の政略結婚の犠牲者であったことを直感している。十四歳という年齢のゆえに彼はだまっていたが、その年齢ゆえに父をゆるしてはいなかった。雪の六郷橋《ろくごうばし》で、はからずもじぶんの行列にかばいこんだのは、その同情の爆発だ。同時に、老獪《ろうかい》無慈悲な父への抵抗だ。それ以来彼は、真田の女忍者からきいた泉頭の廃墟《はいきょ》の秘密を利用し、何としてでも千姫をかくしぬき、秀頼の子をのこしたいという彼女の悲願をかなえさせようと苦心してきたのである。

「ちょうどよい機《おり》でござる。父上に申しあげたいことがございます」

からだだけは、壮夫《そうふ》のごとき大兵《だいひょう》である。そのよく発育した胸をまっすぐにたてて、きっと家康を見た眼は、あけて十五になる少年の、澄んでもえるような眼であった。思わず家康は動揺して、

「何じゃ」

と、嗄《か》れた声でいった。

「お千どのの望みをとげさせておやりなされませ。秀頼どののお子をその手に抱かせておやりなさりませ」

「そうはならぬ。頼宣、そちは、乳飲児《ちのみご》の牛若をゆるしたばかりに壇ノ浦《だんのうら》でほろぼされた平家の話を知っておろう」

「それは平家が驕《おご》ったからです。壇ノ浦以前、石橋山以前に、平家はみずからほろぼして

いたのです。徳川は、そうはなりませぬ。この頼宣が、そうはさせませぬ」

「こ、この黄口児《こうこうじ》めが！」

「左様、乳くさい頼宣なればこそ申すのです。恐れながら父上には、御余命とてもいくばくもありますまい。秀頼の子がたとえこの世に生まれてきたとしても、それが大人となるのは二十年ののち、万一それが徳川家に弓ひくとき、それをふせぐのは父上でのうて、わたしどものはずでござります」

まさに父に弓ひく矢のような痛烈な言葉が、若々しい唇からほとばしり出た。この麒麟《きりん》児《じ》の勇ましさをもっとも買っていた家康だが、しばし唖然《あぜん》として声もない。

「未来の徳川家の運命をになうのは、わたしどもの肩であります。老先《おいさき》みじかい父上ではありませぬ。重荷はいかに重くとも、それをおそれる頼宣ではござりませぬ。しかし、その重荷に罪がつまっていることは恐ろしゅうござる。豊臣《とよとみ》家をほろぼしたのは戦国のならい、これは罪ではありますまい。が、その豊臣の子を、腹にいる子まで追いまわして皆ごろしにしようとなさる父上の御所業には、罪の匂いが感ぜられます。父上、父上は何の力によって天下を御手に入れられましたか。それは律義な父上七十六年の御生涯が、人々の心をつかんだからでございましょう。それをいまにいたって、何を血迷うておけがしなさりますか。あの義理がたさは化けの皮であった、まことはむごい、非道なおひとであったと烙印《らくいん》をおされては——やがて墓に入られる父上はよろしゅうござりましょうが、あとにのこったわれらが迷惑いたしまする。いかに豊臣の子をみなごろしにしようと、それでは謀反人《むほんにん》は、その徳川家自身の罪の烙印から、うじ虫のごとく這《は》い出して参ること、鏡にかけてみるがごとくでございます」

眼に涙をうかべ、切々という、十五歳の少年の、むしろかなしげな態度から吐き出されることばは、しかし思いきった恐ろしいものであった。家康のみならず、座につらなる金地院崇伝《こんちいんすうでん》、林道春《はやしどうしゅん》、阿福、茶屋四郎次郎ら、いずれも煮《に》ても焼いてもくえぬ面々《めんめん》が、唇を鉛いろにしたまま、だまっていた。それは頼宣の言葉が、あたかも天がこの少年の口をかりていわしむるごとく、彼らすべての良心のまとをつらぬいているからであった。

「父上、お千どのは、わたしに委《まか》せられませ」

「頼宣」

と、家康はしゃがれた声で、ようやくいった。

「父に叛《そむ》くか。いやさ徳川家に叛くか？」

「わたしは徳川家をまもるのです」

「この城と、駿河百万石をすてるか？」

頼宣は微笑した。美しい少年の笑いであった。

「お千どのをおゆるし下されば、百万石が何でありましょう」

家康はたちあがった。暗灰色の顔色に眼が白くひかって、はたと頼宣を見すえた。

「末恐ろしい奴が——駿河はやらぬ。お千もゆるさぬ」

と、さけんで、服部半蔵を見やって、

「半蔵、泉頭にゆけ。もはやお千をとらえろとは申さぬ。女狐ともども殺せ」

「はっ」

「黒鍬の者どものみにては手ぬるい。いそぎこの城より百人ほども狩りあつめよ、鉄砲ももってゆけ。このたびこそは討ちもらすな」

「父上」

と、袴《はかま》のすそをつかんだ頼宣を、家康は蹴《け》かえした。大御所にはめずらしい狂乱のふるまいであった。それを、この場合に、ただひとりうす笑いしてながめている鼓隼人に気がつくと、かっとしたように、

「うぬもゆけ。きゃつら討たずして、生きてかえるな」

「仰せまでもなく」

と、隼人はまた声もなく笑った。とみるや、その坐ったままの姿がすうとながれるように遠ざかっていったかと思うと、まるで日に雲がかかったときの影みたいに、ふっとかききえてしまった。

家康は去った。崇伝《すうでん》らも退出した。ひとり頼宣は、片腕をついたまま、城の遠くにあがりはじめた騒然たる物音をきいていた。万事休す。

「南竜公《なんりゅうこう》道事」に曰《いわ》く、「大坂落城のとしの冬、駿河国《するがのくに》に百万石をそえ、頼宣卿《よりのぶきょう》へおゆずりわたし、権現《ごんげん》さまは三島の近所泉頭《いずみがしら》という古城のあとを御隠居所になさるべしとてお

縄張《なわば》りあり。そのうち年くれて元和《げんな》二年となりてほどなく、権現さま御他界にてこのこと止め候《そうろう》となり。その後、この儀をうけたまわり、御残り多きことなり。権現さまいま三年御存生ならば頼宣卿を百万石の大身にいたすべきを、御残り多きことなりと養珠院《ようじゅいん》さまひたと仰せられ候」

養珠院とは、頼宣の母だ。彼女すらその真因を知らなかったことは、いかにこの一夜が幕府の秘事となったかをしめす。その夜の一座に侍した男女は、こういうことにかけては口にかきがねをかけて、生涯外にもらさぬ人々であった。しかし、幕閣の内部ではひそかにこのことが伝えられて、のちに頼宣が紀伊に移されたあとも、紀伊どのにはさぞ御残り多くおぼしめさるべしと推量し、どうじにこの猜疑《さいぎ》の眼が、例の由比正雪事件にあたって、頼宣の身辺にひときわつよくそそがれた原因となる。

三

鉄砲隊、騎馬などの用意にひまがかかった。それを御先手頭《おさきてがしら》にまかせ、一足さきに服部半蔵のみ馬に鞭《むち》うって三島まで十六里、一夜のうちにはせかえってきたのは、たんにいそぐというより、黒鍬者の面目にかけて、手柄《てがら》を余人にまかせまいとする焦慮《しょうりょ》からである。
すでに半蔵は、千姫一味の潜伏場所を隼人からきいている。その岩壁を露出させた一丘陵の下へ、おびただしい黒鍬者のむれが、まなじりを決してしのびよったのは、一月二十二日の未明であった。

地底にひとしい静寂を、あぶら火のもえる音が縫い、それにかすかな女のうめき声が断続していた。

泉頭の丘の内部にある岩窟《がんくつ》である。自然にできたものにしては、壁の岩がなめらかすぎる。人工で作ったものにしては巨大にすぎる。おそらく百人を入れてもなお余裕があるであろう。自然と人工との合作に相違ない。——そして、そのなかに敷かれた緋毛氈《ひもうせん》、そのうえにおかれた葛籠《つづら》、燭台《しょくだい》、食器、小筐《こばこ》のたぐいは、あきらかにこのごろ運びこまれたものであった。灯はともっているが、奥の岩壁に上方からさす夜明けのかすかな外光がある。それはその部分の天井をふかくくりぬいて、上は丘陵にはえた樟《くすのき》の大木につながっている。樹々の生いしげった丘の上で、その樟は大むかし雷火にうたれたもののごとく、地上から十数メートルのところで折れているが、その内部が円錐形《えんすいけい》のうつろになって、下はほそい孔《あな》となって根もとまでつづき、この地底の洞窟にわずかに光と風と雨とをそそぎいれた。まして、その木と岩の瘻孔《るこう》が、外部にちかづく者の跫音《あしおと》を微妙に反響してつたえるとは、だれが知ろう。

むかしこの丘の上にあったといわれる泉頭の城がどんな縄張りになっていたか、すべてが消え去ったいまでは、この地底の岩窟が攻撃用のものか、防禦《ぼうぎょ》用のものか、それとも落城の場合などにそなえたものか知る由もないが、たしかに信玄の息がかかっているとしか思われぬからくりであった。

徳川家はもちろん近在の百姓さえ知らぬこの秘密を、お由比《ゆい》が知っていた。なぜお由比が知っていたかというと、それは彼女が真田《さなだ》の女忍者であったからだ。幸村の祖父一徳斎《いっとくさい》幸隆《ゆきたか》も、父一翁昌幸《いちおうまさゆき》も武田の謀将《ぼうしょう》であったから、幸村がこれを知っていたとしてもふしぎではない。

頼宣にたすけられて三島をとおる際、このことを思い出したのはお由比であったが、しかしそれ以後、しばしば腹心のものに、ひそかに身の廻りの道具類、灯油、食糧などをとどけさせたのは頼宣であった。大御所が急にこの地の普請《ふしん》を思いたったのに狼狽《ろうばい》して、いちどはわざわざ頼宣自身、急をつげに訪れてきたくらいである。この秘密をかぎつけた伊賀の忍者は、強引に頼宣が駿府へ拉致《らち》していったが、むろんそれ以来、彼女たちは一日もはやくここを立ち去らねばならぬと焦慮していた。ましてや七日まえ、お眉までが討たれてからはなおさらのことだ。もはや一刻の猶予《ゆうよ》もならぬと思いつつ、彼女たちをそこに釘《くぎ》づけにしたのは、お由比のからだの様相であった。前陣痛ともいうべき分娩《ぶんべん》の前兆《ぜんちょう》がはじまったのだ。たんなる病苦ではない。生まれ出る子のことをかんがえると、めったにこの地をはなれることはならぬ。

この場合に、千姫の眼は恐怖とよろこびにかがやいた。恐怖もよろこびも、ともに分娩そのものに対してだ。去年の五月、炎の大坂城からもやしつづけてきた一念、江戸、武蔵野、東海道と、この世のものならぬ凄愴《せいそう》な死闘のなかにすがりつづけてきた望み、それの果たされるときがきた。千姫の眼に、せまりくる敵への関心はほとんどなかった。

「お由比。いたむか。わたしに代っての痛み、がまんしてたもれ」

彼女は、うめきつづけるお由比にいった。

が、ただそういうばかりでどうしてよいかわからぬ千姫にくらべて、じぶんも大きな腹をかかえながら、丸橋が甲斐甲斐《かいがい》しく面倒をみた。しかもそのあいだ、彼女の耳はたえずれいの天井の瘻孔《るこう》に、夜も日もなくむけられていた。

「あ。……」

ふいに丸橋がたちあがった。孔にさすひかりが蒼《あお》みがかってきていたが、まだ小鳥の声さえきこえぬ夜明けまえに、敏感な彼女の耳はどんな物音をきいたのか。

丸橋は扉の方へかけよった。曾《かつ》て七斗捨兵衛の「人鳥黐《ひととりもち》」で封をされ、丸橋の怪力でふたたびひらかれた石の扉が、かすかにうごき、また音もなくとじられた。ふりかえった彼女の顔色はかわっていた。

「例の黒鍬《くろくわ》の者どもがあつまっております」

「ここを知ってか」

と、千姫がいった。

「はっきりと」

と、丸橋はうなずいて、そしてさすがの千姫も慄然《りつぜん》とさせる報告をした。

「扉のまえに、合薬《ごうやく》をしかけておりまする」

合薬とは、火薬のことだ。土木が黒鍬者の専業であるうえに、元来が忍者だ。彼らが火薬のとりあつかいになれていることはいうまでもなく、ついにそれをもち出したということは、もはや一点の仮借《かしゃく》もない背後の意志を読みとるに充分であった。

息をつめてたちすくむ千姫と丸橋のまえに、しずかにお由比が身を起した。

「奥へ――奥の岩のくぼみに身をおひそめなされませ。やがて扉がくだかれます。扉がくだかれたならば」

曾て千姫のまわりにいた女忍者のうち、いずれもそれぞれ女豹《めひょう》みたいな野性をどこかにひそめているのに、このお由比だけは、まるで深窓に育ったように、つつましやかな気品と優雅さをもつ女であった。その彫りのふかい横顔ときれながの眼が、いま凄《すさま》じい決意に蒼白《あおじろ》い燐光《りんこう》をはなって、

「わたしが相手になりまする」

といった。

「お由比、胎児《やや》は？」

「この敵を討たねば、しょせん、胎児のいのちもありませぬ」

と、お由比がいったとき、鼓膜《こまく》もつんざくような轟音《ごうおん》が洞窟内にみち、巨大な石の扉に稲妻のごとく亀裂《きれつ》がはしると、それはふるえ、よろめき、そして重々しく外側へたおれていった。そして黒い硝煙《しょうえん》と土けぶりの彼方に、黎明《れいめい》の野と湖と、殺到してくる無数の黒鍬者の影がみえた。

お由比はきものをぬぎすてた。雪化《せっか》石膏《せっこう》の彫刻のような姿が、くだかれた岩窟の扉の方へあゆみ出ていった。

黒鍬者たちはいっせいに立ちどまった。傷ついた獣の巣をついに見つけ出した猟犬のように殺気に歯をむき出し、眼を血ばしらせていた黒鍬者たちをも、とっさに制止させる異様な光景が洞窟のまえにあらわれた。

全裸の女がひとり出てきた。それはよい。しかし彼らが息をのみ、眼を見はったのは、刃ひとすじももたぬ女が、たおれた石戸のうえに長ながと身を横たえたことである。夜明けの薄明りに、盛りあがった腹部が繻子《しゅす》のようにひかってみえた。それは俎上《そじょう》に観念した大きな白魚に似たすがたであった。

東の空に濃い紫いろの雲が、まるで波のように重なり、そのあいだの一条の断裂が紅玉のように赤かったが、野はまだくらい。とはいえ、闇にも眼のなれた忍者のはずだが、さすがの黒鍬者たちも、ひとりとして、その女の股間《こかん》から、このとき蛙《かえる》の卵塊《らんかい》のごとき白い泡《あわ》がにじみ出してきたのを見たものはなかった。

雲は凄じい勢いでうごいている。赤かった断裂はなお残っていたが、それはみるみるうすれて、大空が水のように澄んできた。女の股間からあふれ出した白い泡がもりあがって、そのひとつぶ、ふたつぶが、ふっと風にとんだ。

「あっ。……」

どこかで、声が風にちぎれた。たかい空だ。

「あれだ、あれだ！　おおいっ、退《ひ》け、眼をつぶれっ。……」

黒鍬者のずっと後方の——数十メートルもある欅《けやき》の大木の枝にまたがっている鼓隼人であった。彼は、かっと眼をむいて、白いおぼろな女忍者のすがたを見おろしていた。隼人ほどのものにして、なお黒鍬者に先をゆずり、形勢を観望《かんぼう》させたもの、それは服部半蔵からきいた黒鍬者たちを幼児のごとく奇怪な生物にかえてしまったという敵の忍法の謎であったが、その謎はいまや正体をあらわした。曾《かつ》て隼人が、江戸の千姫屋敷で、やはり同様の運命におちいった坂崎一党の上にみたものがそれであった。空《くう》にただよう泡は、みるみる透明な袋のように大きくなった。

ひっ裂けるような隼人の声がよくききとれなかったのか、それともその一声がかえって一瞬の自失をやぶったのか。——黒鍬者たちはふたたびどっとうごきかけた。彼らはこのとき、風にながれる無数の巨大な泡をみた。みた刹那《せつな》に、しかし彼らの行動は意志を失った。気絶したのでも金縛《かなしば》りになったのでもない。彼らは泡をめがけて吸いこまれるように疾駆《しっく》したが、それはみずから制止することのできない疾駆であった。

美しい銀灰の泡は、かぎりなく女陰《じょいん》から盛りあがり、風にとぶ。風のなかにそれはちぎれて、一つずつ子宮のかたちにふくれあがり、幾十幾百となくもつれあい、薄明に蒼《あお》い虹《にじ》をまわしつつ、音もなく野面をながれた。それと黒鍬者が相ふれたとみるまに、彼らはその巨大な泡につつまれ、泡のなかで、首をおりまげ、手足をぎゅっとちぢめてうごかなくなってしまう。まるで、子宮の中の胎児そっくりに。

「うっ。……」

たかい裸木《はだかぎ》のうえで、鼓隼人は身もだえした。いちはやくその奇怪な泡の恐ろしさを知り、見るなと警告を発したくせに、彼自身、樹木からとんで、その美しい泡に身をなげこみたい衝動に歯ぎしりした。眼をとじ、必死に木の皮にたてた爪が、ふるえ、はがれて、それみずからまず飛び去ってゆきそうな感じがするほどに、それは凄じい誘惑であった。

泡と黒鍬者が相ふれるのは、黒鍬者の方から泡へ吸引されてゆくのだ。みるみる野には泡につつまれた黒鍬者が散乱し、やがてその泡がふっと消えても、まるくなった黒鍬者の影はうごかなかった。

女陰から分泌された泡そのものは現実であった。しかし、この泡がそのような魔力を発揮するのは、催眠術《さいみんじゅつ》に於《お》ける水晶球と同様な一種の幻覚作用であろう。しかし、それは飛んで火に入る夏の虫のように、当人にはどうすることもできない本能的行動であった。人はむかし水棲《すいせい》動物であった。暗くてあたたかな子宮は、女体の奥にある海底である。人はその故郷《ふるさと》へかえろうとする本能をもつ。性交そのものも、この海底のごとき胎内《たいない》へかえろうとする象徴的行為《しょうちょうてきこうい》だという精神分析学者もあるくらいである。性交、まさにそのとおりだ。先をあらそってその子宮型《しきゅうがた》の海に身をなげいれる男たちは、卵巣からはなれた卵子めがけて突進する精子そっくりの姿であった。幻怪きわまるお由比の忍法「夢幻泡影《むげんほうよう》」である。

樹《き》の下で、異様なさけび声があがった。鼓隼人は眼をあけた。そこに立っていた服部半蔵が、泳ぐように走り出そうとしていた。しかし、同時に隼人は、背後から一閃《いっせん》の黎明《れいめい》のひかりがなげられて、おのれのとまった欅《けやき》の影が、野を切って女忍者に達しているのをみた。

これこそ、彼の歯をくいしばって待ちうけた時であった。

隼人は一刀をぬきはらった。数百メートルはなれた位置で、その刀影はお由比の腹をたてに裂いた。

四

一瞬、石戸の上に横たわったお由比のからだが浮きあがった。さなきだにふくらんだ腹部をささえ、四肢《しし》が弓なりに反《そ》ったのである。同時に、まっしろな腹に赤い絹糸のようなすじがはしったかと思うと、彼女はみずから血の雨の下にあった。

相手の影を斬る忍法「百夜《ももよ》ぐるま」、また影を以て相手を斬るその変法。――いずれもその痛覚は迫真のものでありながら、しょせんは幻覚にすぎない。しかし、このときお由比の腹は、まさにたてに裂けた。斬った隼人自身が、その刹那茫然《ぼうぜん》となり、次の瞬間、みずからの神技に会心の微笑をはしらせた。まさに神技にはちがいないが、しかしお由比の腹部は、それ以前に事実裂けてもいたのである。子宮が膨大《ぼうだい》しているために皮下組織が断裂し、ためにいわゆる「妊娠線《にんしんせん》」なるものを生じる、これは大半の妊娠におこる徴候だ。とはいえ、臍窩《せいか》から恥骨縫合《ちこつほうごう》にかけて、一閃、激烈な痛覚のはしるのをおぼえた刹那、腹壁がさっと斬りひらかれたのを、恐るべき忍法「百夜ぐるま」のわだちの跡といわずして何といおう。声もなくにやりとした鼓《つづみ》隼人の笑いは、突如凍りついた。血の雨が霽《は》れ、うごかなくなった女体に、何やら模糊《もこ》とうごめくものがある。つぎの一瞬、そこから、

「おぎゃあ！」

という声がわきあがった。

子供だ！　子供が誕生したのだ！　腹壁の緊張がいっきに除かれた衝撃で、子宮壁から卵膜《らんまく》まで裂けたのか、百夜《ももよ》ぐるまの一刀は「帝王切開《ていおうせっかい》」と同様の作用をあらわして、血風《けっぷう》の中から生まれた新生児のうぶ声であった。

この意外事に、しばし阿呆《あほう》のようにそれをのぞきこんでいた隼人は、ふいに悲鳴をあげてたかい樹上からころがりおちていた。洞窟のなかから薙《な》ぎ出されたくさり鎌の鎖の一旋が、洞窟の前にあった彼の影を打撃したからであった。猫のように回転して隼人は地上に立った。

「鉄砲組だ、鉄砲組だ！」

ふいに背後にとどろいてきた鉄蹄《てってい》のひびきに、服部半蔵がふりむいてさけんだ。枯草を蹴《け》ちらし、鉄砲を抱いた百騎あまりの騎馬隊がはしってきた。御先手頭にひきいられた駿府城の鉄砲隊がようやく到着したのである。

太陽は出た。血光をはなち、日はのぼりつつあった。洞窟からはしり出てきた丸橋が、お由比の屍骸《しがい》にかがみこみ、やがてあかん坊をとりあげる姿がはっきりみえた。鼓隼人はもういちど欅《けやき》の大木をみあげた。日はのぼり、木の影はちぢみ、すでにふたりの女の位置にとどかなくなっているのをみてとると、隼人は走り出した。丸橋はあかん坊を抱いて、岩窟のなかへにげこんでいった。

「待て、おれを射つな、穴のまえに女があらわれたら射つのだぞ」

いちどふりかえって、そう絶叫してから、隼人はなお走りつづけた。百挺《ちょう》の鉄砲隊が背後に散開しつつある、という安堵《あんど》感《かん》は彼にない。それ以前に、あの奇怪な泡がきえ失せたいま、丸橋ごとき、彼は恐れてはいないのだ。夜はあけはなれ、彼の武器たる影はすべて地上にある。そして彼は、まだ生きながら千姫をとらえたいという執念をすててはいないのであった。

野をうずめた泡は、夢幻《むげん》のごとく消え去っていた。隼人の走る足に蹴られて、芋虫みたいにまるくなっていた黒鍬者が、まるで胎中の夢から醒《さ》めたもののごとく、「おぎゃあ」「おぎゃあ」と泣き声をあげはじめたのにも、隼人はふりかえらない。

「丸橋、出でよ、うぬもひそんだままならば、千姫さまもろとも、百挺の鉄砲をこの穴に射ちこむがよいか！」

わめいて、お由比の屍骸の横を、洞窟の方へ一足とびにとぼうとした足をふいにつかまれた。つかんだのは、死んだとみえたお由比の手であった。さけんで、ふりちぎり、鼓隼人は数メートルとびさがって、仁王立ちになった。

見えぬ糸にひかれるようにお由比はたちあがった。髪はみだれて肩に波うち、顔は象牙《ぞうげ》を削《そ》いだようだ。だらりと両腕をさげた全裸のすがたは、いうまでもなく下半身血の池から這《は》いあがったように濡《ぬ》れつくしている。青い隈《くま》にふちどられた眼だけが、凄愴《せいそう》なひかりをはなっていた。さしもの隼人が、ののしる声も、とどめを刺す気力も喪失したように、刃を片腕にひっさげたまま、これとむかいあった。

鉄砲組はどうしていたか。彼らもこの女忍者の凄じい鬼気にうたれて息をのんだのか。天地にはただ寂寞《じゃくまく》のみ満ちた。――思えば、伊賀の五人、真田の五人、敵と味方にわかれてから半歳ののち、幻妖凄惨《げんようせいさん》のかぎりをつくした死闘のはてに、最後にのこった二人である。しかし、この勝敗は、たたかわずしてあきらかであった。女忍者は瀕死《ひんし》というより、生きて起きあがったのがふしぎなほどの重傷をうけていた。その傷をみるがよい、腹は大きな柘榴《ざくろ》のように裂けている。血はなお音をたてて、足もとの石戸にふりつづいている。

それまでひかっていた女忍者の眼に、すうとうすい膜がかかってきた。しかも、彼女の唇はかげのようにニンマリと笑った。このとき、どうしたのであろう、鼓隼人はおのれの眼にもうすい膜のかかってくるのをおぼえた。現実の眼は吸いつくように女の裂けた腹をみているのに。

そのなかに、四十センチにちかい鮮血にまみれた子宮《しきゅう》があった。子宮は口《の》をあけていた。隼人の眼に、それがみるみる巨大な食虫花みたいにひろがって、じぶんを呑みこむような眩暈感《げんうんかん》をひきおこしたのだ。あたたかい粘膜があたまをつつみ、海底のような液が皮膚をひたす幻覚が襲ってきた。ふらふらとおよぎ出しながら、彼は遠く伊賀の山できいた幼《おさな》い日の母の子守唄をきいたように思った。彼の手から、刃《やいば》がおちた。

騎馬隊は、鉄砲を肩にあてて、ひきがねにかけた指が麻痺《まひ》してしまった。鞠《まり》みたいな姿勢でおよいでいった鼓隼人が、女忍者の腹部にあたまをめりこませたのだ。一個の成熟胎児を出したばかりの子宮は、すっぽりとその頭部を呑んだ。ふたりはその奇怪な構図でしばらく立っていたが、やがて女忍者がからだを横ねじりにして、徐々に石戸の上にたおれた。それでも、隼人の頭ははなれなかった。彼の鼻口は血塊《けっかい》と羊水につまり、その頸《くび》にやわらかい子宮筋と子宮粘膜がまといついた。そして、胎児そっくりにぎゅっと手足をちぢめた鼓隼人は、子宮のなかで、曾《かつ》てこの慓悍児《ひょうかんじ》がみせたことのない、円満具足の死微笑《しびしょう》をうかべて絶息した。

洞窟の入口に、あかん坊を抱いた丸橋と千姫があらわれた。

「お由比」

千姫は絶叫してかけよった。こんどはお由比も完全に絶命していた。これは無限抱擁《ほうよう》の母性の笑いに似た笑顔であった。

御先手頭は白日の悪夢からさめた。いや、あまりにも凄絶なる決闘をうつつにみて、このときから悩乱したといおう。

「狙えーっ」

と、彼はわめいた。騎馬隊はふたたびいっせいに銃を肩にあてた。

そのとき、背後に狂ったような鉄蹄の音がちかづいてきたかと思うと、「待てっ」とさけんだ者がある。ほとんど逆上気味の鉄砲組を、充分に電撃するに足る大音声《だいおんじょう》であった。

御先手頭はふりむいて、馬からとびおりた。頼宣卿《よりのぶきょう》の老臣、安藤帯刀《たてわき》であった。

「待てっ、殺生《せっしょう》は要《い》らざること。ただちに引揚げよとの大御所さまの御諚《ごじょう》なるぞ」

「あいや、帯刀どの、これは大御所さまの御下知《ごげじ》にて——」

「その大御所さまのおん身に大事が出来《しゅったい》いたしたのだ。その方ら馳《は》せむかってよりまもなく、昨夜半にいたり大御所さまには御不予とおなりなされ、御危篤におちいりあそばされたのだ。一同、早々にたちかえれとの仰せであるぞ！」

と、安藤帯刀は白髪《しらが》あたまをふりたてていった。

安藤帯刀直次《なおつぐ》といえば、たんなる陪臣《ばいしん》ではない。元亀《げんき》の姉川合戦以来、長篠《ながしの》、長久手《ながくて》、関ヶ原と、徳川の運命決するいくさにたえず大御所にしたがい、その豪勇と沈着をとくに見こまれて、大御所みずから若い頼宣の手綱役《たづなやく》としてつけたほどの人物である。すでにこのとき一万石の大身であった。きのう壮健で鷹狩《たかがり》に出た大御所が、突然危篤におちいったという知らせは余人ならば信じがたいが、酔狂でそれを知らせにくるような帯刀ではない。

帯刀はちらと千姫の方をみたようであった。が、すぐにそ知らぬ顔をして、騒擾《そうじょう》におちいった鉄砲隊や茫然《ぼうぜん》たる黒鍬組《くろくわぐみ》の生残りをおいたてるようにして、駿府の方角へかけ去った。

最後の伊賀の忍者と愴絶《そうぜつ》な相討ちをとげたお由比《ゆい》のなきがらのそばに、千姫は石になったように立ちつくしていたが、このとき丸橋と顔を見あわせた。

「大御所不予とはまことでござりましょうか」

と、丸橋がいった。その手に抱かれたあかん坊は、いきおいよく泣きつづけていた。

「あの帯刀が、よもいつわりは申すまい」

と、千姫はわれにかえったようにつぶやいた。

「何と申しても、お祖父《じい》さまは七十六……ひょっとしたら」

ふいに彼女はきらきらとかがやき出した眼を、あかん坊にそそいだ。あかん坊は男の子であった。髪の毛がながく、黒い眼がよくひかり、力づよい泣き声をあげていた。

「お祖父さまの生きておわすうちに、この子を、——秀頼さまの御子を、かならず見せてさしあげねばならぬ」

と、いって、千姫は西の駿府城の方へ眼をあげた。そうだ、お由比は死んだが、みごとにひとりの秀頼の子を生んだのだ。それを大御所に見せつけることは、千姫にとってたえがたい凱歌《がいか》の誘惑であった。が、その子を抱いて駿府城にのりこむことは、すなわちすんで死地に入ることである。

しかし、丸橋はまんまんとふくれあがった腹をゆすって、にっと笑った。

「姫君のおこころはごもっともでございます。ゆかせられませ。丸橋はどこまでもお供つかまつります」

五

家康は、二十一日夜半に発病した。猛烈な吐物《とぶつ》のなかに、粘液から胆汁《たんじゅう》、はては血液までもまじえ、吐きに吐いたが、はげしい胃痛はなお去らなかった。ふつうの胃炎とちがう中毒性カタルの徴候である。いちじ脈搏《みゃくはく》もほそくなり、神経症状をおこし、譫言《うわごと》をもらした。きれぎれに、「お千、ゆるせ、お千」とくりかえした。江戸に知らせる急使にまじって、安藤帯刀が駿府城をとび出したのはこのときである。

暁方になって、嘔吐はやんだが、その日いちにち、夜に入っても虚脱状態はつづいた。

家康が若いころ、秋に信長から桃一籠《ひとかご》を贈られた。家康は珍らしいといったのみで、口にしようとはしなかった。これを信玄がきいて、「時過ぎたる桃を捨てたは、さすがに大望あるものよ」と感服したという。また老いてから少しく病んで快方にむかったとき、その食がすすんだのをみて御医師衆が「命《めい》は食にありと申しまする。何より以てめでたきこと」とよろこぶと、にがい顔をして「命は食にありとは、人は飲み食いが大事ぞという意味にして、多く喰《くら》えばよいということではあるまい」と諭《さと》したという。これほど一生、飲食物を保健的にあつかった家康にして、食い物が命とりとなったのは皮肉である。

七層《そう》の大天守閣に荒模様の乱雲がとび、風が蒼白《あおじろ》くひかって甍《いらか》を鳴らす二十三日の夕刻であった。その大手門にふたりの女が立った。

「お祖父《じい》さまおわずらいときき、千姫御見舞に参上いたしました。罷《まか》りとおりますぞ」

凛然《りんぜん》たる千姫の声であった。その胸に、白綸子《しろりんず》につつまれたひとりのあかん坊を抱いていた。

門番たちは愕然《がくぜん》とした。すぐに数人が城中に連絡にはしった。が、時が時である。城は沈痛な動揺に波うち、指揮系統は混乱していた。城主といえば頼宣《よりのぶ》のほかにないが、頼宣は一昨夜来、父の病室に侍している。この知らせが、それにほどちかい一室につめていた阿福や安藤帯刀のもとへ達するまでにも二十分ちかい時間が経過した。

「何といいやる。千姫さまがお越しなされたと？」

阿福は顔色をかえてたちあがった。

「ふ、不敵な」

その袖《そで》を帯刀がとらえた。

「よろしいではござらぬか。大御所さまにはすでに姫への御勘気をとかれておる」

阿福はややたじろいだ。しかし、すぐにいった。

「阿福はあの仰せを信じませぬ。あれは御悩乱のゆえか、それとも、おん気力衰えさせられたあまりのおことば」

こんどは帯刀がひるんだ。実は帯刀も、おなじ見解なのだ。頼宣の命によって急遽《きゅうきょ》黒鍬者をひきあげさせたものの、心中それが是か非かにまよっている。彼は頼宣を敬愛する老臣であると同時に、徳川譜代《ふだい》の家来でもあった。泉頭《いずみがしら》で千姫を救いながら、一言のあいさつもなく去ったのはそのまよいのせいで、いま千姫参上の報告をうけて、おどろくと同時に、その無謀《むぼう》さに舌うちしたい思いであった。——阿福はうろたえて、はしり出ていった。

そのあいだに千姫は、いくつかの櫓門《やぐらもん》、埋門《うずみもん》などをとおって、西の丸にちかづいていた。うしろに丸橋が、爛々《らんらん》と眼をひからせてしたがっている。

城内のいたるところには、侍たちが不安げに群れていた。庭のあちこちに、はやくも篝《かがり》火《び》を焚《た》きはじめている。みんな声をころし、跫音《あしおと》をしのんで、ただ西の丸をふりあおいでいる重苦しい波を、このとき一陣の風がそよいですぎた。「——千姫さまだ」「千姫さまだ」と恐ろしげなつぶやきがわたった。いちどこの城に泊ったこともある千姫の顔を知らぬものはない。しかし、同時に彼女が現在どんな立場にあるか、いまとなっては知らぬものはない。とはいえ、大御所のおん孫であることにまちがいはないし、その大御所は瀕死《ひんし》の床についている。彼らがとっさに身の処置に昏迷《こんめい》したのはむりからぬことであった。

冷然と彼らを無視して入ってゆく千姫につづき、太鼓腹をつき出してあるいていた丸橋が、しかし、どうしたのか、だんだん前かがみになり、肩で息をつき、ひたいに汗をひからせてきた。蓮池門《はすいけもん》という西城に入る門のちかくまできたとき、千姫が気がついた。

「丸橋、どうしやった？」

「姫さま」

丸橋はにが笑いした。

「どうやら、わたしもあかん坊をひり出しそうな按配《あんばい》でござります」

「なに、子供を――」

千姫がたちどまったとき、鉄鋲《てつびょう》のひかる蓮池門のまえに、ひとりの女があらわれた。阿福である。彼女は能面みたいな顔でたちふさがった。背に門はとじられた。

「千姫さま」

「阿福か。――出迎え、大儀、案内しやい」

と、千姫はふりかえって、白いあごをあげた。

「いいえ、ここより入られることは相成りませぬ」

「阿福、わたしはお祖父さまの孫であるぞ、孫がお祖父さまの見舞いに参ったがわるいか。弟の乳母《うば》の分際《ぶんざい》を以て、指図がましい口上、無礼であろう。そこのきや」

阿福は蒼白《あおじろ》い唇をふるわせて、

「姫はともかく、余人はなりませぬ」

「余人とは？」

「そのお胸の嬰児《あかご》は何者でござりますか」

「これは、わたしの子」

千姫は昂然《こうぜん》と笑った。

「つまり、お祖父さまの曾孫《ひまご》、お祖父さまに初御目見得《はつおめみえ》にまいる」

「もうひとりの女は？」

「わたしの家来」

阿福はたまりかねたように、金切声をたてた。

「何を仰せでござります。そやつが、謀叛人《むほんにん》長曾我部《ちょうそかべ》盛親《もりちか》の女房であることを知らぬ阿福とおぼしめすか。皆の衆、おききのとおりじゃ、その大女を討ってたも！」

侍たちが、雪崩《なだれ》のようにかけあつまってきた。それを背に、丸橋は千姫をかばって、何事もないかのように門にあゆみ寄る。小山のような迫力に、阿福はおされて横にとびながら、

「何をしていやる。豊臣家の残党を、西の丸に押しとおらせる気か。その門通らせるに於《おい》ては、みなの命はないぞ」

と、さけんだ。

鞭《むち》うたれたように襲撃に移ろうとする武士たちを、黒い鋼鉄《こうてつ》の旋風《せんぷう》が薙《な》いで、骨のくだける音とびちる脳漿《のうしょう》があとにつづいた。ふりかえりざま、丸橋の手からたぐり出された鎖であった。ただひと薙ぎで、十人以上もの武士が即死して、血のなかに這《は》った。

そのとき、丸橋の足もとに、ばしゃばしゃと音をたてて、液体がおちはじめた。彼女は苦痛にゆがむ唇に鎌をくわえ、片手で裾《すそ》をまくりあげた。あふれおちる液体は、胎胞破裂《たいほうはれつ》による破水であった。激烈な陣痛のために顔面紅潮し、全身がふるえ出したのをみて、何やらわからぬながら、また殺到の姿勢になった侍《さむらい》たちに、ふたたび鉄の一旋《せん》が吹いた。

まくりあげた大女の裾のあいだから、まっくろな胎児の髪の毛があらわれた。彼女はう

めきつつ、門の扉《とびら》に手をあてた。一押し、二押し、内側にはふといかんぬきがさしてあったのに、それが音たててへし折れたのは、決して丸橋の先天的な大力のゆえばかりでなく、ふつうの女でも青竹をつかみわるといわれる分娩時《ぶんべんじ》の筋肉力が加わったものに相違ない。しかし、内側に立っていた数人の門番は、眼前にへし折れるかんぬきをみて、悲鳴をあげて、奥へにげこんだ。

「いざ姫さま」

と、丸橋はひらいた門へ、千姫をうながした。片腕にはすでに肩まで排出したあかん坊をすくいあげるようにしていた。「やるな！」とはせよってきた五、六人が、また鎖《くさり》のひと薙ぎで顔面を味噌《みそ》にかえてころがった。

「鉄砲、鉄砲！」

狂気のように阿福が足ぶみしてさけぶまえで、千姫と丸橋は門のなかに消え、扉はとじられた。武士たちは一丸となってそれにからだをたたきつけたが、扉はひらかなかった。

かんぬきのないはずの扉の内側には、丸橋が背をつけて、仁王立ちになっていた。

その姿勢で、彼女は胎児を生みおとした。地上にたまった血と羊水の庭潦《にわたずみ》におちた新生児が、「おぎゃあ！」といさましいうぶ声をあげるのをきくと、彼女は口の大鎌をとって、おのれと子供をつなぐ臍帯《さいたい》を切断した。

「姫さま……その子を」

千姫はまるで呪術《じゅじゅつ》にかかったように、もう一方の腕にそのあかん坊を抱きあげた。やはり大きな男の子であった。血まみれのその子を、白い眼でじいっとみて、丸橋の眼に名状しがたいやさしい笑いがうかんだ。

「おねがい申しあげまする。かならず、若君のよい家来に」

「わかった、丸橋」

外で、「門がひらかぬのは、内で押えておる証拠じゃ。かまわぬ、射て」という阿福のすでに気のちがったようなさけび声がきこえた。

「姫、はやく、大御所のところへ」

と丸橋はいった。

千姫がはしり出すと同時に、背後で銃声がきこえた。いちど丸橋はがくと痙攣《けいれん》したが、赤不動のような足は大地にふんばったまま、大の字にひろげた両腕は、びくとも扉をうごかさなかった。女弁慶《べんけい》のように立ったまま、丸橋の死んだ眼は、なおじぶんの生んだ子の行方を追っていた。

六

遠い銃声をきいて、半死の家康は眼をあけた。

「頼宣」

かすかな声をあげたが、いままで枕頭《ちんとう》に侍していたはずの頼宣の返事はなかった。ほかにはだれの姿もない。

灯《ひ》の色もくらく、冷たい夕闇のみひろがった座敷に彼は幼児のようなおびえに襲われた。七十六年、一日として気力の衰えをみせたことのない、この堅忍不抜の英雄も、全身空洞《うつろ》と化したような肉体的消耗《しょうもう》とともに、気力は灰のなかにうすい息を吐いているばかりであった。江戸に急使ははしったが、むろんまだ秀忠をはじめ息子たちが駿府に到着するはずはない。ただひとりこの城にいる十五歳の頼宣に、衰死の老人は子供みたいにひたすらがりつきたかった。

「頼宣」

もういちど糸のようにほそい声をあげたとき、

「お千どの、御病気御見舞に参上してござります」

と、頼宣の声がきこえた。家康は眼をあげた。

そばに音もなく千姫が立っていた。その両腕にふたりの嬰児《みどりご》をしかと抱いて、じっと家康を見おろしていた。老人の眼はひろがり、凝然《ぎょうぜん》とうごかなくなった。千姫は一言《ひとこと》も発せず、微動だもしない。それは現実のもののすがたであったのか——家康は幻覚的な恐怖におそわれて、

「わしがまけた。ゆるせ、お千、わしをゆるせ……」

と、宙《ちゅう》をかきむしるように手をのばしてさけんだ。

その洞窟《どうくつ》みたいな眼に、千姫の瞳《ひとみ》からもえあがる青い炎がくるくるとまわって、千姫と

その両腕のふたりの嬰児《みどりご》の頭上に円光となってかかり、その夢幻の泡《あわ》のなかに「三人」が暗い天にのぼってゆくかにみえた刹那《せつな》、家康はまた失神した。

それからこのふたりのあかん坊がどうなったのか、まもなく死んだ大御所はもとより、幕府のだれも知らぬ。生きたのか。死んだのか。生きたとすれば、どんな星のもとに育っていったのか。おそらく千姫と頼宣をのぞいてはだれも知らぬ。ましてや、これを三十五年後に幕府を震駭《しんがい》させた大謀叛人《だいむほんにん》とむすびつけては、作者の牽強《けんきょう》にすぎるであろう。

ただ念のために、「慶安の変」の首謀者の名をかいておく。すなわち、首領、その名は由比正雪。副首領、その名は丸橋忠弥。

解説　――山田風太郎の人と作品――

中島河太郎

山田風太郎氏は今年の夏、三十年前の日記を公刊した。『滅失への青春』という表題だが、昭和十七年末から十九年にかけてのもので、二十歳のときから始まっている。太平洋戦争緒戦の感銘が薄らぎ、そろそろ膠着《こうちゃく》状態から破局への途《みち》を歩きはじめた時期であった。氏は旧制中学を出て故郷を出奔《しゅっぽん》上京し、沖《おき》電気と下宿とを往復する生活に入った。過労と栄養不足から肋膜炎《ろくまくえん》に罹《かか》り、軍隊も即日帰郷で免れ、医大進学の途が開けたところである。

戦争遂行の実態はしらされず、威勢のいい大本営発表だけが響いている時期に、誠実に生き続けてきた魂の記録を残している。この年代に続く『戦中派不戦日記』も、これより先に刊行されている。

山田氏がこれらの若書きの日記を、そっくり発表する決意をされるには、相当の苦慮があったに違いない。だがそのお蔭で、再び経験したくない戦争下を生き抜いた筆者の心情が、ひしひしと読者に伝わってくる。そこに現われる青年が、後年、作家として異彩を放つようになろうとは、予測がたてにくい。そのほうを措《お》くなら、氏の青春期に形成された心情はその儘《まま》に持ち越されて、氏自身を知るためにも、不可欠の文献であった。

だが、その前にひとまず、氏の来歴を述べておこう。

山田誠也氏は兵庫県養父《やぶ》郡関宮町に、大正十一年一月四日に生まれた。父方も母方も代々の医者であった。父は五歳のとき亡くなり、伯父に育てられたが、その伯父も医者だった。

小学校時代に転校したため、友だちに恵まれず、お蔭で「講談全集」や「世界大衆文学全集」に夢中になったという。中学校は豊岡に在った。

「但馬《たじま》といって、すぐに何処《どこ》かピンとくる人があるかしら。兵庫県北部の山国、古来文学などとはカラキシ縁がない——ただ、志賀直哉の名品『城の崎《きさき》にて』でこの名の町が、この分野に淡い寂《さび》しい影を落しているくらい。

その城崎という温泉のすぐ傍《そば》の町で、中学時代を過した。確か乱歩先生の『怪人二十面相』が少年倶楽部《くらぶ》に連載されている頃のこと。

荒涼たる山の中なればこそ、『レ・ミゼラブル』や『クオ・ヴァデス』の壮大なる万丈の物語に酔い夢みていた少年——ところが、剛毅を最大のモットーとする山国の中学、その半途に日華事変が始まって、あの軍国教育の鉄鎖だ」

と、中学時代を回想する。

その軍国主義的教育への反撥もあったろうが、中学二年のとき母を失ったので打撃を与えられた。やけくそになって、不良中学生たらんとする悲願を起させたのである。

十八年二月の日記に、中学時代の親友で「真に全身全霊を以《もっ》て愛し、敬服した」小西が、海軍士官の姿で現われたことを驚喜して記している。その二人の思い出に、「中学の花壇の花や農園の大根を一夜の中にみんな抜いて先生を卒倒させたことや、運動会の前日、国防競技の障碍物を夜中までかかってみんなこわして川へ放りこんだことや、刑事に追いまくられた話」などが出てくる。

寄宿舎からの脱出や映画館への出入、カンニング、さては天井裏に秘密の小部屋を設けたりしたあげく、三度停学を命ぜられた。「天国荘綺談」は当時の潑溂《はつらつ》とした行動をいきいきと伝えているが、そういうスリルと冒険をたのしみながら、町の貸本屋の書物を片っ端から読破していたのである。

その頃の不良仲間が四人いた。雲太郎、雨太郎、雷太郎、それに山田氏が風太郎を名乗っていた。寄宿舎では欧文社の「受験旬報」を購読している先輩があった。この雑誌が学生小説を募集しており、一等が十円の謝礼だった。その投稿に山田風太郎と署名したのである。

昭和十五年二月上旬号に「石の下」が採用された。一昨年大学を終えたばかりの長兄が亡くなったので、親族三十人ほどに囲まれた主人公が、「代々医者の由緒《ゆいしょ》ある家をつぐ者はお前だから」と、医者になるよう厳命を受ける。彼はもともと文科志望であったが、その抗弁は許されなかった。その悶々の情を知って、志を遂げさせようと心を砕くのが、亡兄の許婚者である。「姉さん」と呼んでいる彼女の励ましを得て、主人公がようやくその素志を、親族に宣言しようと決意するところで終っている。

山田氏の回想によれば、小さい時分から医者という職業が厭であった。当時の地方の医者は決して楽なものではなかった。また少年時のさまざまな読書によって得たのは、定められた路線を走らねばならぬことへの抵抗であった。それがおのずとこの掌編へも反映している。いったん医学の途を進んだ氏は、業を了《お》えたにもかかわらず、執筆稼業をあっさり択《えら》んだのである。

だが、実際はこの作品のようになまやさしいものではなかった。早く父母を失い、親族の間を廻りもちで養われている身にとっては、それらの意思に従って医者になる他はなかった。ところが中学時代の度重なる停学がたたって、当時上級学校に入学するのに欠くべからざる教練合格証が貰えなかったのである。こういう進退きわまった状況から、昭和十七年に二度の家出を敢行した。

戦時下の就職では本人の意志は罷《まか》り通らなかった。職業紹介所を通じて、軍需工場に勤める他はなく、沖電気に勤務することになる。その時期から日記がつけ始められたが、氏は孤独な青年が「自分との対話」をやりたくなったからだろうといわれる。その頃の心境と行動は克明に写されているが、暗澹《あんたん》たる境涯に目を背けるかのような、広汎《こうはん》で雑多な読書量に驚かされるものがある。

「受験旬報」への投稿も続けられていた。五回も入選したため、選評で当選者が特定の人に限られるのは感心できないと書かれたほどである。十八年に入選した三回は、筆名を春《しゅん》嶽久《がくひさし》と改めているが、姓は父親の戒名の中から、名は母の訓を借りて字を借りている。十九年三月、東京医専の合格者発表に名をつらねた。

在学中に小遣いに困り、思い出したのは受験小説で賞金をせしめたことであった。友人の送ってくれた雑誌「宝石」を読んで、探偵小説の懸賞募集に応じた。昭和二十二年に「達磨峠の事件」が入選したのが、作家へのきっかけとなったのである。

処女作は探偵小説の常道を踏んだものだが、「みささぎ盗賊」（昭廿二、ロック）はその意表をついた構想により注目された。続いて「眼中の悪魔」（昭廿三、別冊宝石）は、愛人を知人に奪われた青年が、自己への信頼を利用して証拠のない殺人を勧め、同時に自分の証拠のない殺人を遂行したつもりで、かえって破局に導く悲劇を描いている。「虚像淫楽」（昭廿三、旬刊ニュース）では、生ける屍《しかばね》となった女性の無言の意志の中から、彼女の愛情と変態心理を抉《えぐ》り出す的確な技法が、作中人物の陰翳《いんえい》に富む表題とともに見事な効果を収めている。この両篇によって翌二十四年には第二回探偵作家クラブ賞を授けられている。「芍薬屋夫人《しやくやく》」（昭廿三、書下し）、「蜃気楼《しんきろう》」（昭廿三、宝石）、「青銅の原人」（昭廿三、月刊読売）などによっても窺《うかが》えるように、氏の観察眼は鋭くとぎすまされているというより、シニカルな傍観者的態度が、かえって本質に迫っており、「うんこ殺人」（昭廿三、小説や「天国荘綺談」（昭廿五、宝石）の警抜なユーモアは、読者を呆然とさせたのである。

中編「厨子家の悪霊」（昭廿四、旬刊ニュース）は、めまぐるしいばかりのドンデン返しの本格物だが、狂気と愛執の葛藤を見事に捌《さば》いてみせ、これ以後はほとんどトリック小説から遠去かってしまった。氏の医学的教養は特異疾病を採りあげて、「双頭の人」（昭廿四、宝石）、「人間華」（昭廿四、モダン小説）、「黒檜姉妹」（昭廿四、ホープ）、「蠟人」（昭廿五、小説世界）など、畸型《きけい》や異常心理の戦慄をテーマにして、凄惨《せいさん》な人間の欲望を憚《はば》からず追求した。

一方、「みささぎ盗賊」「芍薬屋夫人」で試みたように、時代を過去に遡《さかのぼ》って、一休禅師を描いた「地獄太夫」（昭廿四、宝石）、「邪宗門仏」（昭廿四、別冊宝石）や、また「スピロヘータ氏来朝記」（昭廿四、オール読物）以下多くの切支丹関係のもの、さらに「万人坑」（昭廿四、ユーモア）、「ウサスラーマの錠」（昭廿四、宝石増刊）、「蓮華盗賊」（昭廿五、オール読物）などのエキゾティシズムに彩色されたものなど、野心的な試みに果敢であり、必ずしも犯罪や探偵に拘泥《こうでい》せず、微妙な人間性の探求に余念がなかった。

「下山総裁」（昭廿五、りべらる）は、当時社会を震撼《しんかん》させた事件に小説的解説を与えようとしたが、その後も例のアナタハン島の生存者に関する話題から「裸の島」（昭廿七、講談倶楽部）を、あるいは明治の疑獄相馬事件に取材した「明治忠臣蔵」（昭廿九、面白倶楽部）など、いわゆる事実小説に絢爛《けんらん》たる筆を揮《ふる》ったりした。

氏はいち早く探偵小説特有の常套《じょうとう》的構成を避けて、想の赴くままに自在な作風を展開した。時代、現代を問わず、「奇想小説」あるいは「妖異小説」と名づけられた氏独特のスタイルがおのずと形造られたのである。

氏は昭和三十一年に長編探偵小説「十三角関係」を書下した際、近況を述べて

「『山田風太郎は探偵作家じゃない』といった人がある。どうも、そうらしい。今までかいた作品のうち純粋探偵小説はその一割にもあたるまい。探偵作家じゃなくって、それじゃほかのなんだといわれると、どうもそのへんがあいまいである。エイヤッもかけば、エロでも諧謔《かいぎゃく》でも――」

と、さりげなく言い放っているが、既成の範疇《はんちゅう》には入らなくても、氏の作品は探偵小説の本質を見事に捉えていたのである。

氏の湧き出るようなアイデアが、現代のリアリズムに背を向けたとき、怪奇となり諧謔諷刺となったが、さらに過去を背景にする作品が目立つようになったのは、三十年以後である。

それをさらに進展させたのが、「忍法小説」であった。立川文庫でお馴染の忍術は泥臭さを免れなかったが、氏は新たに「忍法」という新語を定着させた。伝奇性、意外性に加えて、人間の能力、肉体を鍛錬によって、ぎりぎりの限界まで高めるという、氏一流の工夫が、従来の荒唐無稽《こうとうむけい》の忍術を、もっとも現代人の感覚に訴えるフレッシュな読物に昇華させることに成功した。

氏が忍法小説の分野を拓《ひら》いたのは、三十三年の『甲賀忍法帖』からである。『くノ一忍法帖』は第四長編に当り、昭和三十五年九月から翌年五月まで「講談倶楽部」に連作形式で発表された。

背景に徳川、豊臣両家の対立をもって来て、登場人物に真田幸村、徳川家康、千姫、春日局ら、誰でも知っている連中をあやつりながら、一々意表をつくストーリーを展開させた手腕は舌を捲くほかはない。

元和元年の大坂落城に際して、真田幸村は豊臣家の胤《たね》を残して、あくまで徳川家にたたるように画策した。千姫が懐胎しているようなことがあれば、それを見のがす徳川家康ではないから、真田の女忍者五人をもって、秀頼の胤を受けさせようというのである。

それを窺い知ったのが初代服部半蔵の長子で、当時は浪々の身であった源左衛門である。彼が命にかえてもたらした報告によって、千姫の侍女の中に秀頼の子を身ごもったものがあることを知った家康は驚愕した。

千姫に対する自責の念と愛情から、家康は彼女のわがままぶりと敵愾心《てきがいしん》に、さすがに手をやいた。隠密のうちに禍根を断とうとして、召されたのが伊賀鍔隠《つばがく》れの谷の忍者である。

家康対千姫の確執は、伊賀忍法対信濃忍法の対決に依存するだけではなかった。

家康には後に春日局と呼ばれた阿福《おふく》があり、千姫方には将軍秀忠の弟で、南海の竜紀州の頼宣が控え、さらに長曾我部の妻で、剛力無双、くさり鎌の名人丸橋のお方が付いている。さらに坂崎出羽守、豪商茶屋四郎次郎など、登場人物の絢爛さは相変らずである。

この『くノ一忍法帖』は氏がその他に数多く手がけた忍法小説の中でも、みずから代表作として推したものである。この伊賀対信濃の忍法争いは、同時に男性対女性群のそれであって、すべてが男女の性にからんでいる点に特色があった。

鼓隼人《つづみはやと》の「百夜ぐるま」は、女の影を弄んで現身を弄ばれているという幻覚を与え、七《しち》斗捨兵衛《とすてべえ》の「肉鞘《にくざや》」は粘稠化《ねんちゅうか》した精液がなめし革のような強靭さを具《そな》え、それを男根に塗りつけておけば、いざとなってその皮だけを脱ぐことができるし、また一夜に百人の女を御するに足る超人的な精血の所有者が、粘着力を利用する「人鳥黐《もち》」にも長じ、般若寺風《はんにやじふう》伯《はく》の「日影月影」は、性交によってもう一人の自分を相手の女の体内へ入れるし、雨巻一天斎《あままきいってんさい》の「穴ひらき」は一度交わった女に自分を恋し慕わせ、また「恋しぐれ」はその精を浴びせると、女は三日目にその場所に舞い戻るという。薄墨友康《うすずみともやす》の「くノ一化粧」は、女の精を吸ってその女に変身する忍法である。

それに対する真田の女忍者たちも、お眉の「幻菩薩」、お奈美の「月の輪」、お瑶《よう》の「筒涸《か》らし」、お喬《きょう》の「天女貝」、お由比《ゆい》の「夢幻泡影」の秘法をあやつるのだが、必ずしも一人一芸というわけではない。

伊賀組でも捨兵衛や一天斎の二芸があるように、交わると死んでも離れぬ「天女貝」はお喬だけではなく、お瑶もお眉もそれをよくするし、お眉に至っては普賢《ふげん》菩薩の像を並べて、男にだけ裸女の姿を見せる「幻菩薩」の他に、抱きあって相手に胎児を移す「やどかり」や、胎児のこぶしが交合した相手の男根をつかむ「羅生門」など、四つの忍法に長じている。

そもそも彼女たちが、秀頼の胤《たね》をいただくために、「蛇まとい」や「吸壺」の術をよくしたのであるが、これら男女の忍者の性器、性技に関する珍奇な機能に抱腹させられる。氏の丹念に開発したユニークな忍法は、殊にこれら性器、性技に係わるものに秀抜なものが多い。

男性対女性群の忍法争いを、すべて性戦に還元した大胆な構成が成功したのだが、そればかりでなく家康対千姫との心理的葛藤を、本編の主軸に据えて、権勢欲に燃えた阿福の焦燥、復讐欲にかたまった丸橋の剛勇を配して、単なる忍法の羅列に終らせていない。

阿福が門限に遅れたので、それを咎《とが》めた番人を、かえって賞めたという逸話を挿入する配慮を見せている一方、彼女がもっとも排除に力瘤《ちからこぶ》を入れている秀頼の胎児を、自分の胎内に移されるという驚天動地の不始末など、氏の奔放な筆致に翻弄される。

さらに真田や千姫の遺志が一見効を奏しなかったように見えながら、忍者由比と、長曾我部の丸橋のお方を点じて、慶安の変を暗示したのも、心憎い掉尾《とうび》であった。

忍法小説の凄じい反響が、氏に十数年間、新たな忍法を生み出す苦しみを嘗《な》めさせる結果になったが、それまでいろいろ試みを重ねた手法を、いわば集大成したといえないことはないし、氏の本領を存分に発揮する無類の分野を開拓したことは疑いない。

この解説は昭和四十八年十一月に刊行された『くノ一忍法帖』(角川文庫)に収録されたものの再録です。

編者解題

日下三蔵

本書『くノ一忍法帖』は、風太郎忍法帖の第四作である。講談社の月刊誌「講談倶楽《くら》部《ぶ》」に、一九六〇年九月号から六一年五月号まで連載され、六一年七月に講談社から刊行された。ただし、連載中は、『くノ一忍法帖』のタイトルはなく、各章のタイトルのみ――つまり短篇連作の形で発表されている。

「戦前とちがって、戦後の月刊誌は読切り形式を好む。そこで私は、毎回独立していて、しかもあとでつなぐと長篇になる形式のものを考えた。「妖異金瓶梅」が然りであり「白波五人帖」が然りであり、この作品もその一つである。だからはじめから長篇としての題名をつけず、毎回「忍法くノ一化粧」ほか一連の題名をつけて発表した。

そこでその題名に触発されて、篇中の忍者がその怪技をふるうとき「忍法くノ一化粧!」等々とさけぶこととなる。これは一つの流行語となり、現在でもチョイチョイ新聞雑誌などに使用されているようだ。しかしそのもとは雑誌の要求による発表形式からひねり出されたものなのである。だから、小見出しにこういう題名をつけないこの作以前の私の忍法小説では、忍者はこんな号令を発していないはずである」

（講談社版『山田風太郎全集8』月報「風眼帖14」より）

ひとつひとつのエピソードは、独立して読める短篇でありながら、とおして読むと長篇にもなる、という山田風太郎独特のスタイルは、単なる「連作」と区別する意味で、「連鎖式」とでもいうべきもので、ここにタイトルがあがっている『妖異金瓶梅』（角川文庫／山田風太郎ベストコレクション）や『白波五人帖』（徳間文庫／山田風太郎妖異小説コレクション）の他にも、捕物帖風の時代ミステリ『おんな牢秘抄』（角川文庫／山田風太郎ベストコレクション）、奇妙なアパートを舞台にしたオムニバス形式の現代ミステリ『誰にも出来る殺人』（角川文庫／山田風太郎ベストコレクション）、機械トリックが連発される明治ものの異色作『明治断頭台』（角川文庫／山田風太郎ベストコレクション）などで、この手法が使われている。中には、連鎖式を最大限に活用して、最終回にとんでもないどんでん返しが仕掛けられている作品もあるので、まったく油断ができないのだが、こうした作品群とくらべると、むしろ本書などは、ふつうの長篇といっていい。

月刊誌に連載された忍法帖で、本書のように章タイトルの方が大きく出ていたケースとしては、『忍者月影抄』（「講談倶楽部」掲載）、『笑い陰陽師』（「小説宝石」掲載）などがあるが、前者は本書と同じくふつうの長篇作品、後者はふつうの連作短篇だから、少なくとも忍法帖に関しては、他の風太郎作品ほど連鎖式は活用されていない。

本書の物語は、豊臣家が大坂城とともに滅亡した大坂夏の陣の直後からスタートする。徳川家康は、秀頼に嫁がせていた孫娘・千姫の侍女に、秀頼の胤《たね》を孕《はら》んでいる者がいるとの情報を得る。これは豊臣の血筋を残そうとする、智将・真田幸村の奇策、その侍女の正体は、幸村配下の信濃忍者たちであった。千姫もこれは承知のうえで、非道な祖父に対して挑戦状を叩《たた》きつけてきたのである。家康は、もちろん伊賀忍者をさしむけて、豊臣の遺児の抹殺を図るのだが、そこには、千姫に気づかれぬように、という厄介な条件が付されるのだった……。

かくて胎《はら》の中の子どもをめぐって、秘術をつくした忍法合戦がくりひろげられることになるのだが、二重、三重の制約を設けながら、自在にストーリーを展開していく作劇術には、舌を巻くほかない。紀伊《きい》大納言頼宣公や、阿福（後の春日局）といった有名人を、それぞれのエピソードとともに有機的に作品に絡ませる手際もお見事で、史実と照応したラストの意外なオチに至るまで、全体的に完成度の高い傑作といえるだろう。

なお、本書の刊行履歴は、以下のとおりである。

61年7月　講談社
63年12月　講談社（山田風太郎忍法全集4）
67年5月　講談社（ロマン・ブックス）

69年10月　講談社（現代長編文学全集36）
　※『伊賀忍法帖』『甲賀忍法帖』を同時収録
72年3月　講談社（山田風太郎全集5）
　※『忍者月影抄』「忍者明智十兵衛」「忍者本多佐渡守」「忍者服部半蔵」「忍者車兵五郎」「忍者枯葉塔九郎」「忍者枝垂七十郎」を同時収録
73年11月　角川書店（角川文庫）
93年9月　富士見書房（富士見時代小説文庫）
94年8月　講談社（講談社ノベルス・スペシャル／山田風太郎傑作忍法帖12）
99年3月　講談社（講談社文庫／山田風太郎忍法帖5）
03年2月　角川書店（角川文庫）
12年9月　角川書店（角川文庫／山田風太郎ベストコレクション）※本書

本書には、角川文庫旧版の中島河太郎氏の解説を再録させていただいた。作品解説だけでなく、作者の経歴の紹介にもかなりの紙幅が割かれているのは、本書が角川文庫に初めて収録された山田風太郎作品だからである。

なお本書は、「くノ一忍法」として東映で映画化され、六四年十月三日に公開された。シナリオは倉本聰と中島貞夫、監督は中島貞夫で、これが中島の監督デビュー作であった。また九一年には、オリジナルビデオのVシネマでもドラマ化されており、好評を受けて風太郎忍法帖がシリーズ化されている。

ところで、今でこそ誰もが知っている「くノ一」という言葉も、本書の発表当時には、まだマイナーな用語だったと思われる。この言葉についての作品中での説明は、以下のとおり。

「女という字を分解すればくノ一となる。すなわち「くノ一」とは「女」をあらわす忍者の隠語であった」

つまり、もともとは、くノ一必ずしも女忍者ではなく、女そのものを指す言葉だった訳だ。現在では、くノ一＝女忍者、という図式が完全に定着しているが、もちろんその原因の大部分が、本書を筆頭とする風太郎忍法帖にあることは間違いないだろう。

爆発的な忍法ブームのきっかけとなった、講談社版の〈山田風太郎忍法全集〉で本書が刊行（六三年十二月）されたときには、内容紹介に「くノ一」という言葉がなく、ただ「五人の女忍者」となっていたのに対して、ブーム後のロマン・ブックス版（六七年五月）では、「信濃忍法を駆って懸命に秀頼の胤を護るくノ一たち」という一文が見えることからも、その間に、くノ一＝女忍者、の図式が浸透したことが判るのである。

なにしろ風太郎忍法帖といえば、妖艶《ようえん》なくノ一、という印象が圧倒的に強い。例えば、前述したVシネマの忍法帖シリーズだ。九一年十月に発売された第一弾が、本書を原作とする『くノ一忍法帖』なのはいいとして、なんと第二作以降も、すべてタイトルが『くノ一忍法帖』なのだ。『外道忍法帖』が『くノ一忍法帖Ⅱ　聖少女の秘宝』、『秘戯書争奪』が『くノ一忍法帖Ⅲ　秘戯伝説の怪』、『忍法忠臣蔵』が『くノ一忍法帖Ⅳ　忠臣蔵秘抄』、『自来也忍法帖』が『くノ一忍法帖Ⅴ　自来也秘抄』、『忍者月影抄』が『くノ一忍法帖Ⅵ　忍者月影抄』、『柳生忍法帖』が『くノ一忍法帖　柳生外伝』といった具合で、もはや「くノ一忍法帖」というタイトル自体が、ブランド名として独り歩きしている。

七〇年代の初頭、シリーズ第一作『甲賀忍法帖』ではなく、本書が最初に文庫に収められたのも、風太郎忍法帖＝くノ一の一般的なイメージが強かったからだろう。

ここで、風太郎忍法帖に登場するくノ一集団の主なものをご紹介してみよう。

『忍法忠臣蔵』能登くノ一・六人衆（お琴、お弓、お桐、お梁、お杉、鞆絵）

上杉家家老・千坂兵部の配下。赤穂浪士を堕落させ、仇討《あだう》ちをやめさせるのが目的。

『外道忍法帖』切支丹くノ一・十五人衆（モニカお京、ウルスラお珠、サヴィナお志乃、ルフィナお貝、マルタお霧、マグダレナお雪、ジュリアお香、カタリナお冬、クララお酉、ベアトリスお鞍、エテルカお蝶、フランチェスカお夕、ガラシャお丈、テクラお波、ジュスタお笛）

大友忍法を駆使して、天正ローマ使節が拝領した秘宝を守る切支丹忍者。それぞれが、体内に宝の在り処《あか》を示す鈴を持っている。

『風来忍法帖』風摩くノ一・七人衆（お雁、お燕、お鶴、お鳶、お鷺、お雉子、ひよどり）

風摩小太郎の命を受け、七人の香具師《やし》とともに、武州忍城へ向かう。

『忍法八犬伝』伊賀くノ一・八人衆（船虫、玉梓、朝顔、夕顔、吹雪、椿、左母、牡丹）

服部半蔵配下のくノ一。里見家とりつぶしのために八つの宝珠を奪い、八犬士と戦う。

『魔界転生』切支丹くノ一・三人衆（クララお品、ベアトリスお銭、フランチェスカお蝶）

島原の乱の妖軍師・森宗意軒の手によって、「忍法魔界転生」のための忍体となる。

『秘戯書争奪』甲賀くノ一・七人衆（お遊、お扇、お茅、お篠、お琴、お藍、お筆）

将軍の陰萎《いんい》早漏を治すため、天下の奇書「医心方・房内篇」を奪おうとする。

他に、『甲賀忍法帖』の陽炎、お胡夷や、『江戸忍法帖』の葉月のように、メンバーの中の何人かがくノ一というケースもあるが、いずれにしても、使命のために唯々諾々と敵と戦い、散っていくものが多い。

その点、本書に登場する五人のくノ一は、もちろん真田幸村の命を受けているのには違いないが、自らすすんで豊臣家の胤を守ろうとする意志が、はっきりとうかがえる。考えてみれば、味方は千姫と丸橋だけ(終盤に意外な協力者が現れるが)で、女ばかりだ。千姫は、後の『柳生忍法帖』でも天樹院として登場して堀の女の庇護者《ひご》となっているが、その萌芽《ほうが》は、初期長篇である本書に既に見て取れる。

胎児の奪い合いというストーリーが象徴するように、本書の戦いは、すなわち男VS女の戦いに他ならない。くノ一自身が主人公である、という意味で、まさしく本書はタイトルどおりの『くノ一忍法帖』たりえているのである。

風太郎忍法帖のなかでも、変わった角度からくノ一にスポットをあてたこの傑作を、最後までじっくりとお楽しみいただきたい。

(本稿は講談社文庫版の解説を基に加筆いたしました)

本書は、平成十五年二月に刊行された『くノ一忍法帖』（角川文庫）を底本としました。
本文中には、いざり、気ちがい、盲など、今日の人権擁護の見地に照らして不当・不適切と思われる語句や表現がありますが、作品発表当時の時代的背景を考え合わせ、また著者が故人であるという事情に鑑み、底本のままとしました。

編集部

くノ一忍法帖《にんぽうちょう》

山田風太郎《やまだふうたろう》ベストコレクション

山田風太郎《やまだふうたろう》

平成24年 9月25日　初版発行
令和7年 9月25日　11版発行

発行者●山下直久

発行●株式会社KADOKAWA
〒102-8177　東京都千代田区富士見2-13-3
電話　0570-002-301（ナビダイヤル）

角川文庫 17602

印刷所●株式会社KADOKAWA
製本所●株式会社KADOKAWA

表紙画●和田三造

●お問い合わせ
https://www.kadokawa.co.jp/（「お問い合わせ」へお進みください）
※内容によっては、お答えできない場合があります。
※サポートは日本国内のみとさせていただきます。
※Japanese text only

ISBN978-4-04-100465-4　C0193